DONGSUH MYSTERY BOOKS 69

A DRAM OF POISON
작은 독약병
샤럿 암스트롱/문호 옮김

동서문화사

옮긴이 문호(姜英吉)
조선대학교 정치외교학과 졸업
미육군성 기갑학교 수학, 미육군성 행태과학연구소 연구관 역임
옮긴책 와일드《행복한 왕자》디킨즈《크리스마스 캐럴》등이 있다

DONGSUH MYSTERY BOOKS 69
작은 독약병
샤럿 암스트롱/문호 옮김
초판 발행/1977년 12월 1일
중판 발행/2003년 7월 1일
발행인 고정일/발행처 동서문화사
창업 1956. 12. 12. 등록 16-345(윤)
서울강남구신사동540-22 ☎ 546-0331~6 (FAX) 545-0331
www.epascal.co.kr

*
이 책의 출판권은 동서문화사(동판)가 소유합니다.
의장권 제호권 편집권은 저작권 법에 의해 보호를 받는 출판물이므로
무단전재와 무단복제를 금합니다.

편찬·필름·제작 일체 "동판" 자본으로 이루어짐에 따라
출판권 소유권자 "동판"에서 제조출판판매 세무일체를 전담합니다.
사업자등록번호 211-90-02201
ISBN 89-497-0154-5 04840
ISBN 89-497-0081-6 (세트)

작은 독약병
차례

333약병……11
가엾은 로즈메리……22
결혼……35
새로운 기쁨……43
교통사고……53
도움을……61
믿음직한 에설……69
로즈메리의 결심……83
다시 집으로……90
현실을 똑바로 봐요……98

이혼만으로는………… 111
인생은 착각…… 121
준비…… 137
달아난 죽음…… 148
만일 누가 죽는다면…… 159
5번 버스 운전기사…… 168
캔디, 시, 셰익스피어…… 177
나의 금발 아가씨…… 190
운명인가 병이런가…… 201

보트라이트 부인……211
화가의 눈……231
아마추어는 가장 나쁘다……242
데드 엔드……259
내 사랑 로즈메리……275
올리브 기름……284
이젠 괜찮다……298

선의에 의한 서스펜스……308

등장인물

케니스 깁슨 시를 가르치는 교사
로즈메리 병든 여자
에설 깁슨 케니스의 누이. 노처녀
폴 타운젠드 화학자. 깁슨의 이웃집 사람
파인 부인 폴의 장모
지니 폴의 딸
바이얼릿 세탁부
리 코페이 버스 운전기사
버지니어 금발의 간호원
시어 머시 노화가
래비니어 모델

333 약병

키 큰 사나이가 전등을 켰다. 그는 말했다.
"곧 끝날 겁니다."
키 작은 사나이는 그 방 안을 둘러보았다. 그곳은 실험실이었다. 키 작은 사나이는 천천히 걸어가 무엇인지 모르는 채로 화학기구를 찬찬히 들여다본다.
"이 언저리에 놓았었습니다."
폴 타운젠드는 책상 위의 서류를 들어올렸다가 다시 놓고 왼쪽 위에 서랍을 열어본다.
"부치려던 편지였습니다만, 깜박 잊었습니다. 대체 어디에?"
이 남자는 아주 잘생겼으며 183센티미터 키에 한창나이인 37살이다. 그 아름다운 얼굴은 좀 신경질적으로 눈썹을 모으고 있었는데 그 모습은 변명하는 듯 보였다.
그보다 나이 많은 깁슨 씨가 말했다.
"천천히 찾아보오."
그는 무슨 일이든 서둘거나 떠들어대지 않는 사나이로 독서를 취미로 삼고 있다.
"뭐요, '이것'은?"
"아……."
폴 타운젠드는 편지를 찾았다.
"있군. 그거 말입니까? 그건 독약입니다."
"어찌된 거요, 컬렉션이오?"
깁슨 씨는 벽장의 유리문 너머로 3센티미터 좀 넘는 크기에 밑이 네모지고 반듯한 레테르가 붙은 두 줄로 늘어선 작은 병을 들여다보았다.
폴 타운젠드가 설명했다.
"여기서 쓰는 약품은 대체로 독약이지요. 그러므로 이렇게 열쇠로 벽장을 잠가두는 것이 안전합니다."
두 개의 손가락으로 집어올린 편지를 빙빙 돌리며 다가온 그는 함께 들여다보았다. 그리고 천진스럽게 말했다.
"정말로 컬렉션이군요."
깁슨 씨는 감탄한듯 말했다.
"식도락가가 조미료를 넣는 찬장 같구려. 이건 어디에 쓰지요?"
"물건에 따라 다르지요."
"90퍼센트쯤은 들어본 일도 없는 약뿐이오."
폴 타운젠드는 좀 거드름을 피우는 목소리로 말했다.
"그렇군요……."
"작은 병 속의 죽음과 파멸인가."
깁슨 씨는 중얼거리며 집게손가락을 유리문에 댔다. 바로 이렇게 어린시절 과자가게 진열창에 손가락을 댔던 일을 떠올렸다. 그는 장난스럽게 물었다.
"당신이 추천한다면, 어느 약이오?"

"네?"
타운젠드는 긴 속눈썹을 깜박였다.
깁슨 씨는 싱긋 웃었다. 눈꼬리의 주름이 작은 공작의 깃털처럼 펼쳐졌다. 그는 들뜬 목소리로 말했다.
"지금 시적으로 생각하고 있던 참이오. '두 다스의 죽음의 작은 병'에 대해. 내 머리의 움직임은 여느 사람과 다르오. 어쩔 수 없지요. 아무튼 시 따위를 가르치고 있으니까요."
기분좋게 자신을 낮추며 그는 낭독하듯 덧붙였다.
"한밤중에 고통없이 이 세상을 떠나기 위해서는……."
타운젠드는 좀 얼빠진 목소리로 말했다.
"아, 빨리 확실하게 가는 약이라는 뜻이라면, 그렇습니다, 저게 좋습니다."
"저거 말이오?"
깁슨 씨로서는 이 방 주인이 가리킨 레테르의 쓸데없이 긴 낱말 뜻을 도무지 알 수 없었다. 사람 혀로는 도저히 발음할 수 없을 듯한 말이다. 레테르 번호는 333으로 이것은 간단하여 머릿속에 들어왔다.
"어떤 효험이 있소?"
"요컨대 죽습니다. 아무 맛도 냄새도 없지요."
상대가 중얼거렸다.
"빛깔도 없군."
"게다가 고통도 없습니다."
"어떻게 알 수 있지요?"
깁슨 씨의 아름다운 잿빛 눈이 지적인 호기심으로 반짝였다.
타운젠드는 다시 눈을 깜박였다.
"알다니, 무엇을요?"

"고통이 없다는 것 말이오. 게다가 맛이 없다는 것도. 어쨌든 그것을 마신 본인은 당신 말대로 깨끗이 갔을 게 아니오. 물어볼 수도 없잖소."

타운젠드는 좀 불쾌한 듯이 말했다.

"그건 말하자면……고통을 느낄 시간을 주지 않는다는 뜻이겠지요. 이제 나갈까요?"

"아주 훌륭한 방이오."

깁슨 씨는 아쉬운 듯이 주위를 둘러보았다.

타운젠드는 전등 스위치에 손가락을 가져갔다.

"잠깐 기다려주십시오……."

그는 눈살을 찌푸렸다. 그 모습은 뜻밖의 손님을 맞은 가정주부 같았다. 뭔가 집안일의 결함을 찾아낸 것이다.

"넣어둬야 할 것이 나와 있습니다. '그 때문에' 당신의 목숨이 위험하다는 것은 아닙니다만……그러나 누구일까, 내버려 둔 녀석은……미안하지만 잠깐 돌아서 주시겠습니까?"

"저쪽을 보라는 거요? 아, 그러지요."

깁슨 씨는 상냥하게 돌아서서 반대쪽 벽에 있는 비커며 유리관이 가득히 든 벽장을 보았다. 벽장 유리문은 이쪽이 그럴 마음이 되어 눈에 보이는 것 가운데 반사상(反射像)만을 골라내면 훌륭히 거울 역할을 한다. 그리하여 깁슨 씨는 폴 타운젠드가 책상 위에서 뭔가 작은 양철통을 들어올려 감춰둔 곳에서 열쇠를 꺼내 극약 벽장에 넣고 다시 유리문을 잠근 다음 그 열쇠를 숨기는 것까지 멍하니 바라보고 있었다.

"됐습니다. 미안합니다. 하지만 잘 간수해야 마음이 놓이지요."

깁슨 씨는 낮은 목소리로 말했다.

"그야 그렇지요."

이미 열쇠 감추는 곳을 알았다는 말을 털어놓을 생각은 그에게 조금도 없었다. 이 타운젠드는 친절한 사나이다.

학교 밖에 있는 레스토랑으로 식사하러 갔다가 거기서 우연히 마주쳐 이 을씨년스러운 1월의 밤에 깁슨 씨를 집까지 자동차로 바래다주겠다고 말했던 것이다.

쓸데없는 말을 할 필요는 없다. 그는 이 사나이를 당황케 할 마음은 조금도 들지 않았다. 게다가 어차피 그리 대수로운 일도 아니다.

그 대신 그는 독약에 대해 생각하기 시작했다. 사람이 입에 넣어서는 안 되는 그런 물질이 어째서 만들어진 것일까.

불이나 물이나 공기나……모두 사람에게 이로운 물질이지만……양이 너무 많거나 알맞은 양을 조금 넘거나 알맞지 못하게 쓰일 경우에는 사람을 죽일 수도 있다.

독약에도 그런 기준이 있다고 생각할 수 없을까. 알맞은 양을 알맞은 경우 알맞은 기회에 쓰면 독약도 사람에게 이로운 것이 아닐까. 분량이 아주 적으면 괜찮은지도 모른다. 얼마만큼을, 언제, 어디에 쓰는가를 발견하는 일이 문제가 아닐까.

그는 실험실에서 조용한 거리로 나왔을 때 물었다.

"그 333번 약은 '어디에 쓰이오?'"

타운젠드는 상냥하게 말했다.

"아직 아무도 모릅니다. 그러나 죽는 수단으로는 나쁘지 않은 약이지요."

깁슨 씨는 죽고 싶은 생각은 조금도 없었다. 그는 그 문제를 잊고 달을 우러러보며 중얼거렸다.

"아름다운 밤이오. 조용하고 평화로우며……."

타운젠드가 맞장구쳤다.

"좋은 밤입니다. 조금 춥기는 하지만. 자, 댁까지 바래다드리지요."

기다리게 해서 미안합니다. 바래다드리고 나서 나는 혼자 돌아와야 지요."
깁슨 씨는 일부러 무뚝뚝한 친밀감이 담긴 목소리로 말했다.
"편지부치는 것을 잊지 마오. 우체통은 내 집 모퉁이에 있소."

그날은 깁슨 씨의 생일이었다. 그가 그 말을 입 밖에 내지 않았던 것은 뜻밖이었다. 그는 55살이 되었다.
고맙다고 말하고 잘 가라는 인사를 한 다음 그는 층계를 걸어서 올라가 커다란 방이 하나밖에 없는 집으로 돌아왔다. 불을 켜고 구두를 벗은 다음 담배를 옆에 놓으며 책을 한 권 골라냈다. 그는 독신이다.
그집은 조용했다. 남자의 방으로서는 살기 나쁘지 않았다. 그곳은 이를테면 흐름이 없는 작은 늪이며, 그 늪 속에서 케니스 깁슨은 만족하고 있었다. 자기 생애는 여러 개의 작은 늪 속에서 보내져왔다고 깁슨 씨 자신은 생각하고 있었다. 물결이 소용돌이치는 흐름의 한가운데를 힘차게 나아간 일은 한 번도 없었다.
마치 얌전하고 저항하지 않는 한 개의 나뭇잎처럼 그는 흐름의 가장자리를 소리없이 흘러 이곳저곳의 작은 정류장에 붙잡혀서는 억류되고, 그곳에서 빠져나와도 두 번째, 세 번째 정류장에 옮겨졌을 뿐 마침내 이 조용하며 어떤 독특한 구획에 이르게 된 것이다. 여기에는 어떤 폭풍도 치지 않으며 다만 때때로 아주 희미한 잔물결이 일 뿐이었다.
그는 그 활동범위 안에서는 그런대로 쓸모 있는 사람이다. 현재의 일이며 생활이 싫은 것도 아니다. 그리하여 이미 인생의 끝에 가까운 느낌이었다. 앞으로는 10년쯤을 이런 식으로 조용하게 보낸다해도 인생이 길다고는 느끼지 않을 것이다. 그는 활동적인 사나이가 아니었으며 넘칠 듯한 야심을 지니지도 않았다. 자기가 훌륭한 인물이라고 생각해 본 일은 결코 없었다.

　55회째 생일로부터 4주일 지났을 즈음 깁슨 씨는 장례식에 갔다. 그 장례식에서 그는 로즈메리 제임즈라는 젊은 여자를 만났다.
　죽은 사람은 제임즈 노교수였다. 칼리지 교사들은 동료의 장례식에 참석했다. 이 제임즈 교수는 이미 8년 전에 퇴직했고, 그 뒤 심한 신경질이 도져 머리가 조금 이상해져 있었다. 그러나 이제까지 교직에 머무른 이상 학교장(學校葬)으로 치러야 하는 것은 당연했기에 그 습관은 지켜졌다.
　죽은이의 외딸 로즈메리와 다른 교사들은 그날이 첫대면이었다. 더욱이 케니스 깁슨과 그녀의 만남은 깁슨 씨에게 주어진 어떤 성질, 그 자신이 나약함이라고 여기는 어떤 성질 때문에 다른 누구의 경우보다도 뜻깊었다. 다시 말해 그에게는 감정이입이라는 하늘이 내려준 재능이, 그리고 타고난 의무와 책임이 있었던 것이다.
　그것은 그 자신에게 있어서는 나약한 신경과민에 지나지 않았다. 물론 태어나서 55년이 지나는 동안 그는 이 성질을 교묘하게 처리하는 기술을 터득하고 있었다. 제1차 세계대전 때에도 이 성질은 그에게 몹시 상처입혔지만.
　새로운 세기의 첫달에 태어난 그는 1918년에 말할 나위도 없이 18살이 되었다. 자라난 곳은 인디애나 주의 작은 도시, 곧 흐름 속의 늪이다. 아버지는 철물점을 경영했는데 머리가 잘 돌지 않았으나 쾌활한 사나이였으며, 어머니 모린——옛이름은 그레이디——은 꿈꾸기 좋아하는 키 작은 부인이었다. 이 시골도시의 고등학교를 마친 그가 곧바로 전쟁에 나간 까닭은, 지금 기억하는 한 그렇게 하는 것이 그 무렵으로서는 아주 '옳은' 일이었기 때문이었다.
　젊은 육체와 근육을 가지고 깨끗하며 청결했던 그——케니스 깁슨은 본디 늘 청결하고 올바르게 보이는 성질의 사나이다――는 그 무렵에 이미 종이며 잉크를 좋아하는 경향을 나타내보였다. 그는 그 즈음의 볼썽사나운 군복바지에 각반을 찬 차림의 행정병으로서 전쟁에 참가했다.

쾌활하고 적극적이지만 소심한 그는 모범 행정병이 되었다. 그러나 종이며 잉크와 마주쳤던 장소가 반드시 위험하지 않았던 것은 아니지만 실전 경험은 한 번도 없었다. 그러므로 전쟁이 끝났을 때 이 젊은이가 공포로 몸이 저릴 듯했다는 것은 아무도 몰랐으며, 그런 일을 또 이 젊은이는 아무에게도 말하지 않았다.

그가 보고 듣고 참지 않으면 안 되었던 학살의 비밀 때문에 결벽한 본성이 얼마나 찢겼는지 그런 것은 아무도 알 리 없었다. 그의 마음의 상처가 당연하며 또한 중대하다는 것은 그 즈음 아무도 인정치 않았을 것이다. 그는 공포를 상상하는 입장에만 놓여 있었던 것은 아니었을까. 어쨌든 공포의 경험이 많았다.

그는 대학에 들어갔다. 그는 아무 말없이 상아탑에 들어앉아 책 속에서 구원을 찾았다. 그러나 그 무렵의 젊은이들과 함께 떠들어대는 일은 피했다. 왜냐하면 같은 학년의 학생들보다도 나이가 많고 얼마쯤 그들을 따라갈 수 없다고 느껴졌기 때문이었다. 더욱이 그는 그 나름의 방법으로 눈에 보이지 않는 상처를 치료하기에도 바빴던 것이다.

아버지가 죽은 것은 그가 수사(修士) 학위를 따낸 해의 일이다. 케니스는 궁핍한 상태에 남겨진 어머니를 진심으로 도왔다. 어머니를 맡은 것은 아니었으나 사실상 그 무거운 짐을 짊어졌다.

그는 몇 푼 안 되는 첫 교원생활을 계속하며 어머니에게 송금하고 그때 아직 대학생이었던 여동생 에설의 학비까지 대 줄 무렵에도 이것이 모두 희생적인 행위라고는 조금도 생각지 않았다. 자기 자신의 생활이 그 늪 가운데 하나에 끼어들고 말았다고 여겼을 뿐이었다.
 행정병으로 전쟁에 나간 것은 그와 비슷한 종류의 늪이었으며, 부양가족을 거느린 젊은 교원이 되는 일도 확실히 또 다른 늪에 지나지 않았다. 그는 어려운 생활과 싸웠다. 그렇게 하지 않을 수 없었기에 들뜬 청춘시절이란 그에게 존재하지 않았다.
 1932년, 어머니가 치료비가 많이 드는 병에 걸리더니 기어이 돌아가셔서 땅속에 묻었으나, 힘든 것은 마찬가지였다. 어머니가 살아 있는 동안은 직업을 그만둘 수 없었지만, 이제는 그럴 필요가 없어진 것이다.
 여덟 살 아래인 에셀은 그 즈음 학교를 마치고 자활해 있었으므로 그의 생활을 도와주었다. 왜냐하면 이 여동생도 또한 책임감이 강하고 의지할 수 있는 인물이었기 때문이었다. 이 불경기시절에 어중간한 일에 매달려 있는 사이 그는 많은 빚을 지고 말았다.
 겨우 두 번째의 자그마한 교직을 얻었을 때 그는 기뻐하며 다시 그 늪 속으로 들어갔다. 그것은 빚을 갚기 위한 긴 세월이었고, 가난하고 단순한 시간이었다. 그러나 그는 갚았다. 완전히 갚아나감에 따라 옛날의 빚이 조금씩 녹아들어가는 것을 보는 일은 이윽고 굉장한 즐거움이 되기까지 했다.
 그가 겨우 빚에서 풀려나 안정된 생활을 얻을 즈음 세계는 뮌헨 회담 뒤의 긴장된 시기에 들어서 있었다.
 그때 그는 38살로 독신이었다. '물론' 독신이다. 그는 지금까지 한 번도 여자에게 주어야 할 것을 충분히 지닌 적이 없었다. 생활 보증, 그 자신의 관록, 그밖의 무엇에서든. 그가 용기를 내어 여성관계를 가지기에 앞서 1941년이 오고, 그는 다시 전쟁터에 나갔다.
 물론 행정병이었다. 사무에 정통하고 익숙한 그는 전쟁중 내내 늪과 같은 사무실 안에 있었다. 그것은 참을 수 있고 실은 기쁜 일이기도 했다. 그의 정신은 아직 공포를 느낄 능력이 남아 있었던 것이다.

그러나 그의 행위가 얼마나 중요한지에 대해서는 전혀 이해하지 못하고 있었다. 누군가 '이건 네 의무야'라며 말 한마디 없이 일방적으로 그에게 떠넘긴 일에 지나지 않았기 때문이다.

1945년 이 상태에서 탈출한 그는 뉴욕에서 다시 만난 여동생 에셀에게 작별인사를 했다.

오직 하나뿐인 혈육인 에셀 또한 독신이었다. 이것은 부모로부터 물려받은 성질일까. 에셀은 37살로 훌륭히 생활하여 제몫을 하는 여자가 되어 있었다. 결코 아름답다고는 할 수 없으나 머리좋고 부지런하며 직장에서도 꽤 좋은 자리에 있었다. 그러니까 에셀은 그를 필요로 하고 있지 않았던 것이다. 실제로 거친 실업계에서 아주 여유 있게 일하는 그녀의 굵은 신경과 완벽한 자립정신에, 그는 좀 놀랐다.

그는 그런 에셀을 굉장히 훌륭하게 여겼다. 그러나 그는 애정을 담아 그리 슬픈 빛도 없이 작별인사를 하고 캘리포니아로 가서 햇빛 쏟아지는 골짜기를 내려다보며 점점 펼쳐진 작은 도시에 자리잡은 자유스런 조그만 예술대학의 국문과 교사가 되었다. 이곳은 그의 항구적인 늪으로서 괜찮은 곳이었다.

여기에서 그는 10년 동안 하나뿐인 동생의 얼굴도 못 보며 시를 가르쳤다——상대는 풋볼 선수나 여학생, 그 밖의 여러 젊은이들이었지만——이 선생은 더할 나위 없는 고결한 위치에서 시를 가르쳤다. 케니스 깁슨은 아무리 보아도 반역 사상을 품은 나쁜 눈초리의 보헤미안이 아니며, 부르주아 계급을 거만스레 내려다보는 비단에 싸인 탐미주의자가 아닌 것 또한 틀림없었다.

그는 친절하고 예의바르며 참을성 있는 아저씨였다. 키는 172센티미터로 몸집은 아직 단단하여 나이보다 젊어보였지만 반드르한 머리에는 여기저기 흰빛이 섞인, 요컨대 아름다운 잿빛 눈과 곧잘 유머의 그림자를 엿보이게 하는 귀여운 입을 가진 훌륭한 신사였다.

젊은이들은 '이러한' 사람이 시에 대해 진지하게 여기는 것을 보고 감동을 받았다. 그러므로 그들은 당연히 목을 디밀고 시란 얼마만큼의 가치가 있는 것인지 알아볼 마음이 되었던 것이다.

그는 평탄하게 교사생활을 계속하여 자신의 신념을 학생들에게 전하는 일에 대체로 성공했다. 곧 시란 반드시 여성적인 것으로 한정된 건 아니며……오늘날의 비평은 그리 탐탁지 못하지만, 시야말로 상상 이상으로 위대한 인류의 업적임을 주장하였다.

그에게는 책이 있었고, 친구가 있었으며, 고독과 교직, 살기 좋은 방, 정신을 지탱하기 위한 나무들의 아름다움이며 하늘의 신비, 지평선에 이어지는 산맥이며 음악과도 비슷한 옛사람의 사상이 있었다. 그에게는 그의 인생이 있었고, 그것이 어떻게 끝날는지 그는 이미 알 것 같은 느낌이었다.

그런데 이때 노교수의 장례식에서 로즈메리 제임즈와 만난 것이다.

가엾은 로즈메리

작고 어두운 예배당에 동료들과 나란히 단정하게 앉은 깁슨 씨는 일부러 다른 일을 생각하는 손쉬운 요령으로 잔혹하지만 어쩔 수 없는 의식을 참고 있었다.

식이 끝났을 때 그는 갑자기 가슴이 찢어질 듯 아파왔다. 옆쪽 차양 그늘의 '친족석'에 장례가 진행되는 동안 로즈메리 제임즈가 혼자 앉아 있었던 것이다.

아, 처음부터 그가 알아차렸더라면! 이 여성──가엾은 사람이다──은 초면이지만 만일 처음부터 알고 있었다면 이웃을 두루 뒤져서라도 누군가──누구라도 좋다──를 데려와 같이 자리에 앉게 했을 것을, 아니면 '그 자신'이 함께 있어 주었어도 좋았다.

그는 장례──누구의 장례든──가 아주 싫었으므로 그녀가 받은 고문 같은 가혹한 처사를 상상하자, 그것이 '지금 막' 행해졌다는 일에 창자가 뒤틀리는 것 같았다.

무덤 옆에서 그녀의 손을 잡아주었을 때 그가 느낀 것은 고독한 고뇌의 전율이었다. 그는 뼈에 사무치도록 생각했다. '그녀는 지쳐빠져 절망하고 있다. 희망을 갖지 않으면 안 된다. 어떤 일이라도 좋다. 어떤 하찮은 일이라도 앞날에 희망을 갖지 않으면 안 된다. 이 사람에게는 음식물처럼 희망이 필요하다. 그것이 없으면 죽어버릴지도 모른다.'

그리하여 햇빛 쏟아지는 슬픈 잔디 위에서 수북이 쌓인 꽃다발을 등지고 섰을 때 그는 그녀에게 말했다.

"아버님이 쓰시던 원고가 많겠지요. 그 일부라도 출판이 안 될까요?"

"글쎄요, 모르겠어요."

"괜찮다면 나에게 좀 보여주겠소? 읽지 않고는 알 수 없으니까요. 귀중한 원고가 있을지도 모르잖소."

"정말이에요. 나도 그렇게 생각해요. 보지 않고는 알 수 없지요."

그녀는 가엾게도 어쩔 줄 몰라하고 있었다.

그는 부드럽게 말했다.

"무슨 일이든 기꺼이 돕겠소."

"고맙습니다. 깁슨 씨……지요?"

"그럼, 댁으로 찾아가도 괜찮겠소…… 내일이라도?"

그녀는 떨리는 목소리로 말했다.

"네. 친절히 해주셔서 고맙습니다. 하지만 폐가 되지 않을까요?"

"천만에요. 오히려 즐겁소."

이것은 일부러 한 말이었다. 묘지에서 즐겁다고 하는 것은 예의에 어긋나며 충격적인 말이었다. 하지만 그녀에게는 그런 말을 상상력 속에 집어넣어 줄 필요가 있었다.

그녀는 머뭇머뭇하며 다시 한 번 고맙다고 말했다. 마음을 가라앉히려 해도 가라앉힐 수 없을 만큼 곤혹스럽고 어쩔 줄 몰라하는 내성적인 젊은 여자. 물론 이미 소녀는 아니었다. 20대 끝 무렵쯤일까.

날씬했다…… 참으로 슬플 만큼 야윈 몸이 긴장과 피로에 떨며 겨우 견디고 있었다.

파리한 얼굴. 겁먹은 푸른 눈의 눈두덩에서 눈꼬리에 걸쳐 잔주름이 있고 눈꺼풀이 슬픈 듯 내리덮여 있었다. 옆 주름이 있는 흰 볼. 부드러우나 윤기없는 갈색 머리. 루즈를 바르지 않은 입술은 빙긋 웃음을 떠올리려 애썼지만 아무래도 미소 지을 수는 없었다.

정말이지 참으로 보잘것없는 희망이었지만 적어도 내일이라는 하루가 그녀에게는 열린 셈이었다.

"아무튼 조사해 봅시다."

깁슨 씨는 '애써' 싱긋 웃어보였다. 그리고 쾌활하게 덧붙였다.

"알 수 없으니까요. 우리는 어쩌면 보물을 발견할지도 모르오."

그녀의 눈빛이 달라지고, 거기에서 놀라움과 희망 한 가닥을 본 그는 진심으로 만족했다.

돌아가는 길에 깁슨 씨는 흥분하고 있었다. 가엾게도! 마치 흡혈박쥐에게 피를 빨리는 듯했으리라. 신경질적인 오만한 노인은 머리가 좀 이상해진 뒤 10년 동안 절망스레 자신의 사상을 뒤쫓고 있었지만 끝내 그것을 잡을 수는 없었던 것이다. 깁슨 씨는 그녀가 가엾어 견딜 수 없었다. 아름답지 못하고 피로에 지친 혹사당한 가엾은 그녀는——무서운 고문 장소인——'그곳에' 혼자 있어서는 안 되었는데!

제임즈 집안은 학교에서 좀 떨어진 낡은 건물 1층에 살고 있었다. 복도에 들어서는 순간 깁슨 씨가 느낀 것은 가난과 썩어 문드러짐, 그리고 어떤 암흑이었다. 이곳에 한때 어떤 색채가 있었다 하더라도 지금에 와서는 모든 것이 한 가지의 흐릿한 색으로 바래고, 그 흐릿한 색이 어떤 빛이든 다 물리쳐 버렸다. 모든 것은 아무리 깨끗이 청소하더라도 어딘지 모르게 더럽혀져 있었다. 무엇이든 다 낡아빠져 있었다. 결코 손님이 찾아오지 않으므로 자기 집을 새로운 눈으로 보는 일이 없어 집 안은 난잡하게 어질러져 있었다.
 그럼에도 로즈메리는 그 윤기없는 머리를 얌전히 빗고 막 다림질한 드레스 차림으로 푸른 구슬을 엮은 목걸이를 하고 있음을 그는 알았다. 이런 일을 알아차려도 도저히 웃어넘길 수 없는 것이 깁슨 씨의 여느 때 버릇이다. 오히려 울고 싶어지는 것이다.
 그녀는 머뭇거리며 진지하게 그를 맞았다. 그리고 신경질적으로 서둘러 노인의 침실로 안내했다.
 "여, 이것은……."
 그는 큰 놀라움을 나타내보였다.
 넓은 옛날 책상 위는 원고의 산더미였다. 원고 한 장 한 장이 저마다 제멋대로 난잡하게 쌓여 있었다.
 로즈메리는 깜짝 놀랄 만큼 힘찬 목소리로 말했다.
 "마치 마른풀더미 같아요."
 "정말 그렇군요."
 그는 로즈메리의 말을 찬찬히 음미했다. 그리고 빙긋 웃었다.
 "그렇다면 우리의 일은 말뚝을 찾아내는 거예요. 자, 이리 오시오. 여기 앉아요. 한가운데 꼭대기부터 시작하여 말뚝이 드러날 때까지 아래로 파내려갑시다. 알겠지요?"
 두 사람은 의자에 앉았다. 깁슨 씨는 두 사람의 일이 즐겁고 뜻깊으며 계통적인 분위기를 자아내도록 한껏 애썼다. 이윽고 그녀의 숨결이 차분해지고 입술이 조금 벌어졌다.
 로즈메리는 머리가 좋았다.
 그러나 결국 이 광경을 비극으로 끝맺지 않기 위해서는 유머에 의지할 수밖에 도리가 없었다. 노교수는 오랜 시간에 걸쳐 원고를 휘갈겨 써놓았다. 그 필적은 지독했으며, 더욱 난처한 것은 읽어낼 수 있는 구절도 전혀 뜻을 이루고 있지 않았다.

깁슨 씨는 무의식으로 한 변명 때문인지 억지로 우스꽝스러운 데를 찾아내려 했다. 그는 반쯤 코믹한 절망을 꾸며 보이며 말했다.
"내가 아는 한 이것이 대문자 T라면, 이 경우 이 말은 '따라서'인지도 모르오. 어떻게 생각하세요? 물론 '어딘가에서'라고 생각해도 결코 지장이 없겠지만."
로즈메리가 열심히 말했다.
"아니면 '그러나'일까요?"
그는 으스대듯 말했다.
"'그러나'는 분명 제2후보요. 그보다는 오히려 '누구나'지요."
"'무엇이든지'가 아닐까요?"
"아무래도 나는 F자가 있으리라는 느낌이 드오. '왜'는 어떨까요? '당신은 왜 로미오인가요(《로미오와 줄리엣》 2막 2장)?' 제임즈 양, 이 말은 어쩌면 '로미오'일지도 모르오. 이 문제에 정통해지기는 쉬운 일이 아니군요."
"어머나, 그럴까요."
그녀는 정색했다. 그리고 문득 알아차린 듯 나직이 웃었다.
그것은 마치 불사조가 잿속에서 날아오른 것 같았다. 그녀의 나직한 웃음은 음조가 낮고 음악적으로 들렸다. 눈두덩에서 눈꼬리에 걸친 잔주름은 웃는 얼굴로 말미암아 만들어진 것이었다. 웃음이 그 주름의 기능이었던 것이다. 그것들은 장난스러워 보였다. 눈 그 자체도 흐릿한 빛이 깨끗이 없어지고 얼마쯤 반짝임을 더했다. 피부조차 신선한 색채로 숨쉬는 듯 보였다.
깁슨 씨는 꿈꾸듯 말했다.
"정말이지 필적이란 이렇게도 저렇게도 읽을 수 있군요. '베이컨 셰익스피어 설(셰익스피어의 희곡은 베이컨의 작품이라는 설)'을 아오?"

그녀는 몰랐다. 그가 이 학설이 엉터리라는 점을 몇 가지 예를 들어 설명하자 그녀는 귀기울였다.
그리고 그녀의 긴장이 풀려 있는 동안 그는 조용히 말했다.
"역시 마른풀 밑에서부터 조사하는 것이 좋을 듯하군요."
"더 전의 것부터라는 뜻인가요?"
그녀는 '확실히' 머리가 좋았다.
"네, 그렇게 생각되오."
"아버지는……할 수 있는 노력은 다하셨어요."
그녀는 손수건을 집어들었다.
"노력을 계속하신 것은 훌륭했소. 정말로 훌륭했지요. 그러니 우리도 노력을 계속합시다."
그녀는 용기를 내어 말했다.
"저 서랍에도, 원고가 가득 있어요. 그 가운데에는 타이프친 것도……."
"만세."
"하지만 깁슨 씨, 너무 시간이 걸리면……."
그는 부드럽게 말했다.
"물론이오. 한 시간에 조사가 끝난다고는 생각하지 않았소, 그렇지요?"
"지쳐버리면 어쩌지요."
"당신은 지쳤지요?"
지쳐 있다고, 그는 생각했다.
"저, 만일…… 좋으시다면…… 차를 드시지 않겠어요?"
"그렇게 할까요."
그녀는 어색하게 일어나 자기가 대담하게 제안한 차를 가지러 갔다. 혼자가 된 깁슨 씨는 책상 위 쓸모없는 원고더미를 냉정히 바라보며 기다렸다.
 그는 둘이서 보물을 찾을 수 있으리라고 생각지 않았다. 그리고 또다시 자기가 어리석고 경솔했음을 깊이 깨달았다. 그는 충동이 이끄는 대로 움직였던 것이다. 언제가 되면 이런 실패를 하지 않을까. 현실적으로 기회가 거의 없는 일에 함부로 희망을 주어버리다니. 이럴 바엔 차라리 자기가 생각해 낸 희망을 몰래 억눌러버렸으면 좋았을 것을. 하지만 그것이 그녀에게 있어 이제 묵살할 수 없는 일이 되어버린 게 그는 무서웠다.
 차를 마시고 백화점에서 사온 듯한 보잘것없는 과자를 먹으며──그녀가 할 수 있는 한의 대접이다──깁슨 씨는 여기서 좀 알아보지 않으면 안 되겠다고 여겼다.
 "이 건물은 댁의 소유요?"
 "아니에요. 우리는 이곳 절반을 빌렸을 뿐이에요."
 "앞으로도 여기서 살 건가요?"
 "그렇지 않아요. 넓어서요. 저에게는 너무 커요."
 '집세가 비싸다는 뜻일까' 하고 그는 생각했다.
 "이런 일을 물어서 실례요만, 돈은 있소? 무언가 재산은?"
 "가구라도 팔려고 생각해요. 그리고 자동차도."
 "호오, 자동차 말이오?"
 "벌써 10년이나 된 고물이에요."
 그녀가 침을 꿀꺽 삼키는 것을 그는 보았다.
 "그래도 몇 푼은 되리라고 여겨요."
 "아버님의 수입은……살아 계실 동안뿐이었소?"
 "네."
 그는 뚜렷하게 말했다.
 "지금은 '아무 수입이 없군요.'"

"하지만……가구를……."
하지만 그녀는 곧 가구가 가치있는 듯이 허영부리던 것을 그만두고 똑바로 그의 눈을 보았다.
"역시 취직하지 않으면 안 되겠어요. 마땅한 데는 없습니다만……."
그녀는 목걸이를 만지작거렸다.
"그러니까 만일 저것이……."
그녀의 눈이 윈고 쪽으로 움직였다.
그는 빠른 말투로 물었다.
"당신은 타이프칠 수 있소?"
그녀는 머리를 저었다.
"지금까지 일한 경험은, 제임즈 양?"
"없어요. 나는……아버지가 나를 놓아주지 않았어요. 어머니가 돌아가셨을 때 남은 것은 나뿐이었으니까요. 아버지를 다룰 수 있는 사람은 달리 아무도 없었어요."
깁슨 씨로서는 그녀의 지난날이 남김없이 쉽사리 이해되었다.
"당신은 누구 의지할 사람이 있소? 친척 되는 분이라도?"
"아무도 없어요."
그는 부드럽게 물었다.
"당신은 몇 살이지요? 실례되는 물음이지만 화내지 마오. 나는 당신의 아버지뻘되는 나이니까요."
"32살이에요. 그러니까 너무 늦었을까요. 하지만 무슨 일이든 찾아볼 생각이에요."
그는 이 사람에게 무엇보다도 필요한 것은 어딘가에서 잠시 쉬는 일이라고 생각했다.
"친구는? 어딘가 묵을 만한 데는 있소?"

"어딘가에 살 곳을 마련하지 않으면 안 돼요."

그녀는 속임수를 썼다. 그런 친구는 없을 거라고 그는 추리했다. 까다로운 노인이 선의의 사람들을 닥치는 대로 쫓아버린 것이 틀림없었다.

"집주인은 3월 1일까지 집을 비워달라더군요. 수리하려나 봐요. 정말이지 수리라도 하지 않고는 이곳을 쓸 수가 없어요."

그녀는 신경질적으로 얼굴을 찌푸렸다.

깁슨 씨는 마음속으로 집주인을 저주했다. 그는 쾌활하게 결론내렸다.

"요컨대 당신은 어려운 처지에 놓였군요. 뭐, 내가 이 언저리를 돌아다니며 어떤 일자리가 있는지 살펴보겠소. 그렇게 해도 좋지요?"

그녀의 눈이 다시 커졌다. 얼굴의 붉은 빛이 더해졌다. 그 눈길에는 놀라움이 담겨 있었다.

"너무 죄송하군요. 그렇게 폐를 끼쳐서는……."

그는 부드럽게 말했다.

"조금도 폐가 되지 않소. 우선 찾아보는 거요. 그것은 내 쪽이 낫지요. '미경험자를 우대하는 직업을 구함'. 어떻소, 로즈메리 양, 가망없는 것도 아니잖소? 요컨대 갓 태어난 아기는 '진짜배기' 미경험자지만, 결국은 취직을 하니까 말이오."

그는 재주껏 그녀로부터 웃음을 이끌어냈다.

"그런데 이 원고 말이오만, 어떤 결과를 얻을 수 있더라도 이것만은 말해 두는 게 좋겠소, 제임즈 양. 출판사를 찾는 것은 간단하지 않으며 곧 되는 일도 아니오. 아주 시간이 걸리리라 여겨지오. 게다가 학문적인 책이 그리 돈이 되지 않는 것도 확실한 일이오."

문득 그녀가 머리를 들었다.

"깁슨 씨, 여러 가지로 너무 친절하시군요. 하지만 그렇게 애쓰실 필요는 없어요."

그것은 그를 거부하는 게 아니었다. 얼굴을 숙인 그녀의 모습에 나약함과 피로의 빛이 뚜렷이 보였다. 그럼에도 그녀가 '할 수 있는 한' 의연하려고 애써 정신을 가다듬으려 노력하는 것을 알 수 있었다. 그녀는 깁슨 씨를 자기 일로 끌어들이려 하지 않는 것이다.

그러나 그녀가 지금 말한 것은 슬프게도 사실이 아니다. 그는 친절히 하지 않으면 안 된다. 그녀의 힘을 북돋아 주고 아주 작은 희망이라도 계속 주지 않으면 안 된다. 그밖의 방법은 그로서는 생각할 수 없었다.

그는 평온한 목소리로 말했다.

"그럼, 어쨌든 다시 찾아뵐 날을 정해두지요……그렇군요……금요일 오후는 어떻소? 타이프 원고를 훑어보지요. 손대지 마십시오. 그리고 취직 자리도 알아보겠소. 차가 아주 맛있었소."

그녀는 이제 여러 가지로 고맙다는 말을 하지 않았다. 그래서 그는 오히려 편한 마음으로 밖으로 나왔다.

목요일 하루 종일 깁슨 씨는 마음이 가라앉지 않았다. 자기의 약점이 다시금 움직이기 시작했음을 충분히 깨닫고, 더욱이 그 일을 생각지 않으려 했기 때문이었다.

금요일에 다시 찾아갔을 때——약속했으니 찾아가지 않을 수 없었다——안 일은, 교수의 책상 아랫서랍에 있는 원고가 실은 대부분 편지 초안이었다는 사실이다. 그 편지 내용은 교수의 신경세포가 하나 둘 얽히기 시작하면서 점점 통명스럽고 지리멸렬하게 바뀌고 있었다. 깁슨 씨는 이 타이프 원고에 흥미를 느낀 듯 꾸며보았다. 실제로 그것은 흥미 있는 것이었다. 단 비극으로지 보물로서가 아니었다.

그래도 깁슨 씨는 작업을 연장시키고 방문을 계속했다.

물론 그는 자기가 무슨 일을 하고 있는지 잘 알고 있었으나, 결코 시인하려 들지 않았다. 그것은 그의 약점인 것이다. 매번 한 방문은 거미집에 새로운 실을 엮어넣는 것뿐으로, 그는 진퇴양난에 빠지고 있었다.

더욱이 그는 알고 있었다. 여기에서 적당히 물러나야 한다는 것을 누구보다도 잘 알고 있었다. 그녀는 그가 짊어질 짐이 결코 아니었다.

물러나는 일을 하려면 할 수 있다. 오늘날 미국에서는 길에서 굶어 죽는 일은 없다. 자선단체도 있고 보호시설도 있다. 사회보호법도 있다. 게다가 그가 그녀로부터 달아난다고 해서 로즈메리는 결코 원망하지 않을 것이다. 지금까지 그가 해 준 일 또는 하려고 애썼던 일만으로도 그녀는 언제까지나 고맙게 여길 것이다.

그러나 그는 그처럼 상식적인 생각을 할 수가 없었다. 지금까지 그는 그녀를 틀림없이 빙긋 웃게 하는 방법을 알아내고 만 것이다. '이 일은' 어떤 큰 자선단체도 모를 것이다. 그의 경우 이것이 얼마나 중대하게 여겨지는가는 좀 우스꽝스러울 정도였다. 자기만 아는 기분이었다. 하지만 요컨대 그는 이 일에 너무 깊이 빠져들어버렸다. 스스로 자기를 보고 있으면서 애써 외면하려 했다.

로즈메리도 그것을 알 수 있었다. 그리하여 한 번은 그에게 경고까지 했다. 그러나 지금에 와서는 이미 늦었다. 그는 자기 스스로 이 당나귀 코앞에 희망이라는 이름의 당근을 내밀고 만 것이다…… 이 당근이 없어지면 그녀는 그만 전진하지 않게 될지도 모른다. 그뿐인가, 죽을지도 모른다…….

이럭저럭하는 동안 장사꾼들이 와서 가구를 살피고 터무니없이 싼 값을 매겼다. 장서(藏書)는 현금으로 해서 서글플 만큼의 액수밖에 쳐주지 않았다.

어느 날, 한 남자가 낡은 자동차를 50달러에 사겠다고 했다. 이때까지 로즈메리는 깁슨 씨와 의논하여 그 제의를 응낙하기로 되어 있었는데, 한 남자가 이것도 또 거절해 버렸다. 결국 그녀의 소유물에는 한푼의 가치도 없었던 것이다.

그동안 깁슨 씨는 로즈메리 대신 일자리를 구하고 있었다. 미경험자라도 관계없는 일이 있기는 했다. 그러나 그런 일은 건강과 끈기가 절대 조건이었다. 로즈메리에게는 그 어느 쪽의 자격도 없었다.

한편 깁슨 씨의 눈에는 그녀의 앞날에 중대한 위기가 기다리고 있다는 것이 뚜렷이 보였다. 그녀가 두손놓고 있으므로 집은 남이 보기에도 점점 말이 아니었다. 그가 보는 바로는 굉장한 노력을 하지 않으면, 곧 본디의 자존심을 가냘프게나마 완강히 불태우지 않으면 그녀는 몸을 거두는 일조차 할 수 없게 되리라.

육체며 정신이 소모된 탓으로 그녀는 아주 무력해졌다. 1주일에 세 번 찾아가 이야기를 나누고 얼굴 표정을 애써 부드럽게 하는 것만으로는——이것은 절대로 필요한 일이었지만——불충분했던 것이다.

'그녀는 앞으로 어떻게 하면 좋은가'.

이 생각이 그에게서 떠나지 않았다.

재산없고 허약한 여자. 식욕은…… 그로서는 잘 알 수 없었다. 곧 식사를 하고 잠자는 장소조차 잃게 된다. 무서운 3월 1일이 가까워지고 있었다.

2월 25일, 갑자기 찾아간 깁슨 씨는 대뜸 4월분 집세를 치르고 오는 길이라고 잘라말했다.

"당신에게는 생각해야 할 시간이 필요하오. '어떻게든' 시간의 여유를 만들지 않으면 안 되오. 그렇소, 당신에게 돈을 빌려준 거요. 그뿐이오. 나도 옛날에는 크게 빚을 져서……."

그녀가 느닷없이 울음을 터뜨려 그는 깜짝 놀랐다.

"자, 생쥐 아씨, 그만 우시오……."

그의 가슴은 마치 그녀의 가슴처럼 아팠다.

그러자 그녀는 요즘 몸이 저리는 듯 노곤한데, 아버지와 마찬가지로 머리가 이상해지는 게 아닌가 걱정스럽다고 말했다. 그는 깜짝 놀라며 자기 단골의사를 데려와 진찰받게 하겠다고 주장했다.

의사는 웃었다. 제임즈 노교수의 병은 유전되지 않는다. 이 여자는 몹시 건강을 해치고 있다. 표준에 못 미치는 몸무게, 영양불량, 빈혈증 등으로 신경이 너무 지쳐 있다. 이것을 어떻게 치료하면 되는지 '의사는' 잘 알고 있었다. 내복약, 식이요법, 그리고 오랜 휴양. 의사는 모든 것을 해결한 기분인 듯했다.

깁슨 씨는 입술을 깨물었다.

의사가 웃는 얼굴로 물었다.

"그건 그렇고, 깁슨 씨, 당신의 입장은? 부모 대신이오?"

"뭐, 그렇습니다."

깁슨 씨는 약을 샀다. 그녀에게 여러 가지로 지시했다. 그러나 그는 그것만으로 충분치 않음을 알고 있었다.

같은 날 밤, 우연히 만난 동료 한 사람이 그의 옆구리를 찌르며 말했다.

"그래 재미가 어떤가, 깁슨. 요즘 제임즈 할아버지의 딸을 쫓아다닌다며. 결혼식은 언제인가, 응?"

실로 웃지 못할 이야기였다!

결혼

4월 13일 오후——그의 방문은 언제나 학교가 끝난 뒤 그것도 밝을 때였다——로즈메리는 그녀의 거실에 놓인 낡은 갈색 팔걸이의자에 앉아 있었다.

팔걸이의자의 널빤지 사이에 낀 솜먼지가 깁슨 씨의 눈에 띄었다. 그는 생각했다. '이처럼 무서운 곳에서는 누구나 병드는 것이 당연하다. 이 여자를 여기서 데려나가지 않으면 안 된다.'

그녀는 머리를 빗어 목 뒤에서 빛바랜 빨간 리본으로 묶었다. 그것은 그녀를 소녀처럼 보이게 하기는커녕 이상스럽게도 야위어보이게 했다.

그녀는 마치 외어두기라도 한 듯이 딱딱한 목소리로 말했다.

"몸은 아주 좋아졌어요. 틀림없이 약이 들은 거예요. 게다가 무슨 병인지 안 것만으로도 한시름놓았어요."

그녀는 억지로 눈을 올려떴다.

"깁슨 씨, 이제 돌아가세요…… 앞으로는 오지 말아주세요."

"왜지요?"

그는 숨소리를 높였다.
"제가 깁슨 씨의 친척도 아무것도 아니기 때문이에요. 제 일로 폐를 끼쳐서는 안 돼요. 제 친구도 아버지 친구도 아니었던 분에게."
깁슨 씨는 오해하지 않았다. 그는 부드럽게 나무랐다.
"지금은 친구가 아니오?"
그녀는 목메는 듯 헐떡이며 인정했다.
"그래요. 당신은 오직 한 사람의 친구예요…… 하지만 도와주는 것도 '이제 끝났어요'. 이제는 좋아요. 마음 놓아도 돼요. 부탁이에요."
그는 일어나서 방 안을 서성거렸다. 그녀의 용기에 감탄한 것이다. 또 그것이 당연하다고 여겨졌으나 그는 불안했다.
"5월 1일이 되면 어떻게 할 생각이지요?"
"이대로 어떻게도 안 되면……시골로 가겠어요."
"그렇군. 당신은 내 일로 마음쓰고 있군요? 이제 도와주지 않아도 좋다는 거로군요?"
그녀는 말없이 고개를 끄덕였다. 마치 마지막 1온스의 에네르기까지 다 써버린 듯한 모습이었다.
깁슨 씨는 몹시 더러워진 벽지를 바라보며 머릿속에 있는 생각을 좀 엄숙한 목소리로 말했다.
"세상의 상식으로는, 주는 일은 받는 일보다 훌륭하다고들 하오. 그러나 이 경우에 내 생각으로는 기꺼이 받는 사람이 '누군가' 있지 않으면 안 되지요. 더욱이 품위있게 받는 사람이 말이오."
그녀는 얻어맞기라도 한 듯 주춤했다.
그는 당황하여 변명했다.
"아, 물론 그건 어려운 일이지만요."
그리고 그는 망설였다. 하지만 망설임은 오래 계속되지 않았다.

난처하게도 그의 상상력이 이미 움직이기 시작했던 것이다. 정말로 생동감있게 상상할 수 있는 일이라면, 그것은 실행 가능할지도 모른다. 아마 실행할 수 있을 것이다. 그는 다시 앉아 아주 정색한 얼굴로 몸을 내밀었다.
"로즈메리 양, 당신에게 한 가지 부탁이 있소."
그녀는 몸을 굳혔다.
"제가 할 수 있는 일이라면 무엇이든지. 그것이 제 의무예요."
"좋소. 그렇다면 당신이 고마워하는 것은 이제 알았으니 다시는 되풀이하지 말아주오. 듣기가 몹시 싫으니까요, 나에게도 당신에게도. 더욱이 당신이 울면 나는 그리 기분이 좋지 않소. 참으로 안타깝지요."
그녀는 눈을 굳게 감았다.
"나는 55살이오."
금방이라도 울 듯하던 그녀의 눈이 놀란 듯 뜨여졌다.
그는 빙긋이 웃었다.
"그렇게 보이지 않소? 그리고 늘 말했듯 나는 시를 가르치고 있지요. 1년 수입은 7천 달러, 이런……저런…… 이야기를 하고 나서 나는 당신에게 구혼하려던 참이오."
크게 소리내며 그녀는 두 손으로 얼굴을 감쌌다.
그는 부드럽게 말을 이었다.
"그냥 들어주오. 나는 결혼한 경험이 없소. 한 여자가 만들어주는 가정을 아직까지 한 번도 가져본 일이 없지요. 그동안 나에게는 뭔가 부족한 것 같았소…… 그 부족한 것이 흠이지요. 로즈메리 양, 당신은 집안일에 익숙하지요. 이미 몇 년이나 해왔으니까요. 다시 기운을 차리면 가정일은 할 수 있을 것이오, 그것도 아주 잘 할 수 있을 것이오. 그러므로 내가 생각하는 것은……."

그녀는 꼼짝하지 않았으며 손가락 사이로 엿보지도 않았다.
"이것은 우리 모두에게도 유리한 하나의 계약이라고 여겨주면 되오. 당신이 뭐라고 하든 우리 두 사람은 '지금' 친구요. 우리는 결코 성격이 안 맞는 것도 아니잖소? 이처럼 어려운 처지에 놓여 있으면서 우리는 나름대로 즐거운 시간을 가졌었소. 그러므로 서로 좋은 이야기 상대가 되리라 여겨지오.
 한 번 실험해 본다는 식으로 생각할 수는 없겠소? 모험을 해 본다는 식으로? 앞으로 영원히라는 말은 서로 하지 말기로 합시다. 함께 되어도 잘 안 될지 모르니까요. 요즘은 이혼을 아주 손쉽게 하잖소? 로즈메리 양, 당신은 믿음이 깊은 편이오?"
그녀는 손으로 얼굴을 가린 채 가련한 목소리로 말했다.
"모르겠어요."
"내가 생각한 것은 이를테면 성서에 걸고 맹세하는 대신······우리 두 사람이 계약을 해서······."
그는 높아져가는 목소리로 서슴없이 말했다.
"로즈메리 양, 나는 당신을 사랑하고 있지는 않소. 내가 말하려는 것은 '사랑한다느니 반했다느니' 하는 게 아니오. 그런 일은 이 나이로서는 좀 우습지요. 나는 로맨틱한 연애를 기대하지도 않고, 당신에게 줄 생각도 없소. 내가 생각하는 것은 말하자면 하나의 협정이오. 아주 솔직히 말했다고 여기오만, 내 뜻을 알겠소? 무슨 말이든 해 주오."
그녀는 더듬더듬 말했다.
"알겠어요. 말씀하시는 바는 알겠어요. 하지만 그런 계약이 이루어질 수 있을까요, 깁슨 씨. 나는 아무 쓸모도 없는데······."
그는 쾌활하게 대답했다.
"그렇소, 맞소, 지금은. 나는 다음 주 월요일부터 당장 세탁을 해

주기 바라는 건 아니오. 나는 지금 말한 대로의 마음이오. 당신도 부디 진지하게 생각해 주오…… 그러나 지금 곧 분명히 해 두고 싶은 게 하나 있소. 나는 당신을 속이고 싶지 않소."
그녀는 갈라진 목소리로 되물었다.
"나를 속인다고요?"
"당신은 아직 32살이오. 의견을 솔직히 말해 주오."
그녀는 두 손을 아래로 내렸다.
"시골에 간다니…… 내가 그런 말을 왜 했을까요?"
갑자기 힘있고 거친 목소리로 말했다.
"그때는 정말로 그렇게 생각했기 때문이 아니오?"
그는 싱긋 웃었다. 방 안의 공기가 밝아졌다. 하나에서 열까지 즐겁게 보이기 시작했다.
"로즈메리 양, 당신한테는 무슨 취미가 있소?"
"취미요? 네, 옛날에는…… 한두 번 그런 일이 있었어요. 정원을 가꾸었어요. 그리고 잠시…… 그림을 그리는 데 열중했지요."
그녀의 눈이 어두워진 듯 보였다.
"그럼, 나에게 고백하도록 해 주오. 지금 나에게 있어 가장 매력적인 일은 당신의 건강을 되찾는 아이디어요. 당신을 일어서게 하여 다시 당신 자신으로 되돌려놓는 일이오, 로즈메리. 그렇게 하는 것이 솔직히 말해서 마치 내 취미처럼 여겨지오. 아니, 정말이오. '정말로' 그렇게 생각하오."
그는 의자에 몸을 깊숙이 묻으면서 고뇌하듯 덧붙여 말했다.
"정말로 얼마나 즐거울까. 참으로 즐거우리라 여겨지오. 당신을 밝고 좋은 집에 살게 하고 맛있는 것을 먹게 하여 당신이 살찌고 건강해지는 것을 보고 싶소. 그보다 더 재미있는 일이 어디 있겠소."
그는 한숨을 쉬었다.

"다른 것은 생각할 수 없소."

그녀는 두 손으로 얼굴을 가리고 몸을 흔들었다.

그는 부드럽게 말했다.

"안 되오? 만일 내 생각이 마음에 안 들면 물론 실행하지는 않겠소. 하지만 당신은 어떻게 할 생각이오, 로즈메리? 당신은 어떻게 할 거요? 내가 걱정하는 것은 당연하잖소. 내가 내 마음을 바꿀 수 없는 한 당신이 바꾸라고 한들 무리요. 그나마 당신에게 돈을 빌려주는 일은 용서해 주겠지요."

그는 머뭇머뭇하며 말을 맺었다. 그녀는 낮은 목소리로 말했다.

"나는 요리는 할 수 있어요."

사이를 두지 않고 그가 말했다.

"그럼, 앞으로는 나를 케니스라고 불러야 하오."

그녀는 뚜렷이 말했다.

"네, 케니스, 그렇게 하겠어요."

4월 20일, 두 사람은 치안판사 앞에서 결혼식을 올렸다.

증인 가운데 한 사람은 폴 타운젠드였다.

그 까닭은 깁슨 씨가 닷새쯤 집을 얻느라 눈코 뜰 새 없이 돌아다닐 때 우연히 폴 타운젠드를 만나, 이야기를 들은 폴이 곧 이 문제를 해결해 주었기 때문이었다.

그의 아름답고 상냥한 얼굴이 갑자기 밝아졌다.

"그렇군요! 마침 당신한테 꼭 맞는 집이 있습니다. 이건 완벽합니다. 지금까지 살던 사람은 1주일 전에 옮겨갔지요. 집수리는 내일 끝납니다. 이런 우연이 있을까요. 깁슨 씨, 당신의 새 집은 '결정됐습니다'."

"어디요, 그곳이?"

"우리 이웃에 있는 내 별장입니다. 신혼에 아주 알맞은 별장이지요."
"가구는?"
"물론 가구는 갖춰져 있습니다. 장소가 좀 멉니다만."
"멀다니, 얼마쯤이나요?"
"버스로 30분. 자동차를 쓰지 않습니까, 당신은?"
"자동차라고 할 수 있을지 어떨지, 로즈메리가 가지고 있소. 아주 보잘것없는 낡은 거요. 팔려고 해도 팔 수 없을 정도지요."
"그래요, 아무튼 잘됐습니다! 차고가 있지요. 집안 구조를 말해 드릴까요. 거실과 침실과 욕실과 넓은 서재——여기에는 책장이 많이 있습니다——와 조그만 식당과 부엌. 그리고 난로와……."
"책장? 난로?"
"그리고 정원도."
"정원도?"
깁슨 씨는 아주 기뻐했다.
"나는 바보여서 내 손으로 돌보고 있지요. 어쨌든 보러가지 않겠습니까?"
깁슨 씨는 보러 가서 5분 만에 함락되었다.

오후 3시, 아무 장식도 종교 냄새도 없는 살풍경한 사무실에서 결혼식이 행해졌다. 치안판사는 붙임성없는 인물로 건성으로 입속말로 우물우물했다.

필요한 증인 말고는 아무도 참석하지 않았다. 이처럼 파리한 얼굴을 한 여자와 이렇게 결혼하는 것을 동료들에게는 보이지 않는 게 좋으리라고 깁슨 씨는 생각했던 것이다.

낡은 푸른색 슈트를 입은 그녀는 가까스로 서 있을 정도여서, 그 가느다란 손가락은 그가 반지를 끼워줄 때 애먹을 만큼 부들부들 떨렸다.
 더욱이 로즈메리에게는 일가친척이 한 사람도 없었다. 깁슨 씨의 하나뿐인 여동생 에설에게도 옛정을 생각하여 연락은 했지만 올 수가 없었다. 그녀로부터 온 편지에는 '오빠만한 나이라면 설마 무분별한 일은 하지 않으리라 여깁니다. 오빠가 행복하면 나도 행복합니다. 어쩌면 여름쯤에는 그리로 가려 하니 그때 신부를 볼 수 있겠지요. 새 언니에게 잘 부탁합니다'라고 씌어 있었다.
 그것은 보잘것없고 쓸쓸한 결혼식이었다. 깁슨 씨는 가슴이 오그라드는 듯했으나 식은 곧 끝났다. 그는 마치 입에 쓴 환약이라도 먹는 듯 '이것은 어쩔 수 없는 일'이라고 애써 참기로 했다.

새로운 기쁨

폴 타운젠드가 아직 10대인 딸과 초로의 장모, 이렇게 셋이서 함께 사는 집은 니스 칠을 한 꽤 큰 단층으로 아주 넓은 땅에 세워져 있었다.

그 자동차길에 잇닿아 또 하나의 자동차길이 있는데 그것은 별장에 딸려 있었다. 별장은 벽돌과 미국 삼나무로 지은 집으로, 담쟁이덩굴이 얽혀 있었다. 깁슨 씨가 신부를 택시에 태워 데려왔을 때 그의 책이며 원고——아직 짐을 풀지 않았지만——그리고 깨끗한 침대 겸용 소파는 이미 거실 안쪽 책장이 빙 둘러져 놓인 크고 네모진 방에 날라져와 있었으며, 제임즈 교수가 몇 년 전에 산 고물 자동차는 이미 산뜻한 차고에 들어가 있었다.

그는 현관을 열어 신부를 안으로 들였지만, 문에서의 예식(신랑이 신부를 안고 문을 들어서는 서구의 습관)은 하려 하지 않았다. 대신 그는 밝은 푸른색 안락의자에 신부를 앉혔다. 그녀는 마치 숨넘어갈 듯한 표정이었다.

깁슨 씨는 신부의 건강을 회복시키려는 계획에 온 힘을 기울이고 있었다. 학교로부터 솜씨있게 얻어낸 1주일의 휴가를 처음에 그는 새 집을 정돈하는 데 쓸 생각이었다. 하지만 이 별장을 본 깁슨 씨의 가슴에는 태어나서 처음으로 어떤 종류의 본능이 샘솟았다. 그는 가정을 만들자는 생각이 들었던 것이다.

그리하여 처음 한 시간 동안 큰 활약을 했다. 모든 힘을 동원한 것이다. 첫째로 그녀에게 집 안의 색채를 보여주었다. 분홍빛 커튼이 그녀 마음에 들었을까——그의 생각으로는 이 햇빛 잘 드는 매력있는 방이 깨끗하고 신선한 색채면 그것만으로도 건강에 좋을 듯했다. 전축은 어디에 놓을까. 그는 소리내어 그렇게 묻고 억지로라도 그녀에게 음악의 즐거움을 생각하도록 하려 했다. 그리고 다음에는 부엌일이다. 그는 요리솜씨가 없는 편은 아니었지만 부탁하듯하여 그녀의 도움말을 구했다. 요컨대 온 힘을 다하여 신부의 식욕을 돋구어 주려고 했다.

로즈메리는 저녁식사를 전혀 들지 않았다. 그녀는 앞으로의 일에 대해 마음가짐이 되어 있지 않았던 것이다. 과거로부터 빠져나온 뒤의 허탈상태에 있었다. 여기에 어떤 단절이 있는 것은 당연한 일이리라. 그는 오로지 그 때문에 죽지 않을까 하는 일이 두려웠다.

그러므로 그녀는 곧 자지 않으면 안 된다고 그는 주장했다. 부드러운 색채를 띤 침실을 혼자 차지하여 충분히 자는 일. 그녀가 침대에 들었을 즈음 그는 약을 가져갔다. 그리고 메마르고 보릿짚같이 보잘것없는 그녀의 머리칼에 조용히 손을 갖다대며 말했다.

"자, 편히 자구려."

그녀의 머리는 힘없이 저쪽을 보고 있었다.

그날 밤, 그는 책들을 풀면서 귀를 기울였다……때로는 침실문까지 가서 귀를 모았다.

다음날, 신부는 죽은 듯한 상태로 침대에 누워 움직이지 못했다.

그 눈만이 연민과 인내를 구하고 있었다.

깁슨 씨에게는 넘칠 만큼의 인내가 갖춰져 있었다. 꺾일 줄 모르는 그는 간단한 식사를 침실로 가져다줄 때마다 장난스러운 우스갯말을 생각해 냈다. 그리고 전축을 틀어 작은 집 전체에 음악이 흐르도록 했다. 그는 유머며 아름다움이며 색채며 음악을 믿고, 마음 밑바닥에 하나의 신념을 품고 있었던 것이다…… '반드시' 그녀는 건강을 되찾을 수 있다고.

이틀째 아침, 아침식사 쟁반을 가지러 가자 그녀는 베개를 짚고 반쯤 몸을 일으켜 얼굴을 창문 쪽으로 돌리고 있었다. 커튼의 우아한 흰 가장자리 사이로 장미가 심어진 땅이 조금 보였다. 그녀의 얼굴에 깁슨 씨가 아는 한 처음으로 평화로운 표정이 떠올라 있었다.

"옛날에는 참 좋아했어요, 땅에 앉아 흙 속에 손넣는 것을. 뭐랄까, 땅과 직접 접촉하는 듯 느껴져……."

"그렇소. 그리고 빛과 접촉하는 거요. 또한 흐르는 물과도. 그렇게 생각지 않소?"

그녀는 감동하여 말했다.

"그래요."

그 '그래요' 하는 한마디에 아주 적극적인 울림이 있었다고 그는 생각했다. 그러나 그는 소리없이 방을 나왔다. 그녀를 귀찮게 하거나 번거롭게 하지 않기 위해서였다.

사흘만에 로즈메리는 자리에서 일어나 무명 드레스를 입었다. 그리고 마치 미안스럽게 여기는 듯 먹을 것을 입에 넣는 기특한 노력을 하기 시작했다.

그날 밤 그는 난로에 불을 피우고——이것은 뭐랄까, 불과 접촉을 갖는 느낌이 있었기 때문이다——그녀에게 책을 읽어주었다. 그것은 누군가의 시집이었다. 그는 그녀가 지금까지 가르친 가운데 으뜸가는 학생이라고 느끼며 아주 즐거워했다. 그녀는 한마디도 놓치지 않으려 듯 귀를 기울였다. 그 귀기울이는 모습은 생기있었다. 이 생명의 불꽃을 부채질해 주면 되는 것이다.
 역시 같은 날 밤의 일이었는데, 그녀가 고뇌에 찬 표정으로 말했다.
 "당신은 아주 정상이에요."
 그녀가 도저히 정상이라고 할 수 없는 사람과 얼굴을 마주하고 8년이나 살아왔음을 떠올리며 그는 마음이 움츠러드는 듯했다. 그는 당연하다고 생각했다. 그녀가 죽음 직전이었던 것도 당연한 일이다.
 이제 깁슨 씨의 1주일 휴가는 이미 끝나가고 있었다. 로즈메리는 그동안 책 정리를 도왔다. 물론 충분히 돕지는 못했다. 월요일부터 출근해야 했으므로 금요일에 바이얼릿이 왔다.
 바이얼릿을 소개한 것은 폴 타운젠드다. 그녀는 세탁부로 날마다 오후에만 타운젠드 집으로 일하러 왔다. 나이가 젊고 생기있게 움직이는 날씬한 몸매의 여자로 굉장히 윤기흐르는 검은 머리에 살갗은 뽀얀 복숭앗빛으로 외국인(바이얼릿은 프랑스계 이름) 특유의 조용하고 반듯한 얼굴을 하고 있었다. 적어도 그녀의 용모에는 어딘지 색다르고 보통 미국사람과 다른 데가 있었다. 근동풍(近東風)이라고나 할까. 아무튼 일정한 레테르를 붙이기 힘든 여자였다.
 바이얼릿 자신도 레테르를 붙이는 일 따위에는 전혀 마음쓰지 않는 듯했다. 콧날을 오똑 세우고 말없이 일했다. 가냘프지만 든든한 노란빛 도는 손을 한 쪽만, 더욱이 손등을 써서도 이 작은 집이 눈 깜짝할 사이에 규모있게 정돈되었다.
 그녀라면 나무랄 데가 없겠다고 깁슨 씨는 생각했다. 가난 때문에 어쩔 수 없이 가정부로 굴러떨어졌다느니 하는 수다스러우며 찔끔거리는 노파와는 근본적으로 다르다. 그녀는 젊고 자존심을 지니고 있기에 그녀라면 괜찮을 것 같았다.

로즈메리는 찬성했으나 너무 돈이 많이 들지 않겠느냐고 말했다.

그는 타일렀다.

"당신 몸이 완전히 건강해질 때까지 바이얼릿을 두는 게 돈이 절약되는 것이오. 이것이 분별이라는 거요."

로즈메리는 힘있게 좀 비웃듯 말했다.

"그럴까요. '당신' 말이 제법 분별 있는 듯 '들리는' 것뿐이 아닐까요."

이런 까닭으로, 깁슨 씨는 로즈메리가 결코 죽지 않으리라는 확신을 가지고 다음 월요일 수업에 나갔다.

출퇴근에는 버스를 이용했다. 그는 자동차 운전을 그리 잘하지 못했다. 그 까닭은 자동차야말로 그가 반생을 살아오면서 없어도 지낼 수 있는 것 가운데 하나였기 때문이다. 그러므로 로즈메리가 쓸 마음이 들기까지 낡은 자동차는 차고에 그대로 넣어두었다. 그녀로서도 그 기분을 이해하고 있었다.

이리하여 오고가는 30분 동안 그는 이런저런 계획을 떠올리며 혼자 싱긋싱긋 웃곤 했다. 말하자면 그는 양육의 기쁨에 사로잡혀 있던 것이다. 그것은 창조의 깊은 기쁨과는 다르다 해도 그것에 아주 가까운 것이었다. 그는 지금까지 이런 기쁨을 느껴본 일이 없었다. 그것은 완전히 그의 마음을 빼앗고 있었다.

로즈메리의 식욕은 좋아져갔다. 그녀는 그를 기쁘게 하기 위해 지나칠 만큼 먹었다. 그것은 정말로 그를 기쁘게 했다! 깁슨 씨가 학교에서 돌아오면 바이얼릿의 손이 간 집 전체가 반짝반짝했으며, 로즈메리는 일과처럼 늘어놓았다. 달걀 몇 개를 먹고 우유 몇 잔을 마셨으며 토스트 몇 개를……그런 때 그는 늘 '당신은 이제 곧 돼지같이 될 거요'라고 말하며 눈시울이 뜨거워져옴을 느꼈다.

어느 날 오후, 버스 정류장에서 두 블록을 걸어 돌아와 보니 정원 구석 장미가 심어진 땅 옆에 그녀가 몸을 구부리고 있는 것이 보였다. 그는 언제나 걷는 길에서 벗어나 잔디 위를 지나 소리내지 않고 다가갔다. 그녀는 얼굴을 들었다. 콧등이 흙묻은 손으로 닦아 더럽혀져 있었다. 장미덤불의 가장자리 흙을 맨손으로 매만지고 있었던 것이다.

그 땅은 습기가 있었고 놀랄 만큼 까맸다. 그녀는 밭 만들기에 좋은 흙이라고 설명했다. 깁슨 씨도 허리를 구부려 그 흙을 만지며 흐뭇해 했지만, 마음속으로는 태어나서 처음 들은 신선한 말을 음미하며 즐기고 있었다. 이 얼마나 멋있는 말인가? 밭을 만든다! 그로서는 그 뜻을 바로 알 수 있었던 것이다.

그녀는 장미 뿌리를 북돋우어 주어야 한다고 말했다. 그는 뿌리 북돋우는 방법을 배웠다. 또 장미덤불 하나를 아주 잘 다듬어 주었으며 꽃봉오리가 밖으로 뻗을 수 있도록 긴 나뭇가지를 남겨 두었다. 그녀는 마치 장미에 대해서라면 뭐든지 알고 있는 듯한 말투였다.

그는 로즈메리가 이 하나의 식물——이것이 지금으로서는 그녀가 다룰 수 있는 모두였다——에 그가 로즈메리에 대해 지닌 것과 다름없는 기대를 가지고 있는 거라고 생각했으나 입 밖으로 내어 말하지는 않았다. 그리하여 그녀가 일어설 때 부축하자, 그녀는 꽤 경쾌하게 뛰어오른 듯한 느낌이 들었다. 그는 아주 기뻤다.

어느 일요일 아침, 그는 바이얼릿이 부엌에서 일하는 소리를 어렴풋이 듣고 있었는데, 문득 정신차리니 집 안에는 달리 아무도 없었다. 창문마다 모두 내다보며 겨우 찾아낸 로즈메리는 머릿솔을 들고 햇빛 드는 뒤뜰 잔디밭에 앉아 있었다. 그녀는 느릿한 리듬으로 머리를 빗고 있었다. 그가 지켜보는 동안 내내 로즈메리는 머리를 빗고 있었다.

그 광경 속의 무엇인가가 깁슨 씨를 놀라게 했다. 리듬, 감각적인 리듬, 그 의식을 올리는 듯한 동작, 그 진기함……로즈메리는 여자였다. 하나의 비밀이었던 것이다. 이제 그녀가 건강을 완전히 되찾았을 때 어쩌면 같은 집에서 살아온 이 여자가 다른 낯선 사람이 되지 말라는 법은 없다! 확실히 그곳의 로즈메리는 다른 사람처럼 보였다. 처음으로 보는 그녀, 깁슨 씨는 조금 몸을 떨었다.

폴 타운젠드는 이웃이 되어보니 이상적인 집주인이었다. 친절하고 무관심하며 결코 귀찮게 구는 일이 없었다. 폴은 3주일쯤 지나 깁슨 부부가 겨우 차분해졌으리라 여겨질 즈음 두 사람을 저녁식사에 초대했다.

이것은 두 사람의 첫번째 사회적인 사건이었다.

로즈메리는 가장 좋은 드레스를 입었다. 깁슨 씨는 소리내어 감탄했다. 보기만 해도 즐거운 조금 엷은 파랑색 드레스다. 그는 얼마쯤 들떴다. 그리고 당신이 그런 기분이 들면 곧 적어도 두 벌은……아니, 세 벌은 새 드레스를 사야겠다고 말했다.

로즈메리는 얌전히 그렇게 하겠다고 약속했다. 그녀는 이제 고마움의 눈물을 흘리는 일없이 그의 말이라면 무엇이든지 받아들였다. 실제로 로즈메리는 받는 일에 대해 참으로 고상했던 것이다.

두 사람은 두 집의 자동차길을 가로질러 폴 타운젠드네 집으로 걸어서 갔다.

그곳은 호화롭지는 못하나 돈에 곤란을 겪지 않는 사람의 거처임에 틀림없었다. 화학공학 전문가인 폴 타운젠드는 학교 옆 공장과 실험실을 소유하고 있었으므로, 막대한 재산이라고까지는 할 수 없어도 지금 쾌적한 생활을 영위할 수 있을 만큼의 수입은 있었던 것이다.

그는 홀아비로, 깁슨 씨는 살았을 때의 그의 아내를 모른다. 그 사진만은 이 집 안에 많이 걸려 있었다. 그 아내의 사진들이 아주 젊게

찍혀져 있는 것을 보는 일은 어쩐지 쓸쓸한 느낌이었다.
 사진 속 사람의 외딸이 이 늘씬하게 자란 15살의 아가씨로 고등학교에 다니는 진이라는 것은 좀 생각하기가 쉽지 않았다. 진은 쾌활한 아이로 짧게 자른 검은 머리를 아무렇게나 하고 늘 아름답고 흰 이를 드러내며 빙긋 웃었다. 손님을 맞이하는 예의가 그만이었다.
 그리고 폴의 장모 파인 부인이 있었다. 이 사람은 딱하게도 다리가 나빠 바퀴의자에서 떠나지 못했다.
 저녁식사는 정식 코스가 아니었으나 규칙적인 요리순서에 따라 모두 점잖고 예의바르게 식사했다. 깁슨 씨는 로즈메리를 지켜보고 있었다. 그녀가 이 집 사람들에게 너무 신경쓰고 있지는 않은지, 과로하지는 않는지, 몸은 괜찮은지.
 노부인이 상냥하게 여러 가지 일을 묻고, 다음에는 자기와 가족에 대해 부드럽게 들려주었다. 노부인은 섬세하고 야윈 얼굴로 자기의 불구에 대해 결코 화제에 올리지 않는 요령을 터득하고 있었다.
 소녀 쪽은 어른들 사이에 앉아 어른들의 도움을 조금도 빌리지 않고 시중들며 뒤처리를 하고는 숙제가 있다면서 자기 방으로 갔다.
 폴은 사려깊은 주인으로 어디까지나 선의에 넘쳤으며 소홀한 점이 없도록 마음을 썼다.
 그렇다 해도 아직 사교적인 데가 많았다. 그리하여 깁슨 씨는 이 로즈메리와 이웃의 첫만남에서 딱딱함을 내쫓는 일을 시작했다. 소탈한 대화는 로즈메리도 편할 테고 기분나쁠 리 없었다. 그리하여 잠시 그는 지껄여댔다. 여러 가지로 양쪽의 흥미를 돋구기도 하고 찌르기도 하다가 겨우 폴을 조정하여 정원 일에 관한 이야기를 꺼내는 데 성공했다. 로즈메리도 귀기울이며 화제에 끼어들기 시작했다. 깁슨 씨는 열심히 물었다.
 이야기를 하다가 폴이 말끝맞추기 같은 우스꽝스러운 질문을 했다.

"깁슨 씨는 humus(부식토—humour(유머)에 빗대어)를 아십니까?"

깁슨 씨는 곧 받아넘겼다.

"nut march(뿌리돌리기—not much(그다지)에 빗대어)."

그러자 로즈메리가 나직이 웃었다. 노부인은 사랑스러운 듯 빙긋 웃으며 밝은 표정으로 모두들의 이야기에 귀기울였다. 대화는 매우 빠르게 활기를 더해갔다.

10시가 되자 두 사람은 일어섰다. 깁슨 씨는 로즈메리를 너무 피곤하게 하고 싶지 않았던 것이다. 정중한 인사를 나누고 나서 두 사람은 폴의 집 현관을 나와 지붕이 없는 포치를 걸어갔다. 층계를 다섯 단 내려와 한밤중 가까운 서늘한 공기를 쐬며 두 개의 자동차길을 가로질렀다.

가정일에 아내가 충실하고 있다는 것을 증명하는 듯 반짝반짝 빛나는 새 쓰레기통을 곁눈질해 보며 두 사람은 자기 집 뒷문으로 들어섰다. 그리고 정돈이 잘된 어슴푸레한 부엌을 지나 전등을 켜둔 거실로 들어갔다. 이거야말로 내 집이라는 감개가 깁슨 씨의 마음에 밀물처럼 스며들었다.

"재미있었지. '당신'도 재미있는 듯 보였소."

로즈메리는 파란 드레스를 입은 채 천천히 짙은 빛 스웨터를 어깨까지 벗어올리고 있었다. 무엇인지 열심히 생각하는 듯한 표정이었다.

그녀는 떨리는 목소리로 말했다.

"세상에 이처럼 즐거운 일이 있는 줄 조금도 몰랐어요. 조금도, 조금도 몰랐어요……."

그는 왠지 섬뜩했다. 뭐라고 대답해야 좋을지 몰랐다.

그녀는 스웨터를 의자에 내던지고 앉으며 그를 올려다보고 방긋 웃었다. 그리고 기분을 맞추듯 말했다.
"책을 읽어주세요, 케니스, 부탁이에요. 10분이면 돼요. 내 기분이 가라앉을 때까지."
"당신이 우유를 마시고 과자를 먹는다면 읽어주지."
"네, 그럴게요. 준비해서 갖다주세요."
그리하여 그는 먹을것을 준비했다. 책을 펼쳤다. 읽어 주었다.
이윽고 그녀는 집게손가락에 묻은 과자가루를 핥았다. 빙긋 졸린 듯한 웃음을 떠올리며 고맙다고 말했다.
케니스 깁슨은 자기 방으로 들어갔다. 그 방은 이미 그가 살았던 적 있는 모든 방과 같은 양상을 나타내보였다. 부드러운 질서와 자질구레한 홀아비의 안락. 얼마쯤 망연한 기분으로 그는 침대에 들었다. 로즈메리가 알 수 없어지기 시작한 것이다.

교통사고

5월 19일, 로즈메리는 먼저 일어나 아침식사를 만들기 시작했다. 새 무명 드레스를 입었는데 이것은 '평상복'이라고 부르는 핑크빛——어딘지 특별히 봄다운 느낌이 드는 핑크빛 옷이었다.

그녀는 즐거운 듯이 재잘거리고 있었다. 꽃밭에 새 화학비료를 줘보고 싶다. 효험은 폴 타운젠드가 보증할 것이다. 하지만 그런 일에 3달러 5센트나 쓰는 것은 아까울까? 오늘 저녁식사는 양고기구이가 좋은가요? 곁들일 것은 민트소스, 아니면 민트체리로 하겠어요? 저 낮은 돌담에 아침 햇빛이 비치는 것은 정말 아름다워! 잿빛 바탕에 연한 금빛. 아침 해는 저렇듯 빛나는데 낮이 되면 흐릿해지는 것은 어째서일까?

그는 추리해 보았다.

"그림자 때문일까? 차츰 그런 것을 그림으로 그리면 좋겠지, 로즈메리."

썩 잘 그리지는 못하지만 '해보겠어요' 하고 그녀는 말했다……. 그리고 경멸하는 표정으로 문득 머리를 들며 바이얼릿에게 부엌의 커틈을 빨아서 풀먹이라고 해야겠다고 또렷하게 말했다. 그렇게 하는 것이 아침 빛에 어울려 기분좋아요, 그렇지 않아요?

식탁에 앉아 그녀의 모습을 보고 그 말을 듣던 깁슨 씨는 갑자기 눈이 뜨여진 듯한 기분이었다. 눈에서 비늘이 떨어진 것이다. 지금 그의 눈에 보이는 로즈메리는 이제까지 알고 있던 그녀가 아니었고, 이제까지 그가 생각하고 있었던 그녀도 아니었으며, 이날 아침 '현재의' 로즈메리였던 것이다.

시원스러운 무명 드레스에 나타난 몸매는 가냘팠지만 이미 야위었다고 할 수 없었다. 나약한 자세 때문에 구부정하게 보이지도 않았다. 그렇기는커녕 아주 좋은 자세로 앉은 가느다란 허리 위에 반해버릴 듯한 가슴이 솟고 어깨는 부드러운 살로 덮여 있었다.

그리고 머리! 그녀의 풍부한 머리칼은 그야말로 갈색으로 빛나고 있었다. 대체 이것은 어디서 나타난 것일까. 이 얼굴은 어디서 온 것인가. '이' 얼굴은 파리하지도 않고 피부가 늘어져 주름잡히지도 않았다. 이것은 거의 탄력 있다고 할 만한 얼굴로, 장밋빛에 가까운 금빛으로 알맞게 그을었으며, 이마의 주름은 성숙 그 자체였다. 그것은 노골적으로 강요하는 듯한 소녀의 이마보다 몇 배나 아기자기했다.

그 푸른 눈은 오늘의 예정을 이리저리 생각함에 따라 생동감있게 움직였다. 눈꼬리의 이상한 잔주름은 그녀가 기분좋다는 것을 아울러 생각하면 뭔가 아주 특징있고 뜻깊은 듯이 보였다. 요컨대 그녀의 얼굴 전체는 아주 생기 있어서……뭐라고 하면 좋을까……로즈메리다웠다. 더욱이 그 거품이는 듯한 혼잣웃음이 언제나 목 속에 어려 있었다.

그의 가슴은 부풀었다. '이제 그녀는 기운을 차린 것이다' 하고 그는 생각했다.

그 자리에서는 그런 생각을 가슴에 감추고, 깁슨 씨는 싱긋 웃으며 좋은 생각이군, 하고 격려하듯 그녀의 어깨를 두드리고, 다녀오겠다고 말했다.

그러나 버스를 타고 가는 동안 기쁨으로 가슴이 두근거렸다. '그녀는 다시 기운을 차렸다. 로즈메리는 죽지 않았다, 건강해졌다!' 그녀를 부활시킨 것은 그였다. 죽은 사람을 되살린 거나 다름없었다.

기적은 마음속에서 하루 종일 울리고 있었다. 그는 무슨 일이 있을 때마다 그것을 떠올리고, 떠올릴 때마다 그것은 종처럼 울렸다.

집으로 돌아와 양고기가 맛있겠다고 말하고, 그녀가 열심히 먹는 모습을 지켜보며 오늘 하루의 일에 귀기울이고, 그리하여 오늘이 이미 내일의 밑거름이 되었을 때 그는 분명히 말했다.

"로즈메리, 내일 밤은 '우리 둘이서' 축하를 합시다."

"축하? 뭘요?"

"당신은 10마일쯤 운전할 수 있지요? 아크 호(號)는 10마일쯤 달릴 수 있을 것이오?"

그녀는 쾌활하게 말했다.

"네, 물론이지요. 그 정도는 문제없어요."

"그럼, 내일은 밖으로 식사하러 갑시다. 내가 아는 레스토랑이 있소. 길을 죽 나간 곳에 있지. 당신도 틀림없이 마음에 들거요."

"하지만 '왜' 밖으로 나가지요?"

그는 깊은 뜻이 있는 듯이 말했다.

"축하하기 위해."

"무슨 축하예요, 케니스?"

"그것은 비밀이오. 내일 가르쳐주지."

"대체 무슨 말을 하는 거에요?"

그는 장난스레 말했다.

"아무것도 아니오."

이 비밀은 결코 밝히고 싶지 않다. 비록 상대가 로즈메리일지라도.
다음날 밤——그날은 금요일이었다——낡은 자동차는 끽끽거리는 소리를 내며 도시의 서쪽 가도를 달려갔다.
품위는 있지만 고풍스러운 이 자동차는 마치 뚱뚱하게 살이 쪄도 기품을 잃지 않은 마님처럼 위풍당당하면서도 나른한 듯이 달렸다.
가슴에 빨간 장미무늬를 수놓은 새 흰 드레스 차림으로 크고 빨간 울 스카프를 머리에 쓴 로즈메리는 그리 긴장한 기색도 없이 자동차를 몰고 있었다. '이런 일을 해낼 수 있는 것도' 하고 깁슨 씨는 자랑스럽게 생각했다. '기운이 났기 때문이다. 이제 완전히 건강해진 게 틀림없다.'
깁슨 씨는 미리 테이블을 예약해 두었다. 맛있는 프랑스 요리와 분위기 때문에 이 가게는 늘 붐볐다. 가게 안은 어두컴컴하고 담배연기며 여러 가지 소스의 향기로운 냄새가 차 있었다. 물론 이 가게음식은 그리 싸지 않았다. 그러나 오늘은 축하하는 날이다.
두 사람은 포도주를 조금 마셨다. 차례로 멋진 요리를 먹어나가는 동안 깁슨 씨는 그녀를 초조하게 만들려는 듯이 먼 곳까지 식사하러 나온 이의 터무니없는 낭비를 일부러 설명하지 않았다. 담배연기며 향긋한 요리 냄새, 주위 손님들의 조용한 움직임——그 한가운데에 단둘이 앉아 있는 일은 아주 즐거웠다.
깁슨 씨는 자기의 멋진 행동을 의식하고 있었다. 로즈메리가 멋부린 것도 깨닫고 있었다. 두 사람은 연극의 연기자 또는 가면무도회에 참석한 사람 같기도 하여 자기가 아니면서 그러나 보다 자유롭고 진실된 방법에 의해 자기 자신임에 틀림없었다.
그는 얼마쯤 부드럽고 얼마쯤 우스꽝스러운 태도를 보이지 않을 수 없었다. 그는 그것을 즐기고 있었다. 로즈메리는 자기가 여느 때보다 아름답다고 여기는 얼굴이었다. 정말 아름답다고 깁슨 씨는 생각했다.

디저트로 나온 커피에 두 사람은 브랜디를 조금 떨어뜨렸다. 그리고 이 대중 속의 사랑스러운 두 사람은 예고없이 갑자기 아이들처럼 발작적으로 떠들어대기 시작했다.

처음에는 그의 하찮은 말, 하찮은 한마디 농담으로 시작되었다. 그러자 로즈메리가 받아넘겼다.

그가 그것을 더 보충했다.

그 뒤로 잇따른 탈선이었다. 모든 것이 소용돌이치기 시작했다. 모든 것이 자꾸자꾸 우스꽝스러워졌다. 두 사람의 행동은 미치광이 같아졌다. 깁슨 씨는 냅킨으로 얼굴을 가리고 소리내어 웃었다. 배가 아플 만큼 너무 웃었다. 로즈메리도 배가 아픈 듯 장미꽃이 수놓인 가슴께를 손으로 누르고 있었다.

두 사람은 동시에 몸을 흔들어 머리를 맞부딪쳤다. 그야말로 '터무니없는' 짓이었다. 얼굴은 새빨갛고 눈에 눈물을 머금은 채 서로 그만두라고 하려다가는 또 소리죽여 웃으며 또 맞부딪쳤다.

다른 사람들이 이상한 얼굴로 살그머니 그들 쪽을 바라보았다. '그것'이 또 '말할 수 없이' 우스웠다. 그리하여 다시 발작이 시작되었다. 이처럼 우스운 일은 어디서도 참을 수가 없다. 그러나 왜 우스운지는 결코 설명할 수 없다. 그 일 '자체'가 또 극단적으로 우스운 것이다.

다른 손님들도 옮은 듯이 웃기 시작했으며, 이제는 드러내놓고 호기심어린 눈으로 그들 쪽을 바라보았다. 그리하여 두 사람은 웃음을 참고 입술을 깨물며 브랜디를 핥았다. 그러나 로즈메리가 또다시 우스운 말을 생각해 내어 '말했기' 때문에 다시금 발작이 시작되었다. 그만 지구를 튀쳐나와 어딘가로 가버릴 듯한 웃음의 발작.

그 웃음을 가라앉는 데는 꽤 시간이 걸렸다. 그러나 가까스로 시작했을 때와 같이 갑자기 작은 슬픔이 밀려왔다. 이것으로 끝이었다. 여기서 또다시 시작하려 해서는 안 된다. 그렇다. 결코 무리하지 말 것. 달콤한 만족을 목에 남기고 웃음의 뒷맛을 고약처럼 기분좋게 피부에 발라둔 채 말없이 앉아 있을 것.

로즈메리가 정색한 얼굴로 물었다.

"무슨 축하인지 말해 줄 거지요?"

그는 조금 남은 브랜디 글라스를 들어올렸다.

"지금 말하지. 당신을 위한 축하요. 당신이 건강해진데 대한."

그녀 눈에 그만 눈물이 치솟았다. 그녀는 대답하지 않았다.

그는 조용히 말했다.

"자, 이제 늦었소. 그만 돌아갑시다."

"네."

그녀는 빨간 울 스카프를 등 뒤에서 들어올렸다. 그 손이 떨리는 듯 보였다. 종업원이 테이블을 치우고 두 사람은 꿈꾸듯 조금 전에 먹은 음식이며 장난스레 웃은 웃음의 달콤한 기억에 잠긴 것처럼 천천히 일어섰다.

그는 부드럽고 긴 스톨을 집어들어 등을 돌린 로즈메리에게 둘러주었다. 그녀를 안전하고 따뜻하게 해주고 싶다, 목 둘레까지 꼭 맞게 씌워주자고 그는 생각했다. 그 손놀림은 자연히 부드러워졌다. 그러자 로즈메리는 목을 옆으로 돌려 눈 깜작할 사이에 뺨의 따뜻한 피부를 그의 손등에 애무하듯 눌러왔다.

그것은 짧은 한순간이었다. 그것은 온 세계를 바꿔 버렸다.

깁슨 씨는 그녀의 뒤를 따라 계산대로 가서 셈을 치르고 가게주인이 열어준 문을 나왔다. 주인은 안녕히 가십시오, 안개가 조금 끼었으니 조심하십시오, 라고 말했다. 깁슨 씨는 기계적으로 대답한 듯하다.

그는 완전히 얼굴이 벌개져 있었다.

지금 막 자기가 아내 로즈메리에게 사랑을 느끼고 있음을 안 것이다. 스물 셋이나 나이어린 아내. 하지만 그런 것은 문제가 아니다. 그렇다, 그는 그녀에게 정신이 없는 것이다! 지금이야말로 세상에서 말하는 '연애'가 어떤 것인지 분명히 알았다. 연애하고 있다……연애……연애!

두 사람은 신비롭고 아름다운 세계로 나갔다. 마치 이 세상 것이 아닌 듯한 아름다움이었다. 자욱이 깔린 안개. 아, 이 얼마나 아름다운가!

깁슨 씨는 경건하게 말했다.

"얼마나 아름답소!"

로즈메리가 발길을 돌려 잠시 그에게 기댔다. 두 개의 몸은 낡은 세계가 사라진 뒤에 남겨진 모든 것이었으며 오직 하나뿐인 중요한 존재였다. 사방은 안개로 둘러 싸여 도로 너머로 보이는 희뿌연 들판은 아련한 안개 속에서 꿈결같이 가라앉아 있었다. 평범한 포장도로는 신비의 나라로 통하는 한 줄기 리본이었다.

"내가 운전해 줄까?"

"아니, 괜찮아요. 아크 호는 이미 할아버지여서 내가 아니면 몰라요. 아, 케니스, '정말로' 아름다운 경치예요!"

두 사람 사이에 떨림이 흐르고 그는 그것을 진심으로 사랑했다. 그것은 실로 그립고 새롭고 더욱이 지나치게 아름다워서 말로 표현할 수가 없다.

두 사람은 자동차에 올랐다. 로즈메리는 커다란 소리가 나는 엔진에 시동을 걸어 주차장 밖으로 뒷걸음질쳐 나왔다.

깁슨 씨는 정신을 차려 눈을 크게 뜨고 그녀의 운전을 지시하려 했다. 그러나 그는 눈에 비치는 것을 거의 보고 있지 않았다.

로즈메리는 충분히 주의깊게 천천히 자동차를 몰았다. 낡고 커다란 자동차는 차분하게 달려나갔다.

눈에 보이지 않는 세계는 두 사람 앞에서 달려와 두 사람 뒤에서 눈 깜짝할 사이에 사라졌다. 두 사람은 아무 데도 있지 않으며 그러나 틀림없이 거기에 있었다. 단둘이의 집에서 겨우 10마일 되는 곳에.

깁슨 씨는 지난일이며 앞일을 그리 깊이 명확하게 생각하고 있지 않았다. 그는 오직 자기가 사랑에 빠져 있다는 것만을 알았다. 그것만으로 모든 것이, 모든 것이 완전히 달라지고 아름다와 보였던 것이다.

갑자기 헤드라이트가 불쑥 '나타났다'. 그것은 마치 지금 막 태어난 듯 신선했다. 한 대의 자동차가 앞에서 똑바로 달려왔던 것이다.

로즈메리가 당황하여 핸들을 크게 돌리는 것이 그에게 보였다. 깁슨 씨로서 알 수 있었던 것은 그뿐, 다음에는 무서운 소리, 한순간의 고통, 그리고 온 세계가 그의 감각에서 한꺼번에 사라졌다.

도움을

그는 두 팔을 허리에 비끄러매고 개집의 개처럼 사슬에 묶여 있었다. 이 침대에서는 비록 탈출의 야심을 품을지라도 달아날 수 없으며, 그를 가둬두고 있는 이 기묘한 장치로부터 빠져나갈 수가 없다.

"그럼, 아내는 '정말' 무사한 거로군요. 당신은 정말 만나보고 왔군요."

그는 눈길을 아래로 하여 '그' 얼굴을 찾았으나 종이 묶음을 든 아가씨는 의자에 앉아 있었으므로 너무 낮았다. 머리 꼭대기만 보일 뿐 그에게는 그 눈이 보이지 않았다.

아가씨의 목소리가 말했다.

"솔직히 말하면 만나지는 못했어요. 하지만 부인과 같은 층에 있었기에 다행히도……이를테면……정보를 얻었지요. 부인은 괜찮다더군요, 깁슨 씨, 정말이에요. 다른 사람에게서도 들었어요?"

그는 초조하게 물었다.

"'괜찮다'는 건 무슨 뜻이오?"

이처럼 한 발을 몹시 꼴사나운 모양으로 들어올리고 어떤 방법으로

인지 허리를 묶여, 의식은 마치 꿈속 같고 부상의 충격과 불명예에 들쒸워진 듯한…… 이러한 깁슨 씨지만, 병원 용어로는 '괜찮다'는 것이다. 생명에 지장이 없다는 상태 말고는 아무 뜻도 갖지 못한 말이 아닌가.

'아, 그녀가 설마?'

품위없는 목소리가 말했다.

"잠시 정신을 잃었고 신경이 아주 조금 상했대요. 하지만 그뿐이에요. 그럼, 깁슨 씨, 미안합니다만……"

그는 머리를 옆으로 돌렸다. 그것만이 그에게 남겨진 자유인 듯했다. 그런데 대체 누가, 하고 치솟아오르는 고뇌를 느끼며 그는 생각했다. 누가 앞으로 로즈메리의 얼굴을 빙긋 웃게 할 것인가?…….

아가씨는 약간은 동정이 묻어나는 목소리로 물었다.

"아프세요? 그러면 나중에 해도 좋아요."

"확실히 아프오. 정말 그렇소. 바로 이 안쪽이오. 마치 온몸이 고치가 된 것 같소. 솜이나 안개처럼 두리뭉실 하고……"

안개? 그는 섬뜩했다.

모르는 사이에 무슨 약을 먹게 한 것이 틀림없다. 혀가 어쩐지 묵직해진 듯하고 축 늘어졌다.

"아픔을 느끼는 건 아니오. 알겠소? 그런데 온몸에 아픔이 깔려 있소. 그걸 잘 알겠소. 내가 그걸 안다는 것을 아픔 쪽에서도 알고 있소. 오늘이 며칠이오? 지금 몇 시오? 여긴 어디지요?"

겁먹은 입으로 그는 우스갯말을 해보였다.

아가씨는 참을성있게 말했다.

"5월 20일 토요일이에요. 시간은 오전 9시 20분, 여기는 앤드루즈 메모리얼 병원. 당신은 어젯밤에 들어왔어요. 그래서 깁슨 씨, '정말로' 미안합니다만, 이 서류에 적어넣어 사무실에 제출하기로 '되어 있으니'……."

그는 정색하며 말했다.

"알겠소. 그런 일은 어디에나 있지요."

모두 거짓말하고 있는 게 아닌가 여겨지자, 그는 마음속 깊이 떨릴 만큼 걱정스러웠다. 그것은 결코 생각할 수 없는 일은 아니다. 이처럼 충격받은 그를 보고 병원사람들은 상심할까봐 서로 공모하여 그에게 불행을 밝혀주지 않는 건지도 모른다. 그는 눈을 크게 뜨고 겨우 머리를 쳐들어 흐릿한 시야 속에서 아가씨 표정을 살피려고 했다.

그는 부탁했다.

"좀더 의자를 높이 해 줄 수 있겠소? 당신 얼굴이 보이지 않소."

아가씨는 의자를 높이 올려 주었다. 아가씨는 생각했다. 어머나, 이 사람, 아름다운 눈을 하고 있어. 여자 눈이었으면 좋았을걸. 정말 멋진 눈이야. 하지만…… 그럴까? 나나 여동생은 다 머리칼이 뻣뻣한데 오빠나 남동생은 모두 타고난 고수머리인걸 보면……이런 생각을 눈치채이지 않으려고 아가씨는 눈길을 떨어뜨렸다.

깁슨 씨는 격렬하게 물었다.

"아내는 어떤 '취급'을 받고 있소?"

"그냥 안정제를 주사했으리라 여겨져요, 적어도 나는 보지 못했으니 아마 2, 3일 안정하면……."

그는 흥분하여 말했다.

"그거 잘됐군요. 그래, 꼭 그렇게 되어야지. 조용히 있도록 해주오, 왜냐하면 아내는 몸이 약해서요. 모처럼 오래 걸려 좋아졌는데, 이 때문에 또 나빠지면……."

아가씨는 한숨을 쉬며 펜을 내밀었다.

"이름과 주소는 이것으로 됐고, 그리고 저……생년월일은, 깁슨 씨? 귀찮게 하여 죄송합니다만 이 난에 적어 넣는 것만은……."

도움을 63

"미안하오. 1900년 1월 5일이오. 그러므로 나이 계산은 아주 간단하지요. 뺄셈을 할 필요도 없으니까."

아가씨는 '혼인'란에 '기혼'이라고 써넣고……목소리를 내어 물었다.

"결혼한 지 얼마나 되지요?"

"5주일이오."

"어머나, '그래요'?"

아가씨의 목소리는 호기심으로 밝아졌다. 다음의 기입 사항은 '아이'였다. 아가씨는 '없음'이라고 쓰려다가 문득 생각나서 물었다.

"부인은 '첫' 아내인가요?"

"첫번째의……오직 하나뿐인 아내요…… 저, 한 가지만 가르쳐주겠소?"

그는 아가씨의 모습을 똑똑히 보려고 애썼다.

"심하지 않소, '아내의' 상처는?"

아가씨가 이번에는 단호한 목소리로 말했다.

"정신차리세요, 깁슨 씨, 나더러 '어떻게 하라는' 거예요? 아무도 당신을 속이지 않아요. 신께 맹세코 부인은 뇌진탕도 일으키지 않은 것 같아요. 심한 상처면 나도 알 수 있을 테니……그렇다면 꼭 알려주지요."

겨우 아가씨의 얼굴이 보였다. 그것은 밝고 친절하며 열성어린 표정이었다.

그는 힘없이 말했다.

"알겠소. 여러 가지로 고맙소."

여기는 병실이다. 전화도 없다. 그는 로즈메리로부터 격리되어 있었다. 1천 마일보다도 더 떨어져 있었다. 그는 자신없이 장난스럽게 물었다.

"아내에게 엽서를 내도 상관없소?"

"엽서라니요, 틀림없이 '부인께서' 이리로 오실 거예요…… 늦어도 내일은."

깁슨 씨는 깜짝 놀라며 물었다.

"나보다 먼저 퇴원이 되오?"

"네, 틀림없이 그렇게 '되리라고' 여겨요. 그러니 '당신만' 잠시 참으면……."

"퇴원시키면 안 되오."

오직 혼자인 로즈메리는 생각만 해도 두려웠다. 바이얼릿에게 부탁하여 함께 있게 해도 좋지만, 바이얼릿은 이기적이고 차가운 여자고 ……폴 타운젠드는 친절하지만 아무래도 그녀와 함께 있게 할 수는 없다.

문득 아무도 없다는 생각에 그는 당황하여 생각했……. 아니, 아니, '있다'! 로즈메리에게는 친척이 없지만 그에게는 있다. '여동생이 있다'.

그는 갑자기 물었다.

"전보를 쳐 줄 수 있소?"

"내가 해드려도 좋지만, 간호원이……."

"'당신이' 해 주오. 이름은 에설 깁슨 양이오."

그는 주소를 가르쳐주었다.

"받아 써 주겠소? 이렇게 해 주오. '자동차 사고로 입원중. 걱정없음. '로즈메리'는 무사함. 일손이 필요하니 오기 바람.'"

아가씨가 바쁘게 받아쓰며 물었다.

"부탁한다는 말은요?"

"'부탁한다, 켄.'"

"스무 자예요."

"좋소. 부탁하오. 요금은 대신 치러주겠소? 돈이 어디에 얼마쯤 있는지 모르니."
아가씨는 위로하듯 말했다.
"그렇게 해 드리지요. 나중에 청구서에 덧붙이면 되니까요. 자, 기분은 좋아졌어요? 이 서류의 물음에 대답해 줄 수 있겠어요?"
그리하여 그는 하나하나 물음에 대답했다.
이윽고 아가씨는 말했다.
"네, 됐어요. 이로써 당신의 신상에 관해서는 다 알았어요. 깁슨 씨, 걱정 마세요. 전보는 틀림없이 쳐드릴테니까요."
"폐를 끼쳐서……."
"몸조리 잘하세요."
아가씨는 방긋 웃었다. 아가씨는 깁슨 씨에게 호의를 가지고 있었다. 이 사람, 좀 귀여운 데가 있어. 도저히 55살로는 보이지 않아. 살갗이 저렇게 곱고 뺨에 군살도 없어. 여자도 우물쭈물하다가는 따라가지 못하겠어. 결혼하고 이제 겨우 5주일, 그것도 첫결혼이라니. 이 일이 아가씨로서는 조금 귀엽고 얼마쯤 재미있는 일로 여겨지는 것이었다.
아가씨는 부드럽게 말했다.
"신부 일은 너무 걱정 마세요."
"그렇게 하도록 하지요."
그는 약속했다. 그러나 그는 이 아가씨가 재미있어하는 것을 알아차렸으므로 이제는 남에게 마음을 드러내 보여 재미를 느끼게 하는 일은 하지 않으리라고 결심했다.
아가씨가 나가자 그는 취한 듯이 생각하기 시작했다. 내 신상, 저 아가씨에게 내 신상이 '조금도' 알려질 리 없다. 그러자 그의 반생이 바쁘게 마음속을 달려가며 갖가지 실망과 미뤄지고 또 미뤄진 여러 가지 일에 그의 가슴은 몹시 뛰었다.
 그러나 그는 자신을 억누르며 인내의 마음을 되찾았다. 어떤 고통이 있더라도 몸은 시간이 지나면 나을 것이다. 고통은 아무것도 아니다. 그것은 참을 수 있다. 시간낭비는 참을 수가 없지만 참도록 애쓰자.
 다만 로즈메리의 상처가 그리 심하지 않으면 좋겠다! 에설——의지가 되는 여동생 에설——이 빨리 와서……집안일을 해주면 좋겠다. 여동생은 이를테면 그 자신이 그런 전보를 받았을 때와 같은 반응을 보일 게 틀림없다고 깁슨 씨는 믿고 있었다.
 에설은 어쩌면 비행기로 올지도 모른다. 여동생 에설은 이 경우 같은 병원의 위층에 있는 로즈메리보다 가까이에 있는 듯한 느낌이었다. 에설은 반드시 와 준다. 도와 준다. 그리고 모든 일이 잘 되어 나갈 것이다.
 깁슨 씨가 문득 보니 오른쪽 환자 하나가 볼썽사납게 콧구멍에 호수를 꽂고 힘없이 누워 있다. 왼쪽 남자는 베개에 귀를 대고 있는데, 베개 밑 트랜지스터 라디오에서 연속방송극이 흘러나온다. 이 병실은 환자로 가득차 있었다. 환자들은 모두 되도록 애쓰며 기다리고 있고 ……대부분 고통을 참고 있다. 그 가운데 사랑을 하고 있는 사람이 없다고는 할 수 없지 않은가.
 깁슨 씨는 누운 채 말을 생각해 내려고 했다. 말은 고통——그 폭력적인 말없는 녀석——을 잊게 하고 시간을 보내는 데 편리하다.

　　……언제나 움직이지 않는 하나의 표적
　　그것은 폭풍을 내려다보며 꼼짝하지 않는다
　　그것은 떠도는 배들의 별
　　별의 가치는

헤아릴 수 없다
헤아릴 수 없다……
헤아릴 수 없다……

그는 잠든 듯이 보였다.
그 혼란한 하루가 끝날 즈음 전보가 와 닿았다. 비행기로 바로 갑니다, 에설.
깁슨 씨는 가슴이 아파질 만큼 깊은 한숨을 쉬었다.
간호원이 밝은 목소리로 말했다.
"아, 잊고 있었어요. 부인께서 안부 전해 달라고 하셨어요."
"그렇소?"
그는 매트리스 속으로 1피트나 가라앉는 듯한 기분이었다.
"'당신의' 상처가 어떤지 몹시 알고 싶어하더군요. 그 베개를 좀더 옆으로 잡아당겨야겠어요. 어떠세요?"
그는 이상한 목소리로 말했다.
"괜찮소. 아내한테 안부 전할 수 있소?"
간호원은 쾌활하게 말했다.
"물론이지요. 병원 안에 대대적으로 방송할까요?"
모두 친절한 사람들이라고 만족한 나머지 힘이 빠진 듯이 되어 깁슨 씨는 생각했다. 모두 정말로 아주 친절한 사람들이다. 친절한 간호원, 친절한 여동생 에설. 이처럼 비참한 상태도 이윽고 끝날 것이다.

믿음직한 에설

다음날 아침 그는 말했다.

"······잘 와 줬어. '정말로' 잘 와 줬다. 정말 '기쁘구나', 네 얼굴을 보니."

"그런 일 더 생각하지 마세요."

대부분의 사람들이 한 발에만 체중을 싣고 서는 데 비해, 에셀은 예전처럼 두 발로 떡 버티는 듯한 자세를 취했다. 그녀는 몸집이 컸다.

에설은 꽤 큰 여자였다. 뚱보라고는 할 수 없지만 허리는 굵고 발이 큼직하며 어깨가 넓다. 수수한 모양의 트위드 풍 슈트와 양장점에서 맞춘 블라우스 차림으로, 짧게 자른 흰빛 섞인 머리에는 모자를 쓰지 않았고 반지가 없는 딱딱한 손에 장갑도 끼지 않았다.

그녀는 힘찬 목소리로 말했다.

"아무튼 큰일날 뻔했군요."

어떤 남자도 다가오지 못하게 할 얼굴에서 갈색 눈이 빛나고 있었다. 에설의 눈매는 아버지와 똑같다는 것을 그는 문득 알아차렸다.

그도 그럴 것이, 에설은 이미 47살이다.
"기분은 어때요?"
"그런 일은 묻지 마라. 자세히 이야기해 봐야 소용없다. 그보다 로즈메리한테 가서……."
"로즈메리한테는 벌써 갔다왔어요."
"정말이냐?"
그는 놀랐다.
"오빠, 지금 벌써 10시예요. 한밤중에 비행기를 내려 거기서 우유 열차인지 뭔지를 타고 이곳에 와 닿은 게 아침 5시였는데 그때 집주인을 만났어요. 오빠 집도 봤어요. 목욕을 했지요. 그리고 로즈메리의 병실로 갔어요. 왜냐하면 '그녀의' 방은 여느 독방이지만 이 병실은 혼잡하기 그지없다고 병원에서 말했거든요."
에설은 콧구멍에 호스를 끼운 남자를 흘끗 보았으나 조금도 끔찍해 하는 기색이 없었다.
깁슨 씨는 힘없이 말했다.
"그래……."
에설의 기세에 눌려 좀 멍한 느낌이었다.
"타운젠드 씨는 아직 자고 있었나봐요. 하지만 아주 친절했어요. 내가 이름을 대니까 곧 들어오라고 했지요. 싫은 얼굴도 하지 않았고."
"폴은 좋은 사람이야……."
에설은 무뚝뚝하게 말했다.
"아주 멋있고요. 좀 멍청하지만. 돈 있는 홀아비라면서요? 그건 그렇고, 깜짝 놀랐어요! 어쩌면 그렇게 조그만 집에 살아요, 켄?"
"그런가."

"로즈메리의 방 같은 데에 짐을 넣어두었어요."

에설의 빈틈없는 눈길은 모든 것을 이해하고 있었다.

그는 힘없이 말했다.

"음."

너무도 갑작스러운 일이어서 이 활발하고 실제적이며 정력적인 에설이 작은 집 안에 있는 모습은 아무래도 상상할 수 없었다.

침착지 못한 목소리로. 왜냐하면 에설의 출현에는 꼼꼼히 정돈된 그의 생각을 휘젓는 한 차례의 질풍과 같은 효과가 있었던 것이다. 그는 말했다.

"그래, 에설, '어떻더냐', 로즈메리의 상처는?"

에설은 곧 말했다.

"긁힌 상처 하나 없어요. 기분은 좀 무거운 듯했지만. 그런 사고를 일으켜 미안하며 그분의 일이 걱정스럽다고 말하더군요. 그녀가 운전했다면서요."

"그래, 그건 본디 로즈메리의 자동차니까……."

"그 자동차는 굉장히 고물이라면서요. 타운젠드 씨가 그러더군요. 어찌된 일인지 잘 모르겠군……."

에설은 얼굴을 찌푸렸다.

"흔히 운전하던 사람이 가장 큰 부상을 입는데. 저쪽 자동차가 '오빠'가 앉은 쪽으로 똑바로 부딪쳐왔었나봐요."

"저쪽 자동차는……."

깁슨 씨는 몸이 움츠러들었다.

"두 사람 타고 있었대요. 그 두 사람도 아주 상처가 작대요. 결국 가장 혼난 것은 '오빠'예요. 몇 군데 골절이라면서요? 살아서 말할 수 있는 것만도 다행이라더군요."

그는 무뚝뚝하게 말했다.

"이야기 '할 수 없어'. 사고에 대해 '나는' 아무것도 기억하지 못해."
"그편이 좋아요. 여러 곳에서 귀찮게 심문받지 않아도 되니까요. 이 사건은 종잡을 수가 없대요. 누가 누구를 고발할 수도 없고요."
"고발?"
그는 놀랐다.
"왜냐하면 그처럼 안개낀 밤에 저쪽은 왼쪽에서 나타났어요. 규칙 위반이지요. 하지만 로즈메리가 왼쪽으로 꺾은 건 이쪽 잘못이에요. 게다가 오빠와 언니 두 사람 모두 알콜 냄새를 풍겼던 것도 경찰이 조사해 갔어요."
깁슨 씨는 가엾게 중얼거렸다.
"브랜디를 아주 조금……"
"경찰은 융통성이 없는 법이에요."
"로즈메리."
깁슨 씨는 그 말밖에 하지 못했다. 요컨대 그녀의 이름을 발음하는 것만이 희망이라고 깨달았던 것이다.
"그녀는 좋은 여자 같아요, 켄."
그는 마음놓은 듯이 말했다.
"음."
에설은 생긋 웃었다. 그 눈매는 아주 현명한 듯했으며 친절하고 너그러웠다.
"오빠는 정말이지 아름다운 행위를 한 것 같아요."
"아니……"
"그런 일은 조심스럽게 그리 이야기하지 않았어요, 로즈메리는. 그녀의 말에 따르면, 돈이 없는데다 병에 걸리는 등 모든 게 엉망이었던 모양이더군요. 그게 오빠 마음에 든 거지요?"
에설은 놀리고 있는데 깁슨 씨는 아주 진지했다.

"몸과 마음이 모두 형편없었지. 그래서 너에게 부탁하여……."
"굉장한 용기였군요."
에설은 한쪽 눈썹을 올렸다.
"뭐가?"
"'결혼'한 일이요, 그녀와."
"그렇게 보일지도 모르지만……."
그는 완고하게 말했으나 이미 수세에 몰린 것을 스스로 느끼고 있었다.
"그녀는 너무 젊잖아요. 오빠는 55살이에요. 그래요, '그녀'는 아마 생각하고 있을 거예요. 오빠는 이 세상의 성자라고…… 어쩌면 정말로 성자일지도 모르지요."
에설은 사람좋은 웃음을 지어보였다.
깁슨 씨는 성내는 듯한 목소리로 말했다.
"나는 이 세상의 성자가 되겠다느니, 하는 그런 생각은 조금도……."
에설은 빙긋 웃었다.
"언제나 착하신 오빠. 그렇다면 내가 걱정할 필요가 없었겠네요. '오빠만'은 금발 아가씨와 문제를 일으키거나 하는 일 따위 결코 없을 테니까. 여전히 골동품 취미시니……."
"그런 일은 나는……" 하고 그는 말꼬리를 흐렸다.
에설은 이번에는 얼굴을 찌푸리며 말했다.
"그녀는 고마워하는 마음으로 가득차 있어요. 오빠한테 몸과 마음을 다 바치고 있어요. 물론……."
그리고 차분한 목소리로 덧붙였다.
"그래서 그녀는 몇 년이나 아버지의 시중을 들었겠군요?"
"그래, 몇 년이나. 훌륭하게 시중들었지."

"진심으로 돌보았겠지요. 거기에 오빠가 나타났어요. 그녀는 말하자면 바꿔 탄 거예요……."
깁슨 씨는 의아한 듯이 머리를 돌렸다.
"아버지 콤플렉스예요."
그는 눈을 감았다.
"오빠한테 목숨이고 무엇이고 모조리 구조받았다고 믿고 있어요. 나는 그리 놀라지 않지만. 오빠다운 이야기인걸요."
깁슨 씨는 재빨리 물었다.
"부모 대신이라는 말이냐?"
"그야 분명한 일이잖아요. 심리학 초보자라도 아는 사람이라면 누구나 알아요. 어쨌든 두 분이 잘해보세요."
깁슨 씨는 낮은 목소리로 말했다.
"로즈메리는 귀여운 여자야."
에설도 독특한 점잖은 목소리로 말했다.
"물론이에요. 그리고 오빠도 귀여운 남자예요. 어쨌든 나는 이렇게 여기 왔어요. 한 달 휴가를 받았지요. 뭐든지 맡을게요."
왠지 몹시 피곤해서 그는 중얼거렸다.
"고맙구나."
"오빠네 집은 아주 작고 아기자기하지만, 그 버스 길이 먼 것이 흠이에요. 비록 3천 마일이나 되어도 비행기 쪽이 쾌적하고 안전해요. 버스 운전기사란 왜 그토록 난폭할까요. 아무 죄도 없는 거리에 2톤이나 되는 쟈가노트(고대 인도의 신 크리슈나 상. 이 상을 실은 수레에 치이면 극락에 간다고 믿어져 일부러 그 수레에 깔려 죽으려는 자가 많았다 함)를 방치해 두다니, 너무 무신경해요. 나는 섬뜩했었지요."
그는 반은 농담, 반은 아첨하는 듯한 목소리로 말했다.

"네가 섬뜩했다니! 이거 놀랐는데, 에설 양 같은 강심장이! 대체 왜?"
그녀는 솔직히 말했다.
"좀 질린 거예요. 얼마쯤 지하철에 싫증이 났어요. 사실은 켄, 이곳 공기도 나쁘지 않다는 생각이 들어요."
그녀는 튼튼한 턱을 쳐들었다.
"그럼, 됐군. 6주일이나 지냈으니 여기도 고향이야."
"글쎄, 어떨까요, 그건 그렇고, 뭘 가져올까요. 뭘 할까요? 나는 뭘 하면 좋지요?"
좀 오므라들었던 그의 가슴이 갑자기 부풀기 시작했다. 그는 부탁했다.
"여기 있어줄 수 있겠니? 그리고 집에 있으면서 로즈메리를 돌봐주지 않겠니?"
"좋아요."
그는 에설의 강인함을 너무 의식하고 있던 기분이 살며시 누그러지는 것을 느꼈다.
그녀는 애정어린 목소리로 말했다.
"오빠도 안됐군요. 아무튼 나도 오빠도…… 그렇잖아요? 이제 젊지 않은걸요……하기야 오빠는 영리하지만."
"내가?"
"지금의 오빠 생활 말이에요. 귀찮은 세상과 완전히 손을 끊은 유유자적한 생활이잖아요. 나도 이제 소란스러운 것과는 작별하겠어요. 그리고 순진함을 찾겠어요."
"순진함?"
"여전하군요, 켄. 오빠와 오빠의 시 말이에요."

그날 오후 늦게 병원은 로즈메리의 퇴원을 허가했다.
에설은 명랑하게 말했다.
"어쨌든 침대 수는 너무 적고 병자 수는 너무 많아요. 게다가 나도 로즈메리의 시중을 들려고 달려왔는데, 처음부터 알고 있었더라면 로즈메리의 옷을 가져왔을걸……하지만 좋아요. 택시를 부를 테니까요."
이 말은 깁슨 씨에게 너무도 빠르게……지금까지 들은 적 없을 만큼 빠르게 들렸다. 그의 주의는 오로지 아내 로즈메리에게, 그 육체나 정신의 건강상태에 보내져 있었던 것이다.
그녀는 바로 거기에, 침대 발치에 서 있었다. 빨간 꽃무늬 흰 드레스는 더럽고 주름투성이였다. 어깨에는 빨간 스톨을 걸치고 있었다. 그 강렬한 빨간 빛에 비해 얼굴이 몹시 파리했다.
"이제 '괜찮소'……?"
그로서는 도저히 퇴원해도 될 만큼 좋아진 것으로 보이지 않았다.
로즈메리는 폭발적으로 이야기하기 시작했다.
"정말 미안해요. 정말 미안해요! 아, 케니스, 내가 다쳤으면 좋았을걸. 당신을 다치지 않게 하기 위해서라면 나는 무슨 일이라도……."
그녀는 의무감으로 떨고 있었다.
깁슨 씨는 좀 놀라며 말했다.
"정신차리구려. 사고였잖소. 자, 생쥐 아씨……조금도 마음쓸 것 없소."
아, 역시 정신이 뒤집혀진 것이라고 그는 생각했다. 그는 위로했다.
"에설이 일부러 와 주었소. '당신의 형제요', 로즈메리."
그녀에게 뭔가를 주지 않으면 안 된다. 그래서 에설을 준 것이다.

그는 애써 느긋하게 밝은 표정을 지었다.

"둘이 사이좋게 지내 주오. 나는 그저 이렇게 누워 월요일의 빨랫감처럼 발을 들어올리고 있으면 되오. 발 쪽에서 나을 생각을 해줄 때까지. '반드시' 그런 생각이 들게 될 거요."

그러나 그녀를 빙긋 웃게 하는 것은 실패였다.

로즈메리는 말했다.

"나는 왼쪽으로 꺾었지요. 내가 생각한 건……."

에설이 좀 큰소리로 잘라말했다.

"나는 조금도 잘못하지 않았어요. 비난받을 점은 '하나도' 없어요."

'그 말에' 간이 서늘하여 깁슨 씨는 소리쳤다.

"물론 당신이 비난받을 점은 없소! 무슨 생각을 하는 거요! 로즈메리, 부탁이니 쓸데없는 생각은 하지 마오. 그런 일은 깨끗이 잊어버리구려. 나처럼. '나는' 아무것도 기억하고 있지 않소, 게다가 ……이처럼 무사하잖소, 나는."

그는 로즈메리에게 싱긋 웃어보였다.

그녀는 좀 비참한 표정으로 입술을 핥았다.

"그렇군요. 기분은 어때요?"

그는 밝은 목소리로 말했다.

"우스꽝스러운 기분이오. 정말 체면이 엉망이 된 기분이오."

그러나 찬찬히 바라보는 파리한 얼굴 속에 있는 것에 다다르기는 불가능했다. 그는 생각했다. 로즈메리는 아직 충격에서 벗어나지 못한 게 아닌가. 아직 자동차사고라는 사실에 거역하여 그것이 꿈이기를 바라고 있는 게 아닐까.

그는 부탁했다.

"집에 데려가다오, 에설. 로즈메리, 에설이 시키는 대로 하구려. 당신은 충분히 쉬어야 되오."

"네, 그렇게 하겠어요, 케니스. 하지만 나는 전혀 다치지 않았어요."

그는 부드럽게 말했다.

"그럼, 잘 가오. 에설, 이 사람을 부탁해."

그는 생각했다. 아니다. 로즈메리는 다쳤다. 마음의 상처를 입었다. 아, 난처하게도!

그는 목소리를 내어 말했다.

"나는 당신이 기운차리기를 바라오, 알겠소?"

"네, 기운차리겠어요."

마치 깁슨 씨를 기쁘게 해주기 위해 기운차리겠다는 것 같은 느낌이 들었다.

그리고 로즈메리는 나갔다.

에설은 그녀를 무사히 택시에 태우고 자동차 안에서 지껄이기 시작했다. 이 첫 대면한 여자, 자기 올케가 가엾어 견딜 수 없었던 것이다. 그리고 그녀와는 단지 올케라는 관계뿐이라고 에설은 생각했다.

어쨌든 이 가엾은 여자가 이 형식적이고 우스꽝스러운 입장에 서 있는 것은 대체 어찌된 일일까. 켄은 완전한 공상가로 비현실적인 정신의 소유자다. 요컨대 전체 상황이 너무 비참하다. 에설은 로즈메리를 위로하기 시작했다.

에설은 친절하게 말했다.

"정말이지 나쁜 일을 했다는 그런 마음은 가질 필요없어요. 당신이 나쁜 건 '아무것도' 없으니까요."

슬픈 듯한 입으로 로즈메리의 낮은 목소리가 흘러나왔다.

"내 기분은 그것과는 좀 달라요. 내 기분은 '죄송하다'는 느낌이에요. 그분의 얼굴을 보는 것이 너무도 죄송해서……."

에설은 위로했다.

"그야 그렇겠지요. 당신을 위해 참으로 많은 일을 해준 사람이니까요. 알고 있어요. 오빠가 할 만한 일이에요."
얼마쯤 단호하고 날카로운 목소리로 로즈메리가 말했다.
"케니스는……"
그러나 에설이 가로막았다.
"오빠는 구닥다리 호인이에요. 하지만 아주 상처를 잘 입지요. 그런 사람이 때로는 있어요. 남에게 인정을 베푸는 것인 동시에 자기를 위하는 일도 되는 거지요. 어떤 필요를 나타내고 있는 거예요. 어떤 부족을 보충하고 있는 거예요."
로즈메리가 숨넘어갈 듯한 목소리로 말했다.
"나는 당신의 오빠를 진심으로 사랑하고 있어요. 굉장한 사람이라고 생각해요. 내가 '싫은 것은'……."
에설은 동정하듯 그녀를 보았다.
"물론이에요. 사랑하고 있는 사람이 아니면 싫어지지도 않는 법이지요."
"아니오, '그분이' 싫은 게 아니에요. 그런 생각을 '할 수 없어요'. '도저히'."
"물론 할 수 없겠지요. 그게 곤란한 일이에요. 물론 당신은 '도저히 할 수 없는' 거예요. 하지만 당신은 아직 젊은 여자인걸요, 로즈메리. 그것은 단순한 사실이지, 당신의 죄도 아무것도 아니에요. 그러므로 나쁜 짓을 했다는 마음이 들 필요는 없어요."
"하지만……."
에설은 이상한 가락을 붙여 말했다.
"잘 알아요, 그런 일은. 자, 이제 됐으니 편한 마음으로 있어요. 사고 같은 건 마음쓰지 말아요. 저것 봐요. 저기에 저렇게 많이 피어 있는 게 무슨 꽃이지요? 제라늄인가요? 처음 보았어요, 저렇게 많이. 어쨌든 내가 여기 와서 시중들어 주면 당신의 휴양은 걱정없어요. 실은 나도 기뻐요. 전부터 몹시 휴가를 얻고 싶었거든요. 봐요, 내가 얼마나 이기주의자인지, 로즈메리. 누구나 이기주의인 거예요."
로즈메리는 힘없이 말했다.
"그럴지도 모르지요."
"당신도 곧 기운을 차려 자신이 생기면······."
"네."
에설 자신은 아주 기운 나는데다 자신도 있어 손 안의 핸들 감촉을 즐기고 있었다.

깁슨 씨는 누운 채 로즈메리의 일을 생각하고 있었다. 아까는 단조롭고 거의 어리석다 해도 좋을 만큼 대화를 나누었다. 비참한 이야기들, 게다가 판에 박힌 것이다. 그가 바라던 말과는 당치도 않게 동떨어졌다. 하지만 이 보는 사람 많은 병실에서 달리 무슨 말을 할 수 있었을까. 콧구멍에 호스를 끼운 사나이의 나른한 눈도, 반대편 사나이의 호기심어린 눈도, 모두 로즈메리를 보고 있었다. 더욱이 에설도 있었잖은가.
깁슨 씨는 마음을 고쳐먹었다. 그렇다면 뭐, 기다리는 거지. 이 많은 사람들 앞에서 사랑의 선언 같은 걸 할 수 있겠는가. 게다가 아무튼 오늘보다 좀더 기분이 우울하지 않은 날이 아니면 안 된다. 하지만 사랑이라는 것에 대해 그는 어느 만큼 알고 있을까. 아버지로서의 기쁨을 다른 것과 혼돈했다는 일도 '있을 수 있다'.
그 일에 대해서도 그로서는 거의 아무것도 아는 게 없었다. 일찍이 그는 독신이었다. ······순진한 건가. 그러니까 말할 나위도 없이 또 하나의 잘못도 '당연히' 생각할 수 있었다. 비록 그의 생각이 어떻든 로즈메리에 대한 에설의 의견은 옳을 것이다. 에설은 현명하고 세상을 잘 아는 여자이므로 그 판단에 귀기울여 들어야 마땅할 것이다. 그러고 보면 정이 담긴 감사의 몸짓을 그가 전혀 다른 뜻으로 받아들였던 것이 아닐까.

'물론' 로즈메리는 고마워하고 있다. 그것을 생각하면 그는 몸이 오그라드는 것 같았다. 그는 로즈메리에게 그것을 말하지 말라고 명령했다. 그러나 그렇게 명령한 것은 점점 더——에설의 말을 빌면 그녀의 홀린 듯한 생각을 부추기는 결과가 될지도 모른다. 그렇다, '그런 것은' 없애주지 않으면 안 된다. '그런 것이' 그녀의 마음을 비뚤어지게 하거나 그녀 마음의 멍이 되어 있지 않은지 확인해야만 한다.

그의 심장은 느릿한 리듬으로 뛰기 시작했다. 그것은 일테면 장송곡 같다.

    한순간일지라도 그대를 만날 때
    내 목소리는 그대로 잦아드는 것을…….

망가진 자기 자신을, 병원이라는 차가운 현실을, 책상 위에 딱딱하게 놓인 판자를, 불쾌한 전등 빛을 그는 뚜렷이 의식했다. 그 레스토랑의 정경은 멀고 먼 옛날……안개 저편……먼 저편이 되어 꿈처럼 멀어져갔다.

확실히 '확실히' 그가 가장 하고 싶지 않은 일이라면, 그것은 로즈메리를 지금보다 더 혼란시키는 것이었다. 그녀의 마음을 혼란시키는 것은 어떤 경우에도 바라지 않았다.

양아버지를 갖는다는 기분은…… 이 생각이 매듭지어지는 것보다 빨리 깁슨 씨의 마음은 도망쳤다. 그런 일은 너무도 무섭다! 그보다도 그의 어리석음에 지나지 않는 무언가를 재빨리 삼켜버려야 한다

…… 적어도 지금으로서는.

아, 가엾은 여자…… 그때 우연히 운전하고 있었다는 것만으로 자기 자신을 나무라다니. 하지만 에설에게는 분별이 있다. 에설의 건전한 상식은 로즈메리를 '그러한 생각'으로부터 끌어내 줄 것이다. '그로서는' 할 수가 없다. 그는 그곳에 있을 수가 없는 것이다.

깁슨 씨가 한숨을 쉬자 늑골이 울리면서 아팠다. 때로 그는 우스꽝스럽다기보다 오히려 허망했다. 이렇게 가죽 띠로 온몸이 묶여 있다니. 이런 모습으로 정지를 당하다니……착실하게 완성되어 가고 있던 작업중에.

그러나 참지 않을 수 없다. 어쨌든 여동생 에설이 와주지 않았는가 …… 정말로 고마운 일이다!

로즈메리의 결심

매일 뚜렷한 형태를 갖추기 시작하였고, 차례로 사라져 갔다.

처음에 에설과 로즈메리는 오후가 되면 날마다 함께 면회왔다.

곧 그는 이 면회시간을 그리 기대하지 않게 되었다. 두 사람은 판에 박힌 격려의 말을 할 뿐이었다. 둘은 그의 침대 곁에 서 있는데, 둘러보면 병실 안의 다른 면회인들도 같은 자세로 같은 말을 지껄이고 있었다.

깁슨 씨는 마치 자기가 동물원에 들어와 있는 것 같은 기분이었다. 사람들이 와서 동물을 향해 여러 가지 소리를 내고 있었다. 그 소리는 단순한 선의 말고는 거의 아무것도 전하지 않았다. 병실의 사나이들은 하나같이 이성도 이상도 상상력도 잃은 것 같았다. 모두 나아가고 있는 육체일 뿐, 그 밖의 아무것도 아니었다.

2주일이 지나고 3주일이 지나자 로즈메리는 누워 있다고 하며 대부분 에설이 혼자 면회오게 되었다. 그리고 에설은 병자의 기분을 돋구듯 여러 가지 소식을 전하는 것이었다.

바이얼릿을 두는 건 돈 낭비라고 여겨지는데 오빠가 꼭 원한다면 그대로 두겠어요. 밝은 날씨가 좋아요. 로즈메리요? 아, 로즈메리는 아주 분별이 있어서 밥도 잘 먹고 잘 지내요.

깁슨 씨는 두 여자가 제법 사이 좋게 살며 자기가 없어도 집안이 잘 되어 나간다고 여겨지자 묘한 질투를 느꼈다. 여기서 나가고 싶다고 그는 생각했다. 하지만 말로는 하지 않았다. 자신도 기분좋게 하루하루를 보내고 있다고 그는 말했던 것이다.

폴 타운젠드는 한두 번 면회와서 형식적인 위로의 말을 했다. 정말이지 재난이었습니다, 우리는 모두 잘 있습니다, 덕분에.

깁슨 씨는 사실 동료교사 한두 사람이 와서——바로 그의 지난 반생의 몇 년 동안과 똑같이——기억에 남아 있는 여러 가지 책이야기를 나누게 될 때만 면회를 기뻐하는 기분이 되었다.

어느 날, 로즈메리가 혼자 왔다. 에셀은 이 도시에 사는 것이 요즘 점점 더 좋아진다고 한다. 그래서 오늘은 직장을 구하러 나갔던 것이다. 깁슨 씨가 깜짝 놀란 것은 로즈메리도 스스로 직장을 찾아보겠다고 말했기 때문이다.

에셀과 똑같이 두 발에 몸무게를 걸며 그녀는 말했다.

"어쨌든 당신 대신 가르치고 있는 선생님은 이번 학기 내내 일하시겠지요. 그러면 곧 여름방학. 당신은 세계 제일가는 부자도 아니고, 이렇게 몸을 다친 뒤잖아요. '올' 여름방학은 결코 일하면 '안 돼요.' 게다가 아무리 보험이 있다 해도 이번에 비용이 꽤 나갔어요."

한순간 그녀는 아주 엄격해 보였다.

"내가 돕지 말란 이유는 하나도 없어요. 내가 도와야 할 이유는 얼마든지 있지요. 이제 몸이 좋아졌으니……."

정말로 그녀는 '건강'했다. 육체적으로는 아주 건강해 보였다. 깁슨 씨는 왠지 마음을 가라앉힐 수 없는 기분이었다. 로즈메리의 목소리

속에서 에설의 세상 일에 능숙한 현실적인 태도가 반주처럼 들려오고 있었던 것이다…… 오른쪽 침대에 새로 온 환자는 드러내놓고 두 사람의 이야기를 듣고 있었다. 깁슨 씨는 그 사람을 의식하지 않을 수 없었다.

"여자는 놀고 먹어야만 한다는 법도 없잖아요. 남편이 큰 회사 사장이거나 뭐여서 여자를 놀리고도 난처하지 않은 사람이라면 모르지만……."

그는 중얼거렸다.

"또는 여자를 가만히 있게 '하고 싶은' 사람이지. 남자는 대체로 구닥다리니까."

그는 의견을 엄격하게 바로잡았다.

"일을 해보고 싶으면 '사양할 것 없소', 로즈메리. 그건 그렇고…… 뜰은 어떻게 됐지?"

"잘 되어 있어요."

"그 조그만 담을 그림으로 그려보았소?"

그는 먼 저쪽, 안개의 저쪽을 더듬고 있었다.

"아니요, 그려보지 않았어요. 내 그림은 엉터리인걸요, 케니스. 그냥 장난이었어요. 에설의 말로는 그런 것은 현실도피래요. 그러고 보니 나는 확실히 너무 몰랐어요…… 그러한 경제에 대해서든지……장사의 세계며……세상의 여느 일을."

깁슨 씨는 생각했다. 그래, 이것은 에설이다. 그러나 이것은 로즈메리에게도 이로운 일이다.

"나는 너무도 오랫동안 조롱에 갇힌 새였어요."

그는 생각에 잠겼다.

"그래, 어쩌면 '그렇게' 말할 수 있을지는 모르겠소."

그는 생각했다. 감옥에 갇혔어도 조롱에 갇힌 새라고 할 수 있겠지, 어느 의미에서는. '그러나'…….
 그녀는 힘있게 말했다.
 "지금에 와서는 잘 알 수 있지만, 내가 사물을 보는 방법에는 아주 공상적이고 끈기가 좀 없어요. 내게 좀더 상식이 있었으면……좀더 현실에 대담하게 맞섰더라면……그런 상태에는 빠지지 않았겠지요."
 그는 감탄하여 말했다.
 "'그런' 상태에 말이지. 지금의 당신 말투는 마치 젊은 아가씨가 결심했을 때 같군."
 "그야 결심하고 있으니까요."
 그녀는 방긋 웃었다. 그에게 칭찬받고 기쁜 듯했다.
 "지금이라면 내가 할 수 있는 일도 있을 거예요."
 "그래."
 그는 알고 있었다. 우람하고 건강한 육체를 위한 일. 노동의 경험을 얻기 위한 첫걸음의 발판.
 그는 한숨을 쉬었다.
 "글쎄, 당신을 영국사람의 이른바 '조롱의 새'로……언제까지나 있게 할 생각은 조금도 없었소만."
 그는 천장을 원망스럽게 올려다보았다.

　　고수머리 사람이여, 고수머리 사람이여, 나와 결혼해 주겠소?

 그는 가락을 붙여 암송했다.

　　당신더러 접시는 닦으라지 않겠소
　　돼지먹이도 만지게 하지 않겠소

당신은 푹신하게 쿠션을 놓고 고운 옷을 꿰매는 거요
식사는 언제나 딸기에 설탕, 거기에 듬뿍 크림을.

로즈메리는 조금씩 소리내어 웃었다. 그 웃음은 얼마쯤 억지스럽고 부자연스러웠다. 그 까닭은 옆침대에 있는 남자가 그 수염 속에 놀라고 어처구니없는 표정을 떠올렸기 때문이리라.

로즈메리는 일부러 쾌활하게 소리쳤다

"너무 영양이 고르지 못한 식사군요!"

깁슨 씨는 졸린 듯한 눈으로 말했다.

"영양은 충분히 있소. 틀림없이 살이 찔 거요."

실은 몰래 그녀의 활발한 모습을 관찰하고 있었던 것이다. 이것은 정말일까. 이게 로즈메리인가. 이것을 그가 좋지 않게 보는 것은 '잘못된' 일이 아닐까.

그녀가 말했다.

"책이 더 필요해요? 나는 미처 몰랐으므로……."

그는 머리를 움직여보았다. 그리고 비참하게 말했다.

"아무래도 책을 들어올리는 것만도 굉장히 힘들어서 말이오. 나는 '시'라는 한쪽으로 치우친 식사를 너무 했는지도 모르지. '진정한 인생은 진지한 인생'이라는데, 나도 한 번 그렇게 해볼까."

이번에는 그의 얼굴에 떠오른 웃음이 어딘지 모르게 부자연스러워졌다.

아내가 말했다.

"에설은 당신에 대해 여러 가지로 이야기해 주었어요. 당신이 여러 사람을 위해 도왔던 이야기……."

그는 투덜투덜 말했다.

"아, 이제 그런 말은 그만해 주오."

그런 종교적인 판단은 기분이 좋지 않았다. 그는 다만 세상 사람들과 마찬가지로 서로 잘 지내려고 애썼을 뿐이니까.
로즈메리는 단호히 말했다.
"어쨌든 에설과 나는 그 보답으로 '당신의' 시중을 들기로 결정했어요."
그 말은 얼마쯤 깁슨 씨의 기분을 상하게 했다. 그러나, 하고 그는 생각했다. 로즈메리가 그런 식으로 감사의 짐을 벗으려 한다면 이쪽도 참을 수밖에 없다. 그래서 그는 '억지로' 눈을 깜박이며 그것은 더 바랄 나위 없이 다행한 일로 여긴다고 말했다.
그녀가 돌아간 뒤 그는 이상한 듯이 들여다보는 옆사람들로부터 얼굴을 돌리고 지금의 면회에 대해 이런저런 생각을 했다. 로즈메리의 건강한 모습이나 단호한 태도에는 그의 관찰에 따르면 좀 무리가 있었다. 그녀는 무리해서까지 지금까지의 자기와는 아주 다른 어떤 사람이 되려고 애쓰고 있는 것이다. 지금 그 어떤 사람이 될 필요가 있는 것일까. 아무튼 그녀가 그렇게 하여 깁슨 씨의 도움이 되려고 생각하는 것이라면 물론 그는 '그것'을 고마워하며 받아들이지 않으면 안 된다. 어찌 되었든.
전에는 그가 줄곧 주고 있었는데 이제 와서는 값비싼 무엇인가를 잃어버렸다는 비윤리적인 생각, 이 혼란된 기분을 깨끗이 버려야 한다. 로즈메리가 의무라고 느끼는 일이라면 '그 또한' 그것을 이해하지 않으면 안 된다. '그 자신' 의무라고 느끼는 것을 실행하는 기쁨을 지금까지 충분히 맛보아왔다.
로즈메리 속의 무엇인가가……숨겨진 무엇인가가……잘못이라는 사실무근의 감정은 말살해야 한다. 요컨대, 하고 슬픈 기인(奇人)을 자처하는 기분으로 그는 생각했다. 남자가 빵만으로 살 수 없다면 여자도 크림이나 딸기만으로 만족할 수 없을 것이다.

옛날부터의 버릇대로 자칫하면 마음속에서 시를 인용하게 되는 것을 그는 참았다. 연애를 노래한 시는 너무도 많다. 어쩌면 '모든' 시가 연애를 노래하고 있는 게 아닐까.

어느 날, 심한 골절을 한 대퇴골의 일부가 조금 구부러진 채로 그대로 굳어 버렸다는 말을 듣고 깁슨 씨는 얼마쯤 충격을 받았다. 그 뼈를 다시 한 번 꺾고 잇는 여러 가지 수술을 받지 않는 한——그것은 비용이 엄청나고 더욱이 결과를 보장할 수 없는 수술이었다——그는 발을 절게 된다는 것이다.
 그런 일은 중요하지 않다고 그는 에셀과 로즈메리에게 말했다. 조금 다리를 전다 해도 정말로 그것은 그리 상관없는 일이었다.
 그러나 그가 걷는 연습을 시작하여 앞으로는 절름거리지 '않으면 안 된다'는 걸 실감했을 때……그것은 결코 그리 상관없는 일이 아니었다.

다시 집으로

 마침내 그는 퇴원했다. 에설이 택시로 마중나왔다. 로즈메리는 집에 남아 있었으므로 그와 만난 것은 별장 문 앞에서였다. 아직 목발을 짚은 깁슨 씨는 덜거덕거리며 거실로 들어가 내 집의 공기를 가슴 가득히 들이마시려 했다.
 공기는 들이마실 수 없었다. 벽지 빛깔이 좀 어린아이스럽게 보였던 것이다. 가구는 분명히 '비치된' 가구였다. 그가 그토록 그립게 기억하고 있었던 것은 완전히 주관적인 것에 틀림없었던 모양이었다. 게다가 미묘한 자리바꿈이 확실히 있었다. 의자가 다른 각도로 놓여 있었다. 그는 고통을 느끼며 앉았다.
 그 순간 지니(진의 애칭) 타운젠드가 꽃다발을 들고 문병왔으므로 모두들 작은 집이 이미 꽃으로 가득해 있지 않은 듯한 시늉을 해야 했다. 하지만 소녀는 환영받았다. 예의바른 진이 와 준 일로 이 긴장된 순간은 부드럽게 지나갔던 것이다.
 이윽고 편한 평상복을 입은 진의 아버지가 천천히 들어왔다. 아름다운 근육질 몸에 꼭 맞는 티셔츠가 목이며 팔의 보기좋게 그을린 그의 피부를 돋보이게 해주었다. 깁슨이 병실에서 생활해 온 뒤니만큼 이 사나이는 화가 치밀 만큼 건강하고 튼튼해 보였다.

"정말 재난이었습니다."

그는 이미 병원에서 두 번이나 한 말을 되풀이했다.

"이런 일이 일어나다니요. 한 치 앞이 어둡군요. 아, 이거, 로지(로즈메리의 애칭)."

로즈메리가 떨리는 손으로 차를 내밀고 있었다.

폴은 웃음지으며 말했다.

"이제부터는 틀림없이 잘 대접받을 겁니다, 나처럼. 여성군이 대기하고 있으니까요."

섬세한 찻잔이며 접시 위에서 보니 그의 갈색 손은 놀랍도록 컸다.

"스푼을 올리고 내리는 시중까지 받을까요."

깁슨 씨는 말하며 에설이 내민 폰드 케익(카스텔라의 한 종류)의 엷은 한쪽을 야위고 핼쑥한 손으로 집었다. 에설은 전부터 이것을 굉장히 고상한 과자라고 여기는 듯했지만, 깁슨 씨는 오히려 설탕을 바른 쪽이 좋았다. 물론 그런 과자를 먹는 것은 '무분별'한 일이지만.

에설이 끼어들었다.

"그러니까 생각나는군요. 시중드는 일이라면……바이얼릿에 대해서인데, 켄, 그 사람은 급료만큼의 가치가 '없어요'."

깁슨 씨는 점잖게 말했다.

"당신들 둘 다 일하러 나가버리면 대체 누가 일일이 시중을 들어줄지, 바라건대 가르쳐주면 좋겠소."

로즈메리가 재빨리 말했다.

"하지만 아직 직장에 나가지 않아요. 당신의 몸이 완전히 좋아지기까지는 나가지 않겠어요."

그녀는 의자 한끝에 앉았는데, 그 모습은 마치 새로 들어온 하녀가 아직 집안 공기와 잘 어울리지 못하여 어떻게든 주인의 마음에 들려고 애쓰고 있는 태도였다.
 깁슨 씨는 다음과 같이 말해 주고 싶었다.
 "더 깊숙이 앉구려, 로즈메리. 여기는 당신 집이오."
 에셀이 말했다.
 "그래도 켄, 우리가 직장에 나간다 해도……생판 남에게 집안일을 맡기는 건 '싫어요'. 그런 사람들에게는 감독이 필요해요. 그런 사람들의 무책임함이란…… 냉장고 속에 넣은 것들이 없어지기도 하니까요."
 에셀의 좀 우툴두툴한 얼굴은 사람의 약점을 오히려 즐기는 듯 보였다.
 지니가 끼어들었다.
 "우리집에서는 바이얼릿을 벌써 1년이 넘도록 쓰고 있지만 청소 같은 걸 아주 잘하며……."
 에셀이 말했다.
 "아, 그건 더럽히는 사람이 너밖에 없기 때문이야. 게다가 할머니도 계시고. 그런데 여기는……어쨌든 이처럼 작은 집의 일이란 뻔해. 나는 몇 해나 일'하면서' 아파트의 방도 잘 치워왔어. 그리고 우리는 둘이잖아. 일을 나눠 하면……둘 다 어른이고 건강해. 문제없어."
 폴이 말했다.
 "로지는 확실히 건강해졌습니다."
 지니의 눈이 번쩍 빛났다. 소녀는 말했다.
 "나는 바이얼릿이 좋아요."
 에셀이 말했다.
 "돈 낭비야. 나는 내가 하는 편이 '훨씬 좋아'."

깁슨 씨는 폰드 케익을 우물우물 씹으며 여동생 에셀이 앞으로 얼마 동안이나 이 집에 있을 셈인지 묻는 일조차 자기는 할 수 없음을 숨막힐 정도로 느끼고 있었다. 왜냐하면 그녀는 지금까지의 자기 일을 모두 팽개치고 그와 로즈메리를 위해 그토록 재빨리 군말 한마디 없이 와 주지 않았는가. 이제 가주면 좋겠다고 슬쩍 비추는 일 '조차' 그로서는 할 수 없을 것 같았다. 그 대신 바이얼릿이 나가게 될 것이다.

그렇게 되면 의자는 언제까지나 그로서 어쩐지 불쾌하게 여겨지는 각도에 놓인 그대로일 것이다. 또 먹을 것에는 폰드 케익이며 다른 요리가 포함되리라. 로즈메리는 자기 집의 주부조차 되지 못하는 것이다. 에셀은 로즈메리의 방에서 그녀 옆자리에 자는 것이다.

그는 부끄러워졌다. 그런 생각에 괴로워했다. 이 천함! 이 보잘것 없는 이기주의! 게다가 이 얼마나 우스꽝스러운 일인가! 55 빼기 32는 23으로, 몇 번이나 계산을 되풀이해도 이 이상 좋은 방법은 나오지 않는다. 그에게는 집이 있고 자기를 위한 침대가 있고 쾌적한 침대 주위에는 책이 가득하다. 그가 있어야 할 자리는 거기가 아닌가.

배은망덕! 이토록 기분 좋은 별장에 살며, 그의 '시중'을 들려고 정신이 없는 헌신적인 두 여자 옆에서 왜 자기의 행복을 헤아리며 영원히 거기에 빠져들 수가 없는가…… 왜 바보스러운 생각을 깨끗이 잊어버릴 수 없는가.

케니스 깁슨은 한 여자와 서로 사랑할 운명에 있지만 그것은 지금과 같은 인간관계는 아닌 것이라는 어리석은 생각. '지금의 인간관계는 멋지다'……하고 그는 머릿속에서 자신에게 소리쳤다. 멋지다! 인정과 선의와 서로의 감사하는 마음으로 그의 나날은 찬란한 것이다.

폴 타운젠드가 일어나 기지개를 켰다. 건강이 너무 넘쳐 겉으로 배어나오는 것을 어떻게도 할 수 없는 모양이었다. 담장을 치던 중이라 그만 실례합니다, 하고 그는 말했다.

그는 빙긋 따뜻한 웃음을 떠올리며 덧붙였다.

"그건 그렇고, 로지, 접목을 하고 싶으면 재료는 얼마든지 있소."

"고마워요, 폴, 하지만 바빠서 틈이……."

깁슨 씨는 가슴을 찔린 듯 소리쳤다.

"물론 틈은 있소. '내가' 방해가 되어서는 안 되오……."

로즈메리는 빙긋 아무 말없이 웃고, 폴은 아무튼 2, 30개의 가지를 물에 담가두겠다고 말했다. 아까부터 거의 이야기하지 않던 지니가 일어나서 부드러운 목소리로 말했다.

"아저씨가 돌아오셔서 나는 '아주' 기뻐요, 깁슨 씨."

깁슨 씨는 에설의 얼굴에 그가 잘 아는 표정이 나타난 것을 잠시 곁눈질해 보았다. 그것은 에설이 생각하고 있는 것을 '말하지 않을' 때의 눈매였다. 순간이기는 하지만 사람을 불안케 하는 눈길이었다. 실제로 그 순간 깁슨 씨는 아무것도 생각할 수 없는 기분이었다.

폴이 문 앞에서 말했다.

"아참, 어머니가 안부 전해 달라고 몇 번이나 말씀하셨습니다. 그렇군요, 가까우니 집에 놀러와 어머니 친구를 해주지 않겠습니까, 깁슨 씨. 어머니도 아주 기뻐할 겁니다."

깁슨 씨는 되도록 정중히 말했다.

"그렇게 하지요, 곧."

로즈메리는 타운젠드 부녀를 바래다주었다.

그녀가 돌아와서 말했다.

"저 사람들이 아주 친절히 해주었어요. 차를 한 잔 더 들겠어요, 케니스?"

"아니, 그만두겠소."
깁슨 씨는 소리내어 말해도 지장없을 화제를 머릿속에서 찾았다.
"지니는 아주 얌전하더군, 아주 좋은 아이요."
에설이 말했다.
"그 나이 또래의 다른 아이와 비교하여 특히 얌전하다고 말할 수는 없어요. 말없이 가만히 앉아 있을 때에는 쥐를 노리는 고양이 같지만 말이에요…… 그애는 아버지에게 딱 붙어 살아요. 자기로서는 의식하지 못하지만 아버지의 재혼을 굉장히 무서워하고 있어요."
깁슨 씨는 좀 호기심이 일어 물었다.
"그런 걸 어떻게 알 수 있지?"
"아무튼 그것이 당연하지요. 하지만 역시 그는 재혼할 거예요. 그건 필연적이에요. 한창 나이인데다 여자에게 매력있는 남성이잖아요? 더욱이 부자예요. 하지만 적당한 자제심이 있는지 어떤지 의문이에요. 저런 사람이 어딘가의 금발 아가씨에게 걸릴지."
에설은 폰드 케익의 마지막 한 조각을 집어들었다.
"그렇긴 하지만 지금으로는 그 노부인이 죽기를 기다려야겠지요. 하지만 지니가 학교를 나오든지 연애 문제라도 일으키면 정말로 골치아픈 건 그애임을 알게 될 거예요."
로즈메리가 조심스레 끼어들었다.
"골치 아프다니요?"
"질투라는 필연적인 감정이지요. 10대인 아이는 계모에게 특히 심하게 구는 법이에요."
로즈메리는 좀 슬픈 듯이 중얼거렸다.
"지니에 대해서는 잘 모르겠어요."
"알기를 바라지 않아요, 10대 아이들이란. 자기가 정말로 심오한 듯이 생각하고 싶어하는 나이니까요."

'훅' 하고 에설은 숨을 내쉬었다. 자기가 보기에는 심오한 것도 아무것도 없다는 뜻인 듯했다.

깁슨 씨는 그의 교실을 거쳐간 많은 젊은이들을 알고 있다. 그러나 교실에서의 인간관계는 지금 생각해 보면 아주 일방적인 것이었다. 그 젊은이들은 깁슨 씨를 표면으로나마 존경하도록 되어 있었던 것이다.

대화의 모임을 가지고 그들의 지식왕성한 정신이 공중 회전이나 물구나무서기 같은 곡예를 하는 것에 귀기울인 적은 있었다. 그러나 그들은 선생에게 자기 지식을 자랑해 보이는 것뿐이었다. 그들의 개인생활이며 사회적 능력 같은 것을 깁슨 씨가 알 리 없었다. 그래도 그는 반항하듯 말했다.

"그들의 '감수성'은 아주 심오해."

"그런 말을 한다면 우리 모두 그렇지요."

에설은 그녀의 버릇인 약삭빠른 눈매를 했다.

"내가 정말로 안됐다고 여기는 건 누구인지 알아요? 그 노부인이에요. 가엾은 파인 부인 말예요."

겨우 적당한 화제에 기운을 얻어 깁슨 씨가 끼어들었다.

"나는 그 노부인을 잘 모르기 때문인지 그리 가엾다는 마음은 들지 않아."

"그럴까요. 그 나이에 병신인데다 의지할 사람이라고는 하필이면 사위예요. 이것이 불행이 아닐 수 있겠어요? 날마다 포치에 바퀴의자를 내다놓고 조용히 일광욕을 하고 있지요. 가엾게도, 자기가 방해가 된다는 것을 의식하든 않든 느끼고 있는 거예요. 자기가 죽으면 관계된 사람 모두가 한숨돌린다는 것을 잘 아는 거지요. 나는 나이들어 일할 수 없게 되면······."

에설은 힘주어 덧붙였다.

"단연코 양로원에 가겠어요, 기억해 두세요."

깁슨 씨는 좀 무뚝뚝하게 말했다.

"노트에 적어둘까."

그러나 마음속으로는 괴로운 산술을 하고 있었다. 20년 뒤를 가정해 보자. 로즈메리는 52살, 지금의 에셀보다 좀더 나이먹었을 뿐이다. 그런데 지금의 에셀은 정력 그 자체가 아닌가. 하지만 자기, 케니스 깁슨은 75살이 된다…… 나이들고 늙어빠져 아마 병에 걸려……아마……아, 무섭다! ……제2의 제임즈 교수가 될 것이다. 그 경우 로즈메리는 다름아닌 바로 '그'가 빨리 죽었으면 좋겠다고 여길 게 아닌가.

그는 지친 목소리로 말했다.

"잠깐 눕고 싶군. 실례하겠어."

두 여자가 달려와 그가 자기 방으로 가는 것을 도왔다. 긴의자에 누워 장서——오랜 연인들——에 둘러싸여 그는 몸을 쉬려고 애쓰면서도 저도 모르게 로즈메리의 얼굴에 떠오른 슬프고 겁먹은 듯한 안쓰러워하는 표정을 생각하고 있었다.

그의 한 다리는 이미 다른 한 다리와 길이가 달라져 있었다. 그 하찮은 육체의 결함을 아무래도 극복할 수 없는 것이었다. 그는 절름발이가 되어 있었다. 늙은이. 쓸모없는 사나이. 그는 그런 존재임에 틀림없었다. 그런 존재임에 틀림없는 것이다.

현실을 똑바로 봐요

하루하루 틀에 박힌 별장 생활이었다. 몇 주일 지나자, 깁슨 씨는 그 일을 깊이 생각했다. 어떤 제도든 그것이 형성되려 할 때 재빨리 소처럼 차버리지 않으면 안 된다──소가 정말로 차버리는 것이라면──고 그는 생각했다. 습관은 실로 쉽사리 강력한 것이 되어버려 이제 어쩔 수 없게 되었다고 할 때가 생각보다 빨리 오는 것이다.

말할 나위도 없이 에설은 애써 이 집을 지배할 생각은 없었다. 공정하고 분별있는 사람이므로 그런 일을 생각했을 리 없었다. 그러나 에설은 오랫동안 혼자 사는 일에, 다시 말해서 혼자 결단내리는 일에 익숙해 있었던 것이다. 자기는 육체적으로 나약해 있었으므로──더욱이 정신적으로도 우울했기 때문에──그 사태에 생각이 미치지 못했던 것이라고 그는 생각했다.

로즈메리는 물론 자기 의견을 내세우는 것은 분수를 모르는 일이라 여기고 있다. 왜냐하면 로즈메리는 어디까지나 감사하는 마음으로 가득차 있기 때문이었다. 그에 대한 감사의 마음, 에설에 대한 감사의 마음으로.

그렇긴 해도 결과적으로 깁슨 부부의 시간이 그대로 온통 에설의 시간이 되어 버렸다. 아침도 점심도 일찍 나오므로 오전 동안은 묘하게 짧아지고 쓸데없는 일이 많아졌다. 오후는 대부분 낮잠으로 보내고 그 뒤는 곧 저녁식사를 준비했다. 메뉴에는 에설의 기호가 반영되었다. 왜냐하면 에설이 식단을 관리하고 있었으며, 깁슨 부부가 너무도 사람 좋고 솔직했기 때문이었다.

저녁식사 뒤에는 언제나 셋이 지내게 되었다. 그것은 긴 밤이었으며 음악감상으로 보냈다. 곡목은 에설이 선택했는데 모두 수수한 클래식이었으며 때로는 무리해서라도 심각한 얼굴로 귀기울이지 않으면 안 되었다. 그렇지 않을 때는 음악에 관한 이야기를 주고받았는데, 이 역시 에설이 이끌어나갔다. 에설은 화제를 풍부하게 가지고 있으므로 그들은 그녀의 이야기를 듣고 거기에 찬성하지 않을 수 없었다. 깁슨 씨는 토론을 싫어했다.

그리고 에설은 체스를 좋아했다. 그러나 로즈메리는 못했다. 언제인가 깁슨 씨는 용기를 내어 30분쯤 시를 낭송했는데, 에설은 그 낭송을 막고 아주 잘 안다는 듯이 브라우닝(빅토리아 시대의 대시인. 역시 시인인 아내 엘리자베스와의 산책이 유명함)에 대해 빅토리아 시대의 전형적인 탕아처럼 이야기하기 시작했다. 그녀의 말은 하나하나가 아주 지당하여 반박할 수 없었는데, 너무도 터무니없는 이야기에 할 말이 없게 된 깁슨 씨는 책을 도로 책장에 꽂으며 오랜 친구에게 진심으로 용서를 빌었다.

실제로 지금의 깁슨 씨는 여동생 에설과 함께 살고 있는 것 같았던 것이다.

에설은 뉴욕에서 오래 혼자 사는 동안 남을 초대하는 습관을 잊고 있었다. 에설은 기꺼이 세 사람 속의 한 사람이고자 했다. 곧 그녀에게 있어서는 셋만으로도 큰 인원수였던 것이다. 그리하여 방문객은 적었다. 폴 타운젠드와 지니가 이따금 얼굴을 내미는 정도였다. 이 두 사람의 방문은 특별히 자극이 되는 일도 없었다. 폴은 지나치게 낙천적이고 지니는 너무 얌전했다.

깁슨 씨의 옛날 친구들은 찾아오지 않았다. 이 변두리 별장에 사는 그는 학교로부터 완전히 가로막혀진 상태로 수업도 깁슨 씨의 손을 거치지 않고 지장없이 행해지고 있었다.

이리하여 그는 에설과 함께 살고, 로즈메리도 같은 집에 살고 있었다. 알기 쉽게 말하면, 깁슨 씨의 시중을 드는 것은 비교적 새로운 외래인인 로즈메리가 아니라 여동생 에설이라는 게 아주 당연한 일이 되었다. 왜냐하면 육체적인 자질구레한 일은 에설 쪽이 훨씬 잘해낼 수 있었기 때문에…….

깁슨 씨는 대하기는 부드러우나 탈출 불가능한 덫에 걸린 듯한 기분이 되기 시작했다. 그것으로부터 탈출하여 싸우는 일은 할 수 있을 듯싶지도 않았다. 그는 해보려고도 생각하지 않았다. 로즈메리는 모든 일마다 에설을 따랐다. 그래서인지 로즈메리는 그와 둘이 되는 것을 바라지 않는 듯이 보이기조차 했다.

로즈메리라는 여자는 어딘지 이상한 게 아닌가, 하고 이따금 그는 고개를 갸웃했다. 물론 그녀는 쾌활하고 바쁘게 일하며 적극적이고 건강했다. 하지만 깁슨 부부는 마치 서로의 교류를 차단당한 것 같았다. 그래도 그는 끓어오르는 듯한 의혹을 감추고 여전히 완벽한 예의 범절이라는 갑옷을 두르고 있는 것이었다.

어느 날 아침, 깁슨 씨는 그가 좋아하는 볕이 잘 드는 거실에 앉아 있었다. 그는 바깥에 앉는 일은 그다지 없었다. 바깥에 나가면 타운젠드 집 포치의 바퀴의자에 앉은 파인 부인의 쓸쓸한 모습이 보였다. 그것은 아무래도 그리 즐거운 광경이 아니었다. 하늘에서 내리쬐는 햇빛이 좀 심한 탓일까. 아니면 그가 칩거생활에 익숙해지고 육체가

쇠약해져서 그렇게 된 것일까.

어쨌든 어느 날 아침 그는 방 안에 앉아 혼자 생각에 잠겨 있었다. 이처럼 서로 너그러운 어른스런 분위기나, 완전히 무의미한 조화같이 잔혹하고 거의 사람을 미치게 할 만큼 불쾌한 일은 아마 달리 찾아낼 수 없을 것이다.

막연하지만 끊임없이 아파오는 마음을 안고, 그러나 반은 건성으로 그가 반역의 방법을 이것저것 생각하고 있는 한편에서 바이얼릿이 청소를 하고 있었다. 에설과 로즈메리가 청소해도 되느냐고 물어서 그는 물론 된다고 대답했던 것이다.

그는 좀 즐거운 기분으로 바이얼릿의 재빠르고 규칙적인 움직임을 멍하니 보고 있었다. 바이얼릿에게는 이렇다 할 선의의 그림자가 없었다. 이쪽이 무슨 생각을 하든 관계없이 냉정하게 묵묵히 일하고 있을 뿐이다. 그 모습은 그의 마음을 오히려 신선하게 해주었다.

그녀는 맨틀피스 위의 장식품을 움직였는데, 그때 문득 등 뒤에 무슨 기색을 느낀 모양이었다. 서둘러 돌아보는 바람에 그 뜻밖의 움직임으로 손에 든 걸레가 작은 꽃병을 떨어뜨려버렸다. 꽃병은 깨졌다.

어느새 소리없이 들어온 에설이 말했다.

"어머나, 그건 타운젠드 씨 거야."

깁슨 씨가 곧바로 말했다.

"다른 걸 갖다놓지."

바이얼릿은 앉아서 조각을 줍기 시작했다. 그는 그 무릎이 탄력있고 등이 늘씬한 것을 깨달았다.

"이처럼 고운 푸른색 꽃병을! 바로 어제 주의를 주었었는데."

바이얼릿이 깜짝 놀랄 만큼 느닷없이 화를 내며 내뱉었다.

"일부러 한 일은 아니에요."

에설이 타일렀다.

"물론 일부러 한 일은 아니야. 할 수 없는 일이지."

바이얼릿의 얼굴을 지켜보던 깁슨 씨는 벌에 눈을 쏜 듯한 느낌이었다. 그녀는 왜 이처럼 화내는 것일까.

이 소동으로 로즈메리가 침실에서 나왔다.

"어머나, 큰일났네……이거 그리 비싸지는 않겠지요?"

에설이 대답했다.

"그래요, 10센트 스토어에서 팔고 있어요. 그리 비싸지는 않아요."

로즈메리가 곧 말했다.

"걱정하지 말아요, 바이얼릿. 다치지 않았어요?"

바이얼릿은 일어나며 대답했다.

"네."

그리고 한순간 에설을 똑바로 쳐다보며 거만하게 덧붙였다.

"내가 변상하겠어요."

바이얼릿은 도자기 조각을 든 채 방을 가로질러 부엌으로 모습을 감추었다.

깁슨 씨가 말했다.

"저 사람에게 변상시키면 안 돼. 단순한 실수니까."

에설은 묘한 웃음을 떠올리며 의미있게 말했다.

"실수가 아니라는 건 스스로 알고 있는 듯싶잖아요. 정말 묘해요!"

깁슨 씨는 놀라서 말했다.

"무슨 말이지, 실수가 아니라니."

"저 사람은 내가 싫어서 저런 짓을 한 거예요. 틀림없어요."

"에설……."

"싫어해요, 나를. 더욱이 나는 어제 저 사람이 듣는 데서 꽃병 빛깔이 곱다고 말했거든요. 왜 나를 싫어하는가 하면, 저 사람의 일을 감독하는 것이 당신들이 아니라 '나'이기 때문이에요."
그는 어이없어하며 말했다.
"하지만……무슨 필요가 있어서……?"
"무슨 필요? 곤란한 사람들이군요!"
에설은 한숨을 쉬며 앉았다.
"하녀한테 덧문을 도둑맞아도 당신들은 아무렇지 않은 얼굴을 할 것 아녜요?"
깁슨 씨는 숲 속에서 길을 잃은 어린아이 같은 기분이 되었다. 이런 일을 생각한 것은 태어나서 처음 있는 경험이었다.
로즈메리가 낮은 목소리로 더듬더듬 말했다.
"저 사람은 도둑질은 하지 않으리라 여겨지는데요. 할 것이라고 생각해요, 케니스?"
그는 불끈했다.
"물론 하지 않아!"
에설이 그 말을 되풀이 흉내냈다.
"물론 하지 않아. 이 경우 '물론 하지 않아' 같은 말은 통용되지 않아요. 저런 외국사람은 우리와 도덕관념이 달라요. '저쪽은' 전혀 도둑질한다고 여기지 않더라도……당신들이 보면 훌륭한 도둑이에요. 내가 봐도 도둑이에요."
로즈메리가 좀 얼굴을 붉히며 물었다.
"저 사람이 뭘 훔쳤나요?"
에설은 애매한 표정으로 말했다.
"음식을 집어먹어요. 외국인 하녀는 반드시 음식을 집어먹지요. 먹을 것에 대해서는 남과 자기를 구별 못해요."
"저 사람, 식사는 하겠지요. 물론 하구말구요."

두 여자가 충돌했다. 깁슨 씨는 기뻐서 숨이 차오르는 것을 가만히 눌렀다.

에셀은 끈질기게 말했다.

"아무데나 놓아둔 자질구레한 물건도 아무렇지 않게 가져요. 당신들은 정말 세상을 몰라요. 조심이라는 것을 몰라요. 하녀가 도둑질한다는 것을 인정하지 않아요. 여기가 이처럼 평온한 곳이 아니었다면 대체 어떻게 할 뻔했어요. 생각만 해도 끔찍해요. 세상에는 나쁜 사람도 있는 거예요."

깁슨 씨는 불쾌해 하며 말했다.

"진심으로 말하지만, 바어얼릿이 도둑질한다는 것도 일부러 꽃병을 깨뜨렸다는 것도 나로서는 도저히 믿을 수 없어. 나는 여기 있었어, 에셀. 모든 걸 '보고' 있었어."

에셀은 마치 작은 어린아이를 타이르듯 말했다.

"오빠는 보았다고 생각하는군요."

그는 숨이 멎는 듯했다.

로즈메리가 입을 열었다.

"물건을 깬 것은 오늘이 처음이에요. 저 사람은 언제나 아주 규모 있게……."

에셀은 만족한 듯했다.

"맞아요, 물론 오늘이 처음이에요. 그래서 말하는 거예요. 그 사람은 나를 싫어한다고, 내가 이곳에 온 날부터 줄곧. 그러니까 '내가' 좋아하는 것을 깨뜨려요. 나는 그 사람을 비난하는 게 아니에요. 다만 그 사람이 생각하고 있는 것을 알 뿐이에요."

깁슨 씨는 시야 끝에서 무엇인가가 눈깜짝할 사이에 사라져가는 듯한 기분이었다.

그는 중얼거렸다.

"이제 그만둬라, 에설. 실수는 누구나 하는 거니까!"
에설은 냉정하게 말했다.
"실수라는 건 없어요, 켄. 진심으로 말하지만, 전문이 아닌 일에 대해서는 오빠는 '확실히' 무지하군요. 저 여자가 잠재의식 속에 나를 모욕하려는 마음이 있었던 거예요. 저 여자가 좋아하는 것은 '오빠 같은' 두리뭉실한 방법이에요. 그러나 이 '나'는 그렇게 만만치 않은 거예요."
깁슨 씨는 어이없어하며 말했다.
"너는 무슨 말을 하는 거냐. 실수란 반드시 있어. 저 사람은 '너 때문에' 놀라서 뒤돌아본 거야. 그때 손이……."
"당치도 않아요."
"아니, 잠깐 기다려라."
깁슨 씨는 로즈메리의 표정을 보려고 머리를 돌렸으나 로즈메리는 이미 방에 없었다. 나가버린 것이다. 사라졌다! 좀 묘한 사태였다.
깁슨 씨는 하는 수 없이 돌아앉으며 엄격한 목소리로 말했다.
"어쨌든 터무니없는 의심을 하는 것은 찬성하지 못하겠어, 에설."
에설은 한숨을 쉬었다.
"터무니없는 의심? 아니면 일반적인 조심성일까, 아무튼 오빠."
그녀는 애정을 담아 덧붙였다.
"우리는 누구나 낭만적이고 시적이며 꿈 같은 세계에 살고 있을 수는 없어요. 우리들 가운데 누군가는 있는 그대로의 사물과 맞닥뜨리지 않으면 안 되는 거예요."
그녀의 밝은 눈은 솔직하고 성실하며 그리고 아마 현명하리라고 그는 생각했다.
에설이 말했다.
"현실을 더 직시해야 해요."

그는 되물었다.
"어떤 현실을?"
"사실이에요. 악당이라든가 원한이라든가 이기주의——'자아'가 필요로 하는 것——라든가 이를테면 모든 사람의 행위 뒤에 있으면서 그것을 일으키는 진정한 힘이에요. 의식적인 마음의 움직임 같은 것은 빙산의 일각에 지나지 않아요. 오빠는 보기좋은 표면을 간단히 믿어버리므로……."
"믿지, '나는'!"
에설은 부드럽게 말했다.
"그래요, 오빠는 현실의 10분의 1도 알고 있지 못해요. 머리를 구름 속에 집어넣고 있으니까. 전부터 그래요. 물론 '그러니까' 나는 오빠가 좋지만……그러나 머리를 구름 속에 집어넣고 있는 성자님에게는……."
에설은 한숨섞인 목소리로 덧붙였다.
"대신 현실문제와 직접 맞닥뜨려줄 사람이 아무래도 필요하지 않을까요."
깁슨 씨는 고집스럽게 말했다.
"아무튼 나는 바이얼릿을 의심하는 까닭을 도저히 알 수가 없어."
에설은 응석을 받아주듯 말했다.
"오빠로서는 누구를 의심해야 하는 까닭도 알 수 없겠지요. 상대의 행위가 갑자기 탁 터져서 오빠의 점잖은 콧등을 때리기까지는요. 도대체 오빠는 이 세상의 혐오스러운 현실이라는 것을 피해왔어요. 오빠에게 '필요'한 것은 강인함이에요."
그는 에설을 그윽이 지켜보았다.
"어머나, 미안해요."
그녀는 정말로 미안스러운 듯이 보였다.

"이런 말을 해서는 안 되는 거였는데……."
그는 소리쳤다.
"상관없잖니. 정말로 그렇게 생각하고 있다면……."
그러나 에설은 몸을 돌리며 말했다.
"오빠는 엄마를 닮았군요. 오빠가 여자로 태어나고 내가 남자로 태어났으면 좋았을걸."
그는 소리쳤다.
"그게 대체 무슨 뜻이지. 에설, 너 무슨 말을 하는 거냐?"
"오빠는 하찮은 일에 신경써선 안 되는 사람이에요. 오빠의 시의 세계, 돈키호테적인 선의와 신념의 세계는 너무 비현실적이므로……."
그는 힐문했다.
"그럼, '너'의 세계는? 너의 세계야말로 현실이라고 말하고 싶겠지."
그는 분노가 치밀어 올랐다.
에설은 그 분노에 반응했다.
"나의 세계?"
그녀는 그의 눈을 똑바로 지켜보았다.
"그건 속임수며 여러 가지 인간의 교활함이 가득차 있는 세계예요. 그 밖의 세계는 있을 수 없어요. 사람은 '확실히' 동물이에요. '오빠'의 마음에 들든 안 들든."
에설에게 도전할 구체적인 예를 찾으며 그는 말했다.
"그래서 너는 바이얼릿이 푸른 꽃병을 일부러 깨뜨렸다는 거로구나."
"물론 의식적으로 그렇게 하려 한 것은 아니었겠지요. 오빠는 알지 못해요. 하지만 그 사람은 나를 화나게 하기 위해 깨뜨린 거예요.

그 사실은 변함없어요."
"나는 믿지 않아."
"그래요, 믿지 말아요. 언제까지나 친절한 마음으로 사세요…… 그런 노래 가사가 있잖아요."
그녀는 방긋 웃어보였다. 에설의 경우 이런 식으로 놀리는 일은 잘못했다고 사죄하는 한 형식이었다.
"오빠는 친절한 아기 양이에요, 켄. 아기 양은 누구에게나 사랑받지요. 하지만 내가 아기 양이 아닌 건 어쩔 수 없잖아요. 화내지 말아요, 오빠."
그는 이처럼 화나는 것은 태어나서 처음이라고 생각했다. 까닭은 알 수 없지만 그는 갑자기 로즈메리의 일이 걱정스러워졌다. 그래서 겨우 일어나 목발을 짚고 절름거리며 부엌으로 갔다.
바이얼릿은 힘차게 조리대를 닦고 있었다. 로즈메리도 거기에 있었으나, 그냥 창 밖을 바라보고 있었다. 어딘지 쓸쓸해 보인다고 그는 생각했다.
"바이얼릿, 꽃병은 '내가' 변상할 테니 그렇게 알고 있구려. 그건 당신이 나빴던 게 아니오."
바이얼릿은 어깨를 움츠리며 아무 말도 하지 않았다.
로즈메리가 힘찬 목소리로 말했다.
"바이얼릿은 그만두고 싶대요, 케니스. 남편과 함께 다음주에 이사 간대요."
"그런가."
그는 맥이 탁 풀렸다.
바이얼릿이 말했다.
"네, 산 쪽으로 가요. 지금 남편이 둘이서 할 수 있는 일을 찾으러 갔어요. 일이 있으면 그대로 그쪽으로 가서 살게 될 거예요."

로즈메리가 끼어들었다.

"목장이래요. 얼마나 멋져요."

그 목소리에는 억지로 들떠보이는 울림이 있었다.

"하지만 당신이 가버리면 쓸쓸해요, 바이얼릿."

바이얼릿은 대답하지 않았다. 쓸쓸해 하거나 하지 않거나 아무 관심이 없는 것이다. 깁슨 씨가 보기에 이미 에셜에게 화내고 있는 듯싶지도 않았다.

그는 걱정스러워서 로즈메리에게 말했다.

"누군가 다른 사람에게 부탁해야 하지 않겠소?"

"괜찮아요, 걱정 마세요. 내가 할 수 있어요. 일은 에셜과 내가 다 할 수 있어요."

로즈메리의 눈에 떠오른 표정이 그로서는 '전혀' 이해되지 않았다.

"하지만 그러다가 에셜이 돌아가기라도 하면……."

로즈메리는 소리쳤다.

"어머나, 그건 안 돼요! 그래서는 안 돼요……당신의 오직 하나뿐인 여동생이에요, 케니스. 더욱이 모처럼 와 주었는데……."

그녀의 손은 부엌 의자의 둥근 나무 부분을 잡고 있었다. 손가락 관절이 핏기를 잃어 하얬다.

"그토록 멋진 분인데요. 그토록 똑똑하고 친절한 분인데요."

깁슨 씨는 망연해졌다. 로즈메리는 '확실히' 어딘가 이상했다. 마치 낯선 여자가 되어 멀리 저편으로 가버린 것 같았다. 지금 사태에 대해 이야기하는 일은 도저히 상상할 수 없었다. 완전히 마음을 닫아버렸다…… 눈길이 마주치면 어찌된 일인지…… 두려운 듯한 눈을 했었다.

에셜의 말대로다, 하고 그는 꺾였다. 세상에는 그가 알 수 없는 일이 많은 것이다. 그는 힘이 쭉 빠졌다. 어떤 공포, 어떤 불안, 어떤 압력이 로즈메리의 눈길 속에 달라붙은 것일까.
 그는 막연히 말했다.
 "그렇소. 물론 에설은 좋은 사람이오."
 한편 바이얼릿은 맹렬한 기세로 설겆이대를 마구 닦고 있었다.
 에설이 들어와 의기양양하게 말했다.
 "자, 점심식사를 할까요, 야채부터 시작해요."
 뜰에서는 폴 타운젠드가 작은 돌담 옆에서 흙을 만지고 있었다. 지금은 휴가 기간이었다. 학교가 쉬므로 지니도 그 근처에서 놀고 있었다. 파인 부인은 포치에 자리잡고 앉아 있었다. 그러나 사람 눈을 꺼리는 기색은 조금도 없었다.

이혼만으로는…

깁슨 씨가 사람 눈을 피하듯 틀어박힌 곳은 자기 머릿속이었다. 그는 거기서 계획을 세웠다.

저 로즈메리의 이해할 수 없는 고뇌를 내버려 둘 수가 없다.

그러므로 무엇보다도 먼저 그 고뇌의 원인을 발견하지 않으면 안 된다. 그리고 다음에는 그 원인이 무엇이든 그녀가 더 이상 괴로워하지 않도록 노력하지 않으면 안 된다.

그 순서가 분명히 정해지자 그의 기분은 훨씬 상쾌해졌다.

그러나 에설에게 사정을 물을 수 없는 것은 분명했다. 이상하게도 에설이 그 동안의 사정을 알고 있다고 그는 확신했던 것이다. 즉 '에설 쪽이' 그보다 영리하고 빈틈없다고 그는 인정하고 있었던 것이다.

그러나 안 된다. 로즈메리의 마음을 혼란시키고 있는 것의 정체를 가장 단순한 방법으로 찾아내자. 즉 로즈메리에게 직접 물어보는 것이다. 하지만 그것은 남몰래 하지 않으면 안 된다.

그렇다면 좋다. 오늘 밤이라도 분발하여 일상의 최면상태로부터 탈출하는 것이다. 에설이 언제나처럼——어두워지고 아무도 찾아오는 사람이 없으면 사방이 잠들었다고 해서——취침을 선언해도 침실로 '끌려갈 수' 있단 말인가. 그는 이미 오래 전부터 자리에 드는 데 누구의 도움을 받지 않아도 되지만, 에설은 이 습관을 고치지 않는 것이다. 에설에게 먼저 자라고 하고 로즈메리는 그 자리에 남도록 말하자. 에설에게 다음과 같이 말하는 것이다.
"에설, 나는 로즈메리와 단둘이 이야기하고 싶어. 상관없겠지?"
안 된다고 하지는 않을 것이다. 에설이 안 된다고 말할 리 없다. 실로 간단한 일이다. 깁슨 씨는 벌써부터 그 장면의 정경이 눈에 선히 보여왔다. 에설이 빙긋 웃는 게 보인다……너그럽고 빈틈없는 좀 재미 있는 듯한 표정으로 그녀는 고개를 끄덕이며 말할 것이다.
"물론 상관없어요."
이런 예상에 그는 몸이 오그라들었다.
에설은 그 병원 아가씨와 같은 눈매를 할 것이다. 그가 자기 아내를 좋아하는 것이 어째서 그토록 '귀여운' 일이며 좀 우스꽝스러운 일일까. 적당히 해두는 게 좋다, 이처럼 신경질적이 되는 것은 어리석은 일이 아닌가.
어쨌든 그는 '행동하는' 것이다. 그리하여 단둘이 있게 되면, 어떻게 해서 로즈메리의 마음에 이를 수 있을까. 어떻게 해서 그녀의 신뢰를 되찾을 수 있을까.
점심식사 뒤 그는 절름거리며 거실에 돌아와 마음속으로 그가 해야 할 말을 분주히 음미하고 있었다. 그 말은 충분히 부드러우면서도 단호해야 할 것. 마침 낮잠자는 시간이었지만, 오늘 그는 서재 겸 침실로 곧 들어가 블라인드를 내리고 정해진 시간만큼 침대에 말없이 누워 있는 일을 하지 않았다.
오늘 그는 선 채로 동쪽 창문으로 밖을 바라보고 있었다. 폴 타운젠드의 벌거벗은 윗몸이 정원일을 하는지 그의 뒤뜰 잔디 있는 데에 구부린 채 움직이는 것이 눈에 들어오지만 보고 있지는 않았다. 폴은 휴가 내내 이 정원일에 정신이 없었다.

부엌에서 여자들의 목소리가 들려오지만, 그는 그것에 주의를 기울이지 않았다. 어차피 모두 나날의 일과대로 하고 있는 것이었다. 바이얼릿은 다림질을 하고 로즈메리와 에설은 접시를 닦고 있었다.

이 일과에 둘러싸인 그가 그 일과를 어떻게 망가뜨려줄까 계획세우고 있는 바로 그때, 로즈메리의 목소리가 별안간 커지며 무엇인가에 항의하는 듯한 격렬한 말투가 되는 것이 들렸다. 그로서는 그 목소리가 격정에 차 있음을 알 수 있었으나 말뜻은 잘 알 수 없었다.

그러자 부엌문이 쾅 울렸다. 폴 타운젠드가 허리를 펴고 머리를 드는 것이 보였다. 로즈메리가 이성을 잃은 듯 비틀비틀거리며 그의 시야로 들어오는 게 보였다.

그에게는 보였다. 폴이 손잡이가 긴 제초기를 팽개치고 빠른 걸음으로 로즈메리 쪽으로 걸어가는 것이.

그에게는 보였다. 폴이 걱정스러운 듯 그녀에게로 몸을 굽히는 것이.

그에게는 보였다. 로즈메리가 격렬하게 울고 있는 것이.

그에게는 보였다. 폴이 두 팔을 들어올리는 것이.

그에게는 보였다. 로즈메리가 그렇게 하지 않고는 견딜수 없는 듯 그에게로 쓰러지며 두 사람이 그대로 껴안는 것이.

깁슨 씨는 머리를 비틀듯하여 얼굴을 돌렸다. 그에게는 아무것도 보이지 않았다. 거실은 캄캄했다. 빛에 얻어맞은 눈은 밤처럼 캄캄했다. 그는 소리친 것이 틀림없었다. 왜냐하면 에설이 묻는 목소리가 들렸던 것이다.

"왜 그래요?"

에설이 방으로 들어와 창 밖을 흘끗 본 듯싶은 찰나 재빨리 그 힘있는 손이 그의 팔꿈치를 붙잡았다.
 에설에게 부축되어 그는 자기 방으로 들어갔다……압도된 듯이 되어 있었으므로 누구인가에게 부축받지 않고는 걸을 수가 없었다. 그러나 다시 곧 시력을 되찾자 깁슨 씨는 아주 냉정해져 놀랄 만큼 자유로운 기분이 되었다. 그는 가죽을 씌운 의자에 앉아 목발을 가만히 바닥에 놓았다.
 그는 부드럽게 물었다.
 "저 사람이 저처럼 우는데, 네가 무슨 말을 한 거지?"
 한순간 에설은 입을 꾹 다물었다. 그리고 생각보다 부드러운 목소리로 대답했다.
 "아무것도 아니에요, 오빠. 아무것도 아니에요. 내가 아무 생각 없이 한 말을 로즈메리가 아주 오해한 거예요. 나에게 비난받았다고 여기는 듯했어요. 마치 내가 비난하고 싶어하는 것처럼. 아무튼 그녀는 요즘……."
 에설은 그의 무릎을 만졌다.
 "아주 신경이 날카로워 있으니까요. 아, 켄, 미안해요. 저런 장면을 보게 해서. 하지만 저것은 그리 마음에 둘 일이 아니라고 생각해요, 지금으로서는."
 그는 날카롭게 물었다.
 "지금으로서는?"
 여동생은 무섭도록 깊이 한숨을 쉬었다.
 "켄, 이런 말 해서는 안 되겠지만 오빠는 정말 무모하고 어리석었어요."
 "그럴까. 그러나 내가 생각했던 것은 다만……."
 그는 괴로운 마음으로 생각을 정리하여——'무엇보다도 우선' 하는 말을 포기했다——말을 맺었다.

"로즈메리를 건강하게 하는 일이었어."
에설은 부드러운 눈길로 말했다.
"그야 그랬겠지요. 하지만 그 뒤의 일까지 생각해 본 적 있어요? '건강하게 된' 로즈메리는 그때까지의 로즈메리와 달라요. 그것을 생각해 보았어요?"
"알고 있어."
"로즈메리는 젊어요. 비교해 보면 적어도……."
"알고 있어. 그건 알고 있었어."
"몸이 나빴을 때는 늙은 기분이 들었겠지요. 하지만 지금 로즈메리는 늙지 않았어요. 이제 늙은 기분은 들지 않아요."
이런 유치원생 같은 단순한 말투에 깁슨 씨는 화가 났다.
그는 되풀이했다.
"'알고 있어'."
"하지만 켄, 가장 어리석었던 점은……로즈메리를 이리로 데려온 일이에요. 저런 남자의 옆집으로. 취미까지 같은 남자잖아요! 이건 오빠가 일부러 만들어 이런 일을 일으킨 거나 마찬가지예요."
깁슨 씨로서는 이런 새로운 생각이 충분히 납득되지 않았다. 이런 생각은 지금까지 한 번도 그의 마음에 다가온 일조차 없었던 것이다. 로즈메리와 폴!
"그렇다면 저 두 사람은……저 두 사람은……."
"두 사람은 사이가 좋았어요. 알겠지요, 켄. 로즈메리는 좋은 여자고, 오빠에게 몸과 마음을 바치고 있었어요. 하지만 로즈메리는 아직 젊으니까……."
'알고 있어' 하고 깁슨 씨는 마음속으로 새된 목소리를 질렀다.
에설은 슬픈 듯이 말했다.
"더욱이 저 사람은 로즈메리와 어울리는 나이인데다 아주 매력있는 남자예요. 예상할 수 있는 일이었어요."

깁슨 씨는 앉은 채 '어리석었던 일'인가 하는 것에 대해 심사숙고했다. '이' 작은 집을 빌린 것도 어리석은 일이었던가. '그로서는' 도저히 예상할 수 없었다. '이런' 생각은 마음에 떠오른 일조차 없었던 것이다.

에셀은 말을 이었다.

"핸섬한 남자는 누구나 그렇듯 저 사람은 좀 응석받이같이 여겨져요. 조심성이 없어요. 수양을 쌓지 못했으므로 자기를 멋지게 '보이지 않도록' 할 수가 없어요. 육체적인 매력을 발산하지 않고는 못 견디는 거예요. 가엾은 로즈메리. 하지만 로즈메리를 나무라면 안 돼요. 나무랄 까닭이 하나도 없어요. 자기가 끌려가는 것을 그 사람은 알 턱이 없을 테니까요. 육체가 가르치는 거예요. 이런 일은 정말 스스로 억누르지 못해요. 오빠, 곧 이사하면 좋겠어요."

그러나 깁슨 씨는 최악의 사태에 대해 생각하고 있었다.

결국 그는 로즈메리를 속였던 것이 아닐까. 지금 같은 사태를 예감하고 있으면서 그는 입 끝만의 호의를 보여준 데 지나지 않았던 것이다. 그래, '확실히' 예감하고 있었다⋯⋯ 지금이야말로 생각이 난다⋯⋯ 그런데도 그는 안이하고 이기적인 기분으로, 더욱이 무서운 기쁨에 빠진 나머지 그것을 모조리 잊고 있었던 것이다. 물론 로즈메리를 나무랄 수는 없다.

그는 소리내어 말했다.

"저 사람을 나무라지는 않아."

에셀은 부드럽게 말했다.

"나무랄 일은 아무것도 없어요. 오빠가 그 사람의 마음을 헤아려주는 한 로즈메리는 자기를 억누르지 못한 것뿐이니까요."

그로서는 로즈메리의 고통이 상상되었다.

"저 사람은 얼마나……하지만 대체 폴은…….."
에설은 자기도 한 역할을 하고 있는 듯한 목소리로 말했다.
"솔직히 말해서 저 사람이 얼만큼 로즈메리에게 마음을 주고 있는지 모르겠어요. 물론 로즈메리는 아름답지 않지만, 결코 보기 싫지 않고 얌전하잖아요. 게다가 '거리가 가까운'걸요. 그것은 정말이지 가벼이 생각할 일이 아니에요."
깁슨 씨는 쓸쓸하게 생각했다. 폴이 로즈메리에게 끌리고 있다는 것은 '그가 보기에' 명백했다.
에설은 빈틈없는 목소리로 말했다.
"폴은 뭐랄까, 딸 문제가 난처하지요. 정말이지 로즈메리를 바라볼 때의 지니의 눈매란 보고 있을 수가 없었으니까요."
그러고 보니 깁슨 씨도 생각났다. 지니는 이 방에서도 줄곧 말없이 커다란 눈으로 모두들을 지켜보고 있었다.
"게다가 그 노부인이 있어요. 그러니 폴의 입장으로서는 도저히 마음대로 내달을 수가 없어요……로맨스라는 것으로요……이사하세요, 켄. 로즈메리는 본디 정숙한 사람이에요. 아직 늦지 않았어요."
"그래, 늦지 않았어."
그는 어떤 일을 떠올리고 있었다. 그때는 무슨 일인지 몰랐었다. 거실 한가운데 우뚝 선 채 로즈메리는 아주 힘주어 말했던 것이다.
"……세상에 이처럼 즐거운 일이 있는 줄 조금도 몰랐어요."
그때는, 그것이 그녀와 폴 타운젠드가 함께 자리한 첫밤이 아니었을까. 그때부터 이미 두 사람 사이에 서로를 잡아당기는 실이 짜여지기 시작하고 있었던 것이다. 아, 이것은 피할 수 없는 운명이었다! 그에게는 자신의 모습이 뚜렷이 보였다──나이먹고──이제 절름발이가 된 자신의 모습이.

에설이 말했다.

"만일 로즈메리를 놓치고 싶지 않다면. 왜냐하면 오빠는 그 사람을 '아주' 좋아하잖아요. 더욱이 로즈메리도 '진심으로'……."

그는 '감사하고 있다'는 싫은 말을 앞질러 말했다.

"나는 로즈메리를 싫어하지 않아. 하지만 나는 특별히……뭐라고 말하면 좋을까……이전의 도움을 되돌려 받으려는 것은 아니야."

"그것이 현명해요."

그는 좀 으스대듯 말했다.

"게다가 우리는 결혼 전 이혼 가능성에 대해 서로 이야기했으므로 더욱 그래."

"어머나, 그래요."

에설은 한숨을 쉬었지만 그 얼굴이 활짝 밝아졌다. 그녀는 생각에 잠기며 덧붙였다.

"나는 아주 기뻐요. 그럼, 헤어지는 것이 최선의 길임을 알게 된다면 언제든지 헤어질 수 있다는 것을 로즈메리는 알고 있군요. 그래요……그렇다면 이야기가 전혀 달라져요. 오빠와 나 둘이서 어떻게든 살 수 있잖아요."

"그래."

"아주 괜찮을 거예요. 둘 다 일이 있고, 귀찮은 일 없이 쾌적하게 살 수 있어요. 나이라는 것을 생각하지 않으면 말이에요, 켄. 더욱이 둘 다 혹이 달리지 않았잖아요. 함께 살면 재미있을지도 몰라요."

그는 맞장구쳤다.

"그럴지도 모르지."

"물론 '이 집'에서는 아니에요."

"그래."

"만일 로즈메리와 폴이 결혼할 생각이라면⋯⋯."

애써 꾸민 태도가 송두리째 무너질 듯한 것을 겨우 누르며 그는 말했다.

"그래, 물론 이 집에서는 안 되지."

에설은 재빨리 머리를 써서 말했다.

"하지만 나는 그리 서두르려고 하지 않아요. 왜냐하면 만일 폴이 실은⋯⋯ 다시 말해서 이 문제가 일방적인 것이라면 로즈메리에게 우리가 필요할지도 모르니까요."

그는 거칠게 말했다.

"로즈메리에게 필요한 것은 의무감으로부터 해방되는 일이야. 그렇지 않으면 사물을 명백히 보는 일도, 확실히 아는 일도, 도저히⋯⋯."

에설은 따뜻이 말했다.

"정말 그래요. 오빠가 너그럽고 로즈메리가 염치 있다면——물론 염치가 있지요——그렇다면 그것으로 문제는 없다고 여겨요."

자신만이 아는 작은 문제 하나가 남아 있는 것을 그는 느끼고 있었다. 그러나 그것은 어디까지나 스스로 해결해야 할 것이다.

"로즈메리가 머지않아 이야기를 꺼내겠지요. 꺼낼 각오가 되었을 때 말이에요. 오빠, 나는 정말로 마음놓았어요. 오빠가 이런 사태에 의식적으로 빠져든 거니까요. 솔직히 말해서 오빠의 일이 좀 걱정스러웠어요. 뒤늦은 로맨스란 오랫동안 혼자 살아온 사람에게는 치명적이니까요. 자, 좀 주무세요."

"음, 자겠어."

그는 침대 위에 누웠다. 로즈메리의 입장에 서서 로즈메리의 갈등을 상상하는 일은 견딜 수 없는 고통이었다. 그는 자신의 늘그막에 대해 조용히 생각해 보려고 했다.

그러나 정신의 다른 면에서는 그 계획이 숨소리를 높이고 있었다. 우선 로즈메리가 고뇌하는 원인을 찾아낼 것. 다음에 그녀가 더 이상 고통받지 않아도 되도록 노력할 것.

사랑이란 무엇인가. 확신이 소리내며 무너져내리는 것을 느끼며 그는 생각했다.

'나'에 대한 그녀의 사랑이란 무엇인가. 설마 내 육체적 매력은 아닐 것이다. 절름발이 늙은이. 발을 저는 병신. 현실은 이렇다. 내가 손에 넣으려 애쓰는 한, 나에게는 로즈메리의 사랑이 '있다'는 것. 그녀는 나를 싫어하지 않는다. 그러나 로즈메리에 대한 내 사랑은 그녀를 풀어놓아 주는 것이 아니어서는 안 된다.

거기에 30분쯤 누워 있는 동안 문득 폴 타운젠드가 가톨릭 신자임을 생각해 내고 그는 머릿속이 소리내며 혼란스러워지는 것을 느꼈다. 깁슨 씨의 이혼만으로는 문제가 해결되지 않는 것이다.

인생은 착각

사흘이 지났다.

로즈메리는 이야기를 꺼내지 않았다. 정신상태는 가라앉은 듯했다. 여느 때와 다름없는 태도였다.

깁슨 씨는 그녀에게 무슨 볼일이 없느냐라든가 이야기하라든가 하고 재촉하는 듯한 말은 일체 하지 않았다. 그는 점점 걱정스러워져 갔다. 로즈메리는 마지막까지 이야기를 꺼내지 않는 게 아닐까.

이웃에서는 폴 타운젠드가 여전히 건강하고 한가로운 듯이 튼튼한 몸으로 정원을 손질하고 있는 모습이 보였다. 파인 노부인은 포치에 자리잡고 있었다. 소녀 지니는 들락날락하며 놀고 있었다. 별장 생활은 속세의 변화와는 관계없이 그 표면적일 뿐인 조화를 지닌 채 진행되고 있었다.

깁슨 씨는 대부분 시간을 혼자만의 독서로 보냈다. 자신의 무지에 대해 그는 깊이 생각하고 있었다.

에설이 말한 대로다. 그는 현실의 10분의 1도 모른다. 대개의 학문에 대해서는 거의 무지하다. 근대심리학 이론은 그에게 있어 단순한 이론, 이론을 위한 이론에 지나지 않았다. 그는 시를 '믿고' 있었던 것이다. 명예, 용기, 희생, 낡아빠진 말이다. 아무짝에도 쓸모 없는 레테르 아닌가. 그렇다, 꽤 오랫동안 그는 책이며 말의 그늘에 숨어 왔다. 그러나 그것은 거친 현실의 말은 아니었던 것이다.

시! 왜 시인가? 그것은 그의 선이 너무 가늘어 도저히 현실에 견딜 만한 용기가 없었기 때문이었다. 그는 현실에 직면한 일이 한 번도 없었다. 현실이란 무엇인지조차도 몰랐다. 그러므로 더 많은 것을 배워 알기까지는 전적으로 에셀에게 기대지 않으면 안 되었다.

지금 와서야 겨우 안 일이지만, 그는 묘한 데서 아는 것이 없었다. 사회적으로 무지했던 것이다. 학생들이나 동료교사가 학교 교정에서 또는 복도에서, 때로는 도시 거리에서조차 자신에게 말을 걸어준다는 사실에 그는 크게 순수한 기쁨을 느끼고 있었다. 눈웃음이, 인사가, 그의 이름이 속삭여진다는 일이 이를테면 그의 신분을 보장해 주고 있었던 것이다. 그는 영원 속을 헤매고 있는 것은 아니었다. 그는 국문과 집슨 선생이며, 그것을 아는 사람들이 이렇게 존재하고 있는 것이었다.

그렇기는 하지만 하루 동안에 너무도 많은 사람이 등장했었다. 그에게 붙잡힌 청중, 곧 그의 클라스는 목소리 단련에 가장 좋은 재료였다. 그것이 끝나면 사무 시간이 되고 이 시간에도 때로는 학생들과 이야기를 나누었는데, 그는 어디까지나 친절하고 낙관적이며 학생들의 속임수나 아첨이나 허영에는 최소한의 경계밖에 하지 않았다. 그리하여 그는 그러한 나날에 갑갑함을 느끼며 주위 작은 세계에 부끄러워하면서도 신뢰를 갖고 있었다. 그의 사생활이든 고독이든 모든 일이 자연스럽고 즐거우며 자유로운 듯이 보였던 것이다.

사실 그것은 아주 좁고 아주 고립되고 아주 무지한 생활이었다. 그는 '현실'을 거의 몰랐다. 그래서 55살이나 되어 이처럼 맹렬한 어리석음을 저지르는 결과가 생겼을 것이다. 그의 결혼상대는 병들고 무방비하여 남에게 의지하지 않고는 살아갈 수 없는 완전히 몸을 기대온 로즈메리였다. 더욱이 이 결혼은 그것이 '계약'이라는 바보스러운 전제 위에 서 있었던 것이다.

처음 기뻤던 며칠을 돌이켜보며 그는 자신의 어리석음에 연민을 느꼈다. 육체라는 현실. 거리가 가깝다는 현실인가. 무의미하게 로맨틱한 구름 속에서 그는 현실을 전혀 무시하고 있었던 것이다.

그렇다, 그가 상대의 병을 고쳐준다고 하는 로맨틱하고 센티멘털하며 우스꽝스러운 사고방식! 이 얼마나 이기주의인가! 게다가 더욱 잘못된 일은 이 돈키호테적인 결혼이 진짜배기 연애결혼으로 바뀔지도 모른다고 비록 짧은 한순간이나마 생각했던 일이다. '그런 일'은 처음부터 불가능했다. 수학적으로도 분명했다. 55 빼기 32는 23으로서, 이것은 영원히 변치 않는다.

감정면에서 그는 로즈메리의……아버지다. 그는 도와 주는 힘이며 친절이며 보호의 손이며, 그런 일로서 로즈메리는 그를 사랑하고 있었다.

지금 두려운 것은, 그가 늘그막까지 로즈메리가 이 거래를 계속하여 남편이 빨리 죽었으면 좋겠다고 하는 그런 끔찍한 일만은 일어나지 않았으면 했다. 어쩌면 로즈메리는 처음부터 참자고 결심하고 있었는지도 모른다. '쉽게 말하면' 노교사와의 생활을 8년이나 참지 않는가.

그녀는 그에게 상처주려고 하지 않을 것이다. 병원에서 그의 골절이라는 하찮은 일을 자기 때문이라고 말했을 때도 슬픔으로 거의 정신을 잃을 정도였다.

그러므로 그의 마음에 상처입히거나 자기의 의무를 팽개치지 않을 것이다. 정숙이라는 관념 속에 얼어붙은 듯 자신을 계속 속일 것이다. 자기가 왜 그처럼 자연스럽게 폴의 팔 안으로 뛰어들었는가 하는 일도 지금의 로즈메리는 틀림없이 모르는——알려고 하지 않는—— 것이다.

폴과 그의 많은 장점을 생각하면 할수록 깁슨 씨는 에셀의 말이 맞는다는 생각이 들었다. 로즈메리는 '폴에게' 반했든가 또는 지금 바야흐로 반하려 하고 있는 것이다. 폴은 그녀의 아버지가 될 수는 없을지 모르지만, 그녀와 같은 세대며 장년인데다 매력있고 사람 좋으며 친절했다. 그녀로서는 어떻게 할 수 없을 것이다.

로즈메리는 '나'의 바보스러움에 대해 아무것도 모르는 편이 좋다고 그는 생각했다. 알았다고 어찌되겠는가. 깁슨 씨는 연민에는 도무지 흥미가 없었다. 연민 같은 것은 바라지도 않았다. 따라서 자기의 애정을 쫓아내어 영원히 자신의 마음으로부터 추방하는 것이다. '그 일은' 이제 생각하지 말자.

그는 차츰 몸을 빼기 시작했다. 독서며 쓰는 일에 정신 없는 듯이 꾸며보였다. 로즈메리가 어디 있으며 무엇을 하는지 마음에 두지 말자고——그렇게 하면 얼마쯤은 잊혀질지도 모른다——노력했다. 우울해졌을 때는 이것은 누구의 잘못도 아니며 다름아닌 자신의 탓이다. 이제 아무렇지 않게 되리라고 생각하는 것이었다.

어느 날, 다음과 같은 시 한 구절이 눈에 띄었다.

부드러운 말은 너그러운 마음
모름지기 사람이 하고 모든 말할 수 있는 것을
그녀를 기쁘게 하기 위해 나는 아낌없이 준다
그러나 마음에는 미치지 못한다, 그녀가 얼굴을 돌릴 때.

그는 책을 덮었다. 카툴루스(기원전 1세기 로마의 서정시인)도 '역시' 바보다. 이 시의 뜻은 그것뿐이 아닌가. 더욱이 울보다. 깁슨 씨는 울보가 되지 않으려고 굳게 결심했다. 그는 이제 시를 읽지 않게 되었다.

침울한 기분은 사라지지 않았다. 그것은 점점 더 깊어졌다. 낮이고 밤이고 이 기분에 사로잡힌 깁슨 씨는 이제 그 밖의 기분을 잊어버렸다. 어른이라면 누구나 이것에 익숙하지 않으면 안 된다고 생각하게 되었다.

그러나 변화는 가까워져 오고 있었다. 언젠가 깁슨 씨가 한 말에 의하면, 여자들이 일하러 나갈 날이 가까워졌다. 두 사람은 같은 날 아침에 함께 출근하게 되었는데, 아주 비참한 기분에 잠겨 있는 깁슨 씨는 이 우연을 슬퍼하지도 않았다. 로즈메리와 단둘이 되고 싶다는 마음도 이제는 사라져버렸던 것이다.

비서로서 일류인 에셀은 오후 4시면 퇴근하는 좋은 자리를 얻었다. 이로써 저녁식사 요리는 자기가 할 수 있을 거라고 그녀는 만족스럽게 설명했던 것이다.

로즈메리의 근무시간은 좀더 길었다. 작은 양장점의 조수로, 처음에는 주로 물품 사들이는 일을 하고 앞으로는 정식 점원이 되려는 계산이었다. 첫직장으로서 이것은 안성맞춤이었다.

우연이 하나 더 겹쳐진 것은, 두 사람이 처음으로 출근하는 날은 바이얼릿이 떠나는 날이었다. 이로써 깁슨 씨는 그야말로 혼자가 되는 것이었다.

그 전날 밤, 세 사람은 언제나처럼 거실에 모여 있었다. 라디오에서 흐르는 낮은 음악이 문화적인 분위기를 만들고 있었다.

로즈메리는 내일에 대비해 감색 드레스에 흰 깃과 소맷부리를 달고 있었다. 에셀은 뜨개질을 하고 있었는데, 그녀의 기술은 기분나빠질

만큼 훌륭했다. 에설은 라디오 앞에서 뜨개질하며 몇 시간이라도 음악이니 정견 방송이니 교육 프로에 귀기울이는 것이었다. 레코드보다 라디오 쪽이 좋았다. 전축을 가지고 있지 않았으니까. 깁슨 씨는 책을 넘기고 있었는데 때때로 두 장을 함께 넘기곤 했다. 그 표정은 조용하고 한가로워 보였다.

풍경은 가정적이고 화목했지만 깁슨 씨는 그것을 다르게 느끼고 있었다……왜냐하면 그날 밤은 그의 실험이 끝나는 시간이었다. 이제 모든 것은 물거품으로 돌아갔다. 로즈메리는 건강해졌을 뿐만 아니라 밖에 나가 돈을 벌겠다고 했다. 그녀에게는 깁슨 씨가 주는 것이 하나도 필요하지 않은 대신 그가 줄 수 없는 것을 크게 필요로 하고 있었다. 그러니 로즈메리를 놓아주자……그는 마음속으로 동의하고 있었다. 그것은 빠를수록 좋았다.

그의 상상력은 눈앞에 자신의 미래를 그려내고 있었다. 어딘가 학교 가까이 작은 아파트에서 그와 여동생 에설이 서로 돕고 헌신하며 지내는 모습이 눈에 보이는 듯했다. 일할 수 있는 한, 두 사람은 낮에 일할 것이다. 밤이 되면 에설은 라디오 스위치를 켜고 뜨개질을 하리라. 그렇더라도 어떻게 타협하며 지낼 수 있으리라고 그는 생각했다. 옆에 헌신적인 여동생이 있는 것보다 더 견딜 수 없는 상태와도 그는 이미 타협해 왔었다. 따라서 이런 일로 왜 이토록 실망하고 낙담해야 하는지 실로 잘 알 수 없었다.

에설이 말했다.

"이로써 모든 일이 잘될 듯싶군요. 그러나 나로서 견딜 수 없는 건 버스를 타야 하는 일이에요. 가는 데 30분이나 버스를 타고 있어야 하다니 정말 낭비예요. 좀더 도시 가까운 곳으로 이사하는 게 좋지 않을까요."

로즈메리의 손과 머리가 흠칫 움직였다. 그녀는 중얼거렸다.

"이사라고요?"

"아무튼……여기는 '참으로' 기분 좋은 집이지만 일하러 나가게 되면, 로즈메리, 당신은 낮에 있을 수 없어요……손가락을 찔렸어요, 바늘에?"

로즈메리는 조용히 말했다.

"아니오, 에설. 괜찮아요."

에설은 빙긋 너그럽게 웃었다.

"그래요……그러므로 물론 켄의 일도 생각해 주어야 해요. 이제 가을이고, 버스를 타는 일은 어떨까요……그 다리로."

로즈메리가 얼굴을 들고 재빨리 말했다.

"내가 전부터 생각하고 있었던 건 따로……."

깁슨 씨가 말했다.

"버스를 탈 수 있으리라 여기오. 따로 지팡이를……."

그의 목소리가 끊어졌다. 로즈메리의 피가 새빨간 반점이 되어 꿰매고 있는 흰 깃에 퍼져 있는 것이 뚜렷이 보였기 때문이다.

에설은 야단치듯 말했다.

"그거 봐요. 역시 바늘에 손가락을 찔렸잖아요. 그렇게 얼룩져 버렸으니. 직장에 입고 갈 참이었는데요……."

"빨면 지워지지 않을까요."

로즈메리는 나직이 말하고 일어섰다. 그리고 어색한 걸음으로 꿰매던 옷을 부엌으로 들고 갔다.

깁슨 씨는 문득 이것에는 무슨 뜻이 있는지도 모른다고 생각했다. 난로의 차가운 재받이를 보고 섬뜩 한기를 느끼며 그는 말했다.

"어쩌면 바늘로 손가락을 찔러 깃에 핏자국을 낸 것은 내일 출근하기 싫어서인지도 모르지."

그는 숨을 죽이고 에설이 동의해 주기를 열심히 기다렸다.

인생은 착각 127

그러나 에설은 빙긋 웃었다.
"글쎄요, 그렇다면 거짓말할 필요가 없잖아요?"
깁슨 씨는 그렇다고 생각했다. 로즈메리는 거짓말을 했던 것이다.
에설은 목소리를 낮추어 말했다.
"하지만 물론 손가락을 찌른 것은 내가 '이 집에서' 떠나자고 했을 때였어요."
"떠난다고……?"
에설은 소토(sotto—낮은 소리로)로 말했다.
"그러니까 그에게서 떠나가게 되는 거예요. 저도 모르게 본심을 드러내보인 거지요!"

그녀의 한숨이 들렸지만 깁슨 씨의 마음은 혐오감으로 오그라들 것 같았다. 본심을 드러내보였다니, 조금도 그렇게 보이지는 않았다. 비록 그렇다 하더라도 그로서는 무슨 뜻인지 알 수 없었던 것이다. 옛날 시에 사람은 그 정신의 주인이라고 씌어 있다. 옛날 시에 그처럼 열중하고 있는 깁슨 씨가 사람 마음을 이해하지 못하다니 무슨 일일까.

아니, 이해할 수가 없다. 그는 나이먹지 않았는가. 깁슨 씨는 힘이 빠졌다. 자기가 더럽혀지고 배반당한 듯한 기분이었으며——그것도 하는 수 없다——더욱이 그 상태가 싫었다. 그리하여 그는 다시금 책으로 눈을 돌리고 돌아온 로즈메리를 올려다보지도 않았다.

에설이 얼마쯤 과장하여 말했다.
"물을 썼어요?"
로즈메리가 온순하게 대답했다.
"네, 금방 지워졌어요."
깁슨 씨는 얼굴을 돌렸지만 그녀가 다시 바늘을 드는 것이 이마 너머로 보였다. 로즈메리는 왜 스스로 자기 바늘에 찔렸는지 알고 있을까. 반드시 의식하고 있지는 않을 거라고 생각하니 그는 덧없는 마음이 들었다.

여동생이 재빠른 말투로 물었다.

"그런데 켄, 내일은 괜찮겠지요? 바이얼릿이 오빠의 셔츠를 손질하러 올 테니 '부탁하면' 점심쯤은 만들어줄 거예요."

"아니, 괜찮아."

바이얼릿이 오는 것을 바라지 않았다. 혼자가 될 예정인 것이다.

로즈메리가 망설이며 걱정스러운 듯 말했다.

"기분은 괜찮아요? 무슨 걱정이 있는 거 아니에요, 케니스? 당신은 어쩐지 전보다 기운이 없는 것 같아요. 그렇지요, 에설?"

그는 어깨를 움츠리며 말했다.

"일을 하고 싶은 게 아닌가 여기오. 날마다 일을 하는 데 익숙해져 있었으니까……."

로즈메리의 머리는 바느질감으로 수그러져갔다. 그는 그 머리에서 억지로 눈길을 돌렸다.

"내 일은 생각지 않아도 되오. 왜냐하면 나는 거의 반세기 동안이나 혼자 살아온 경험자니까……더욱이 이웃 타운젠드 집에 폴도 있잖소."

폴의 이름을 꺼낸 것에 대해 그는 자신을 경멸했다.

에설이 말했다.

"그래요. 옆집에서 이번에 고용한 세탁하는 아주머니는 금요일에만 오고, 바이얼릿은 가버렸잖아요. 지니가 모든 일을 떠맡지 않는 한 폴은 당분간 파인 부인과 함께 발이 묶여요."

에설은 이 말에 좀 심술섞인 만족을 느끼고 있는 듯했다.

깁슨 씨가 말했다.

"폴은 노부인에게 잘하니까."

인생은 착각

질투 때문에 그는 '스스로' 비굴해지지는 않았다. 그는 다만 너그러워지고 '싶은' 것이었다.
"그건 아주 좋은 일이야."
로즈메리는 방긋 웃는 얼굴을 보였다. 그녀는 따뜻이 말했다.
"나도 그렇게 생각해요."
깁슨 씨는 페이지를 넘겼지만 그 동작이 바보스러워 보였다. 지금 책을 읽지 않고 있다는 것은 '누구의 눈에나' 뚜렷했으니까.
에설이 언제나의 그 좀 엄한 표정으로 말했다.
"이웃집은 파인 부인 재산이겠지요. 그렇다면 폴은 상속인일까요?"
로즈메리가 빙긋 웃으며 말했다.
"때로 아주 타산적인 말을 하는군요, 에설."
에설은 시치미떼며 말했다.
"그렇지도 않아요. 나는 단순한 현실주의자예요. 스스로 현실을 직시할 수 있다고 여길 뿐이지요."
로즈메리가 물었다.
"하지만 사람이란 조건없이 따뜻하고 친절하게 할 수 없을까요? 그것은 '정말로' 있을 수 없나요?"
깁슨 씨는 정신이 아득해지는 것 같았다.
"또 하나, 조건없이 아름답게?"
에설은 생긋 웃었다.
"그건 있을 수 있겠지요. 폴은 핸섬한 것만큼 따뜻할 거예요."
그녀는 머리를 흔들고 뜨개질의 코를 세기 시작했다.
로즈메리가 고집했다.
"하지만 폴의 일은 경기가 좋잖아요, 케니스? 그는 돈에 얽매이지는 않지요."

깁슨 씨가 대답했다.

"그는 화학공업 전문가니까. 그래……."

갑자기 폴의 실험실이, 벽장 속에 가지런히 늘어선 작은 병들이 환시(幻視)처럼 번뜩였다. 환상은 흐늘거리며 곧 사라졌다.

로즈메리가 말했다.

"그렇다면 파인 부인의 돈은 그분에게 '필요없어요.' 파인 부인이 부자라 하더라도, 도저히 돈을 얻기 위해서라고는 생각할 수 없어요."

깁슨 씨가 힘차게 말했다.

"나도 그렇게 생각해."

에설이 말했다.

"물론 그는 그런 사람이 아니에요, 의식적으로는. 대부분의 사람은 근본이 되는 사실을 인정하지 않더군요, 하지만 누구나 거의 예외 없이 물질적인 이익을 위해 일하고 있어요……그야 우리는 스스로 자신을 잘 속여요. 무슨 다른 이유가 있는 척하지요. 하지만 날마다 식사를 할 수 있는지 어떤지, 생활이 즐겁고 안정되어 있는지 어떤지 그것이 근본문제예요. 언제나……."

로즈메리가 얼굴이 붉어져 말했다.

"정말 그것이 근본문제예요."

그녀는 얼굴을 바느질감 위에 구부정하게 수그리고 있었다. 완전히 패배한 모습이었다.

로즈메리는 지금 무엇을 생각하고 있을까, 하고 깁슨 씨는 저도 모르게 괴로워했다. 로즈메리는 물질적인 안락과 안정된 생활을 위해 그에게로 온 것인가? 아니, 그녀는 달리 어떻게 할 도리가 없었다. 다만 그 일을 지금의 로즈메리는 알고 있었다. 깁슨 씨도 알고 있었다. 물론 알고 있었다. 본디 청한 것은 그였으니까. 진심으로 그렇게 되기를 바란 것은 그였다.
　그는 부드러운 목소리로 말했다.
　"물론 그것이 문제지. 이치에 맞는 말이야……."
　그는 페이지를 넘겼다.
　에설이 좀 경멸하듯 말했다.
　"아기가 우는 건 무엇 때문이지요? 따뜻하게 해달라, 먹을 것을 달라고 우는 거지요. '그것이 모두인 거예요'. 다이얼을 일기예보로 돌려요. 내일은 더워질까?"
　깁슨 씨는 생각했다. 따뜻하게 해달라, 먹을 것을 달라, '나에게' 안정된 생활을 달라……그것이 빙산의 감춰진 부분일까? 우리들 빙산의 모두일까. 우리는 아무도 '행위의 이유'를 모르는 것일까. 자기들은 동물이라는 것을 우리가 인정하려 하지 않으니까? 아, 그렇다면 우리는 무엇 때문에 존재하는 것인가. 우리의 일생은 언제나 영원히 어쩔 수 없는 일의 연속일까. 이 달라지기 쉬운 분주함 속에서 우리 모두에게 저마다 운명이 있는 것인가.
　마음에 들지 않는 사고방식이었다. 그는 그것을 직시하려 했다. 에설은 이미 직시하고 있었다. '에설'은 그만큼 강했다. 그 또한 사실로부터 도피해서는 안 된다…… 이 이상. 그를 그처럼 우울하게 만든 것은 '이' 사실인가. 그는 그것을 잡고 있었다.
　라디오는 원자폭탄 실험에 대해 이야기하고 있었다. 이 무서운 힘도 결코 동포를 멸망시키기 위해 쓰여져서는 안 된다는 종교적인 의견이었다.
　조용히 듣고 있던 에설이 말했다.
　"저렇게 말하고도 쓰겠지요."
　"원자폭탄을?"
　로즈메리는 깜짝 놀란 듯했다.

"쓰지 않으리라고 생각해요?"
로즈메리는 눈을 크게 뜨고 말했다.
"나는……쓰지 않았으면 좋겠어요."
에셀은 흰빛섞인 머리를 가로저었다.
"절대로 써요."
"그런 일을 어째서……"
로즈메리는 헐떡였다.
"인정하느냐 하지 않느냐의 문제예요. '현존하는' 인류의 '있는 그대로의' 모습을 말이에요. 알겠어요. 손에 무기를 잡으면 이미 그것을 쓴 거나 마찬가지예요. 당신들은 모르겠지요――사실을 냉정히 직시하면――어떤 일이든 원자폭탄을 떨어뜨릴 이유가 돼요. 인간이란 아주 야만스러워요…… 본질적으로는. 의식적으로 야만스러운 것은 아니에요. 그것이 인간의 결점이라고는 할 수 없어요. 그것은 인간 본디의 성격이지요. 그렇다고 우리들 가운데 누군가가 나쁜 건 아니에요.

하지만 인간은 화내는 일이 있어요. 화내면 상대를 괴물 취급하지요. 괴물을 살해하는 것은 물론 아름답고 훌륭하고 용감하며 좋은 행위라는 이치가 되는 거예요. 그런 것의 차이를 '천천히' 이야기하여 이해하려고 하지 않아요. 안 그래요? 비록 이야기하더라도…… 인간의 이성이란 실로 낡아빠진 것이므로 아주 사소한 의견 충돌……어쨌든 인간이란 언제나 자기들의 피와 동물적인 요소에 의해서 '행동해요'."
깁슨 씨가 조용히 물었다.
"그런 사실에 너는 어떤 식으로 부딪히지?"
에셀은 오해하여 말했다.
"원자폭탄이 떨어질 때의 일? 그렇지요, 다른 사람이라면 모르지만 나는 얌전히 이 세계와 함께 날아가겠어요. 살아남고 싶은 생각은 없어요. 설마 살아남을 생각은 아니겠지요!"

그녀는 그런 어린아이 같은 일을 생각하고 있느냐고 묻는 듯이 보였다.

깁슨 씨는 생각에 잠겼다.

"그래, 그래……나는 살아남고 싶지는 않아. 나는 나이 먹었으니까."

'운명' 하고 그는 생각했다. 그러고 보면 우리는 운명지워져 있는 것이다. 그는 원자폭탄에 대해 생각하고 있는 것이 아니었다.

로즈메리가 에설에게 말했다.

"나로서는 알 수 없어요. 어쩌면 그렇게 생각할 용기가 있지요."

에설이 말했다.

"용기는 유일한 장점 같은 거예요. 요컨대 자기들의 신경에 의지하여 이해하도록 애쓰는 게 가장 좋아요."

이해가 무슨 쓸모 있는가, 하고 깁슨 씨는 생각했다. 어쨌든 우리는 운명지워져 있는 것이다.

지금까지 생활의 버팀목이었던 갖가지 말이 림보(천국에 들어가지 못한 영혼들이 그곳에 가기까지 머무는 곳)로 떨어져 내리는 것을 바라보며 그는 말했다.

"그렇다면 우리의 보잘것없는 지적인 장난감 같은 것은……."

에설이 칭찬하듯 말했다.

"'장난감'이라니 재미있군요. 시를 즐길 수 있는 동안 즐기세요, 켄. 비록 누가 살아남든 간에."

그녀는 어깨를 움츠렸다.

"이 경우 시를 즐길 겨를은 없을 테니까요. 그건 그렇고, 원자폭탄은 아직 떨어지지 않았어요."

그녀는 두 사람을 안심시키듯 머리를 끄덕여보였다.
"그러니 '나도' 할당된 시간을 당신들처럼 충분히 살고 싶어요. 가능하다면 살아남고 싶은 거지요, 파국의 이편에."
그녀는 생긋 웃었다.
"그러므로 희망을 갖는 거예요."
로즈메리가 낮은 목소리로 말했다.
"당신에게는 아이가 없으니까요."
"당신에게도 없어요. 없어서 다행이에요."

그러나 깁슨 씨는 생각했다.
그것은 사실이다. 우리는 운명지워져 있다. 그리고 운명은 빙산의 내부, 그 물 밑 부분에 있는 것이다. 우리가 무엇을 어째서 행하느냐에 대해서는 아무도 영원히 모른다. 알았다는 착각, 선택할 수 있다는 착각이 있을 뿐이다. 우리는 '진실'로 여러 가지 어두운 힘, 미지의 추진력 뜻대로 조정되고 있다. 우리는 눈먼 바보들이다. 에설이 현실이라고 말할 때, 그 의미는 이러한 것이 된다.
그렇다. 정말로 그것은 사실이다. 바이얼릿이 꽃병을 깬 것은 '당연'했다. 폴은 누군가와 결혼'하지 않으면 안 된다'. 로즈메리는 폴에게 반하지 '않으면 안 된다'. 나는 어리석은 일을 했다. 그것도 '필연'이었다. 내 죄는 아니다. 내 선택행위는 모두 어머니로부터 받은 유전자가 시키는 일이다. 에설은 아버지를 닮았으므로 다르다……머리가 맑고 적어도 '눈이 보인다'.
내 일생은 착각이었다. 모든 사람의 일생은 착각이다. 우리는 미지의 것, 알 수 없는 것에 의해 조종되고 있다. 어느 날인가 우리는 분명 그것을 불어서 날려 지구를 그 궤도로부터 놓아줄 수 있게 되는 것이다.

로즈메리가 폴과 결혼하고 내가 그녀를 놓아줄 수 있는 것과 같은 정도로 확실하게……

그는 축 늘어져버렸다. 홀아비고 화학자며 가톨릭 신자인 폴…… 폴도 운명지워져 있다. 세계가 날려가버리는 날까지 아주 잠시 행복하며, 로즈메리를 행복하게 해 주도록 운명지워져 있다.

한편 케니스 깁슨은 여동생과 살며 나이를 먹고……앞으로 15년이나 20년 다리를 절 것이다. '그렇게 되어서야 되겠는가!'

생각할 수 있는 반항의 길은 하나밖에 없었다. 오직 하나. 그는 굉장한 정신의 고양을 느꼈다. 아주 작은 용기만 있으면…… 달아날 수 있다.

그는 작은 병의 번호를 기억하고 있었다.

새벽녘 가까이 그는 조금 잤다. 눈을 떴을 때 오늘이 그날임을 깨달았다.

오늘은 혼자가 될 수 있다.

준비

 그날 아침은 바빴다. 감색 드레스에 흰 깃을 달고 깨끗해진 로즈메리가 먼저 빠른 걸음으로 나갔다.
 집슨 씨는 문까지 전송했다. 자잘한 비단무늬 평상복을 입은 그는 자신을 지금까지와 같이 깔끔하고 기품있는 남자로 여기고 있었다. 사실은 몹시 얼굴빛이 파리하고 병자 같아 보이는 것을 모르고 있었던 것이다.
 로즈메리는 말했다.
 "다녀오겠어요. 아, 케니스, 부디 조심하세요……어쩐지 걱정스러워요. 나는 마치……."
 "아니, 아니, 걱정할 것 없소."
 그의 눈은 로즈메리를 탐내듯 바라보고 있었다.
 "다녀오구려, 로즈메리. 잊지 말 것은……이건 내가 당신을 위해 바랐던 일이오."
 그녀가 물었다.
 "내가 건강해진 일? 그리고 일할 수 있게 된 일? 그 말을 하시는 거예요?"
 그는 대답하지 않았다. 그는 로즈메리의 얼굴을 아주 주의깊게 보고 있었다. 이것이 마지막이었다. 그는 이 여자를 '아주' 좋아하고 있었다. 어느 뜻에서는 이 여자는 그의 '것이다'.
 갑자기 그녀가 물었다.
 "'그것뿐'이에요?"
 깁슨 씨는 바로 지금 자기가 한 말을 생각해 내려고 애썼다.
 그는 단호하게 대답했다.
 "아니지. 당신이 행복해지는 것도 바라고 있소."
 그는 빙긋 웃었다.
 "그래요, 그래서……나는……."
 그녀의 눈길이 문득 벗어났다가 다시 돌아왔다. 그녀는 격렬하게 말했다.
 "'당신'이 더 행복해지려면 나는 어떻게 해야 되지요? 나는 이렇게……당신을 사랑하고 있어요, 케니스. 그건 알고 있겠지요?"
 이 마지막 순간에 그녀가 옛날 그대로의 뜨거운 감사의 마음을 나타내어 두 사람 마음이 훨씬 접근하는 듯 여겨진 것은 묘한 일이었다.
 그는 부드럽게 말했다.
 "알고 있소. 나는 말할 수 없이 행복하오."
 되도록 안심시키려는 듯한 말투였다.
 로즈메리는 몸을 떨며 빠른 걸음으로 사라져갔다. 좋은 자세로 부드럽고 건강하고──젊게──자동차길을 내려가는 그 모습을 그는 지켜보았다.
 폴 타운젠드가 포치에 나와 아침 공기를 마시고 있었다. 그가 손을 흔들었으나 로즈메리는 알아차리지 못한 듯했다. 깁슨 씨는 조금 기뺐다.

당신을 사랑해요, 하고 그녀는 말했었다. 그렇다면 그에게 상처입히는 일은 하지 않을 것이다. 로즈메리의 고귀한 태생은 그녀가 참도록 운명지워져 있는 것이다.

다음은 에설의 출근이다.

"켄, 시장으로 산책갈 때 양상추를 하나 사다주겠어요? 좋은 야채가게가 있어요."

그는 약속했다.

"사오지."

"그리고 바이얼릿에게 급료를 치러주세요."

"그래."

"내가 돌아오는 시간은 4시 조금 지나서······."

"알았어, 에설, 다녀와. 잘하고 오너라. 너는 지금까지······정말 잘해주었어."

"어머나, 물론 잘해드렸지요. 자, 가요."

깁슨 씨는 문을 닫았다.

그는 거실로 들어가 앉았다. 바이얼릿이 다림질을 하고 있었다. 그녀가 그 일을 끝내고 가버린 뒤가 아니면 물론 자살할 수 없다.

그는 결벽하고 신중한 사람이었다. 그것도 하는 수 없었다. 이 일로 어떤 시끄러운 일도 일어나지 않을 것이다. 누군가에게 추태를 보여 그 뒤처리를 하게 해서는 안 된다. 추악한 일은 아무것도 하지 말 것.

어디 가서 무엇을 가져오면 되는지 그는 알고 있었다. 재빠르고 확실하며 깨끗한 방법이었다. 침대에 편히 얌전하게 누워 있는 것처럼 보이기 때문에 처음에는 모두들 그가 자고 있다고 생각할 것이다. 이것으로 충격은 지나가 버리고 그에게 가능한 한의 작은 충격으로 바

준비

꾸었다.

 그러나 편지를 남겨두지 않으면 안 된다. 편지는 아주 간단한 것이면 된다. 그것은 되도록 모두들 가벼운 마음이 될 수 있는 내용이어야 할 것.

 그의 피가 얼었다. 감정적이 되어서는 안 된다. 이것은 스스로 선택한 행위인 것이다. 냉정하면서도 명확한 행위. 죽는 일은 무섭지 않았다. 그는 죽은 뒤의 일을 생각하려고 했다.

 자살에 의해 효력을 나타내는 보험은 그에게 없다. 몇 장의 '공채(公債)', 그것과 그의 은행예금이 로즈메리의 손으로 넘어 갈 것이다. 그렇다, 그것도 편지에 써넣어야지. 그녀의 생활은 염려없으리라. 그렇다. 폴이 있어 준다. 그녀는 이미 자유인 것이다. 에설은 물론 혼자 잘 해나갈 수 있다. 에설은 어떻게든 로즈메리를 이해시킬 것이다. 그가 선택한 행위를 모두 이해해 주지 않으면 안 된다. 걱정할 것은 정말이지 아무것도 없다.

 그 밖의 예외는 어느 날 모두의 세계를 날려버릴 원자폭탄인데, 이것은 그로서는 어쩔 도리가 없다.

 인간 저마다의 운명인 것이다.

 깁슨 씨는 꿈꾸는 듯한 마음으로 앉아 있었다.

 12시에 그는 중심가로 나갈 차림으로 바꿔입고 바이얼릿은 일을 끝냈다. 그리하여 그는 급료를 치렀다.

 "깁슨 씨, 이 낡은 끈을 가져가도 되겠어요?"

 바이얼릿은 부엌 쓰레기통에서 가져온 것을 보였다.

 "그러시오, 그러시오. 달리 뭐 필요한 것은 없소?"

 그녀는 사정을 설명했다.

 "끈으로 묶을 짐이 많아요. 짐을 거의 트럭으로 보내니까요."

"그럼, 이건 어떻소?"

그는 자줏빛 끈뭉치를 내밀었다.

"그건 '미스' 깁슨 거예요."

바이얼릿의 작고 귀여운 입술은 그 이름을 말할 때 '후유' 하는 소리를 냈다.

그는 시치미 뗐다.

"그래서요? 이런 끈쯤 선물해도 상관없잖소."

"그분 것은 가지고 싶지 않아요. 걱정 마세요. 어떻게 될 거예요. 어차피 은행에 갈 테니 조금 사지요. 그는 채촉하듯 말했다.

"가지시오. 나는 가져가기를 바라오."

"그러세요, 그럼……."

바이얼릿에게 그의 마음이 통한 듯했다. 그녀는 끈뭉치를 풀기 시작했다.

"아니, 그냥 가져가시오. 그냥."

그녀는 반대했다.

"필요 이상 가지는 건 싫어요."

"그건 알고 있소."

이건 좀 어리석고 필요없는 반역이라고 그는 생각했다. 그는 다만 어떤 행위를 이제까지대로의 방법으로 하고 싶었던 것이다. 어쩐지 너그러운 기분이 되고 싶었던 것이다. 아니면……하찮은 앙갚음으로 끈뭉치 한 개만큼 에설에게 손해보게 하려는 것이었는지도 모른다.

바이얼릿은 끈을 뭉치째 받았다.

"주인님이나 마님과 헤어지는 것은 섭섭해요."

깁슨은 갈라진 목소리로 말했다.

"동생의 말이 당신 기분을 상하게 했다면 용서해 주오."

"나와 조는 결국 산으로 가게 되었어요."

이것이 대답이군, 하고 그는 생각했다.

"그러므로 5시까지 준비하지 않으면 안 돼요……."

그녀는 문득 입을 다물고 깁슨 씨의 얼굴을 보았다. 그는 이상한 확신을 가졌다. 자기가 이제부터 하려는 일을 알고 있는 것이다.

그는 부드럽게 말했다.

"그거 잘됐구려."

바이얼릿의 얼굴이 빙긋 보기 드물게 웃음으로 빛났다.

"그럼, 가보세요. '안녕'이라는 것은 '신이 당신 곁에 함께 하시기를' 이라는 뜻이지요."

깁슨 씨는 애정을 담아 말했다.

"안녕."

바이얼릿은 끈뭉치를 주머니에 집어 넣고 부엌문으로 나갔다. 이제 완전히 혼자가 되었다.

12시 10분이 지나 그는 별장을 나와서 걸어갔다…… 목발 없이도 훌륭히 걸을 수 있었으나 다만 짧은 쪽 다리를 내디딜 때 몸이 기우뚱 기울어지는 것은 어쩔 수가 없었다……서쪽으로 두 블록 걷고 거기서 길을 가로질러 중심가로 가는 버스를 탔다. 집을 나올 때 폴 타운젠드는 자기 집 잔디에서 오늘 아침도 별일 없이 일을 하고 있었다. 이로써 되었다. 깁슨 씨는 바라는 것을 손에 넣는 방법을 알고 있었다.

버스 승객들은 그의 눈에 들어오지 않았다. 버스는 가로수길을 달려 다음에는 주택가를 지나 이윽고 상점가로 들어가 오가는 자동차들도 늘어났지만, 이러한 늘 보는 풍경에 그는 눈길도 보내지 않았다. 깁슨 씨는 씁쓰레함과 더불어 위험할 만큼 달콤한 기분으로 편지 내용을 생각하고 있었던 것이다.

비참한 말을 늘어놓고 싶은 유혹이 크지만 그것에는 저항하지 않으면 안 될 것이다. 이것이 냉정한 선택임을 로즈메리에게 이해시키지 않으면 안 된다. 결코 그녀를 나무라는 듯한 기색을 보여서는 안 된다……쓰기 괴로운 편지다. '이 목적'에는 어떤 말이 알맞을까.

마침 제정신으로 돌아온 깁슨 씨는 중심가 네거리에서 버스를 내렸다. 다른 모든 캘리포니아 도시들과 마찬가지로 이 작은 도시도 마치 잡초가 퍼지듯 펼쳐져 있었다. 학교를 옛날의 중심가 가까운 공원 안에 팽개쳐두고……도시는 사방의 골짜기로, 낮은지대로 그 촉수를 뻗치고 있었다.

하지만 깁슨 씨는 그곳에는 가지 않았다. 교정을 걸으며 이름불리는 일은……이제 두 번 다시 없을 것이었다. 모두들 그리 쓸쓸해 하지는 않을 거라고 그는 생각했다. 누군가 더 젊은 사람이 부임해 올 것이다…….

폴 타운젠드의 작업장은 학교 반대쪽으로 한 블록 반을 간 곳에 있었다. 깁슨 씨는 절름거리는 발을 그쪽으로 돌렸다. 다음 행동을 떠올리는 동안에……그는 문득 옮겨담을 그릇을 가져가지 않으면 안 된다는 생각에 미쳤다. 그는 식료품가게에 들러 선반에 늘어놓인 작은 병 가운데 처음으로 눈에 띈 것을 샀다. 그것은 수입품 올리브 기름 2온스들이인 꽤 비싼 병이었다.

이것을 가게에서 준 녹색 종이봉투에 넣고 깁슨 씨는 폴의 건물로 들어갔다. 벌써 1시가 가까웠다. 아직 점심시간이었다. 접수구에는 젊은 여자가 근무하고 있었다.

깁슨 씨는 침착하고 배짱 세게 말했다.

"나는 케니스 깁슨이오. 타운젠드 씨의 옆집에 사는 사람이지요. 여기에 들러 책상에서 편지를 갖다달라는 부탁을 받았소만."

그녀가 친절하게 말했다.

"네, 알았습니다. 제가 가져올까요, 깁슨 씨."

준비 143

"편지 있는 곳을 정확히 가르쳐 주었으니……그리 지장없다면……."

"그럼, 다녀오세요, 깁슨 씨."

그녀는 그를 알고 있었다. 국문과의 깁슨 선생……믿을 수 있는 사람이었다.

"이쪽이에요."

그녀는 웃으며 그를 실험실로 안내했다.

그는 약품 선반에는 눈길도 보내지 않고 폴의 책상으로 가서 왼쪽 윗서랍을 열고 낡은 편지묶음 속에서 아무것이나 한 통 빼냈다.

"아마 이거 같소."

"맞아요?"

"네……."

깁슨 씨는 난처하고 어색한 듯한 얼굴을 지어보였다.

"저 여기에는……그……화장실이……?"

"네, 네."

그녀는 갑자기 사무적이고 정색한 느낌으로 문을 가리켰다.

"바로 저기예요."

"미안하오."

그의 예상대로 그녀는 밖으로 나갔다.

깁슨 씨는 조그만 화장실로 들어가 올리브 기름병 마개를 열고 속의 것을 조심스레 세면대에 버렸다.

그는 나왔다. 지금 실험실에는 달리 아무도 없다. 열쇠는 쉽사리 찾았다. 그는 333번을 집어냈다. 정확한 손놀림으로 그 속의 액체를 준비해 온 병 속에 따랐다. 조그만 병주둥이로 액체를 옮기는 것은 아주 미묘한 일이지만, 그는 어디까지나 냉정하고 머리는 맑았다. 거의 한방울도 흘리지 않았다.

그는 액체의 일부분만 따랐다. 내용물이 줄어든 일을 당분간은 알아차리지 못할 것이라고 333번을 제자리에 도로 갖다놓으며 그는 생각했다. 지문을 지운다거나 하는 일은 하지 않았다. 병째 벽장 안에서 가져가지 않는 것은 그에게 시간이 필요했기 때문이었다. 집으로 돌아가는 시간. 편지를 쓰는 시간. 독약 분실이 곧 발견되어서 접수계 아가씨가 심문받아 그의 이름이 알려져 방해를 받는 것은 싫었다.

깁슨 씨는 훔친 독약을 녹색 종이봉투에 넣고 벽장을 열쇠로 잠근 다음 열쇠를 숨겨둔 곳에 두고는 방을 나왔다. 그리고 그는, 어쩌면 자기는 침착하고 냉정한 일류 도둑이 될 수도 있었으리라는 생각을 했다. 어떻게 생각하면 그의 일생이 진짜배기 도둑이라 해도 큰 차이는 없을 터이지만……

중심가 네거리에서 버스를 기다리는 동안 그는 잠시 완전히 지각을 상실하고 있었다. 버스가 와서 올라탔을 때 그는 이름을 불린 듯한 기분이 들었다. 그러나 확실하지는 않았다. 더욱이 누구에게 이름을 불렸든 안 불렸든 그로서는 아무래도 좋았던 것이다. 그리하여 그는 재빨리 버스를 타고 창가에 앉았다.

> 한 그루의 나무, 사랑의 접목이
> 내 마음에 뿌리를 내렸다
> 그 봉오리 그 꽃은 슬프며
> 그 열매는 더욱 아프다……

아, 그만둬! 낡은 말을 무의미하게 짤랑짤랑 울리는 것은 그만둬. 비용(프랑스 15세기의 유명한 도둑시인)은 벌써 옛날에 죽었다.

볼 생각도 없이 바깥 경치를 바라보는 동안 하나의 생각이 장난처럼 불안정한 마음을 스쳐갔다. 아까 것은 어쩌면 무언가 초자연적인 경고의 소리가 아니었을까. 그러나 그는 자신이 하는 일을 뚜렷이 의식하고 있었다. 죽음. 그것이 무엇인가. 그는 운명으로부터 한 발자국 밖으로 내디디는 것뿐이었다. 그것이 남자답지 않은 일, 지적이지 않은 일이라고는 생각할 수 없었다. '공명정대'한 신이라면 이해해 주리라.

그것을 편지에 어떻게 쓸까. 쓸 수 있을 듯싶지도 않다. '아주 피곤하다……'라고 쓰자. 아니다. 아니다. 거짓말을 쓸 필요가 있을지도 모른다. 거짓말이든 아니든 이 경우 아무 상관없다. '……나는 보다시피 건전하지 못하다. 나는 꽤 오래 전부터……' 자신의 정신상태에 의혹을 품은 듯이 할 필요가 있을까.

그렇다, '그렇게 말해서'……로즈메리를 이해시키도록 하자. 더욱이 케니스 깁슨이 아는 한 그는 '정말로' 미쳐 있는지도 모른다. 실제로 이 행위는 스스로도 잘 알 수 없으며 '아무리 노력해도' 알 수가 없다. 이런 일조차 알 수가 없다. 운명. 그의 의식 밑 빙산에 숨은 동기가 움직이고 있는 것이다. 그것은 그의 이해 같은 것을 필요로 하고 있지 않다.

차가운 절망에 빠져 있는 깁슨 씨에게는 바깥 경치도 버스 안의 것도 전혀 보이지 않았다. 버스는 도시 거리의 운명지워진 노선을 모든 운명지워진 사람을 태우고 그 운명을 향해 달리고 있는 게 아닌가. 그는 생각했다.

만일 로즈메리에게 무엇을 해 줄 수 있다면, 누군가에게 무엇인가를 해 주는 것이 가능하다면……죽지 않고 있어도 좋다. 그러나 모든 것은, 모든 것은 운명지워져 있다. 서로가 돕는 일, 서로가 사랑하는 일조차 단순한 착각에 지나지 않는 것이다.

어떤 시간과 공간의 감각에 자극받은 듯 그는 다음 정류장이 시장 앞임을 알아차렸다. 그리하여 그는 일어나 거의 장님이나 다름없이 된 눈에 아픔을 느끼며 출구 쪽으로 걸어갔다. 출구에서 한 발 내디뎠을 때 또 누군가가 그의 이름을 부르는 소리가 들렸다.

　천사의 목소리일까? 뭐, 이제부터 하는 일이 영원히 저주받을 행위라 하더라도 그는 실행할 것이다. 그는 한평생 주어진 의무를 다하고 언제나 명백히 행위를 선택해 왔다. 비록 그 선택이 착각일지라도 이제부터의 행위는 자기의 의무이며 즐거움이기도 하다고 그는 생각하는 것이다……그러므로 실행하는 것이다.

　그 밖에 또 하나의 의무……지켜야 할 약속이 있다. 에셀이 말한 시장에서의 장보기. '그것이 끝나면' 그의 의무는……이 얼마나 멋진 편안함인가. 모두 끝난다.

달아난 죽음

 거기에서 깁슨 씨는 큰 시장으로 들어가 물건바구니차를 밀며 통로를 둘러보았다. 그는 양상추를 고르고 코코아를 사고 빵을 잘라달라고 하고 치즈──에셜이 좋아하는 종류──를 샀다. 그리고 로즈메리를 위해 홍차를 샀다. 그녀는 틀림없이 좋아할 것이다.
 심한 무력감으로 말도 못하고 멍청히 현금계산대 앞에 서자 계산대 아가씨는 버튼을 눌러 합계 금액을 읽어주었다. 그는 커다란 갈색 봉지를 팔에 들어올렸다. 그리고 나서 동쪽으로 두 블록, 북쪽으로 한 블록 걸었다……
 별장 끄트머리의 장미꽃은 이미 져버렸다.
 타운젠드 집의 포치에는 파인 노부인이 바퀴의자에 앉아 있었다. 노부인은 그에게 밝게 손을 흔들었다.
 깁슨 씨는 절름거리는 발을 힘주어 밟으며 이야기할 수 있는 거리까지 다가갔다. 이 사람에게 물으면 된다. 폴의 일, 가톨릭 성당이 결혼하고 이혼한 여자를 어떻게 보고 있는지 물어보면 된다……그러나 왜 묻는 것인가. 그로서는 로즈메리와 이혼하고 그 뒤의 여생을 그녀와 그 남편의 친구로 지낼 생각은 '조금도 없는'것이다. 그렇다. 그는 인생의 그러한 샛길을 '바라지 않는다'. 오히려 샛길 같은 것은 존재하지 않는다고 스스로 생각할 것. 이 행위는 로즈메리를 위해 하는 것이라고 스스로 자신을 속이는 게 좋다……고 그는 씁쓰레하게 마음속으로 말했다.

그는 낮은 목소리로 말했다.
"안녕하십니까?"
"어머나!"
노부인이 몸을 내밀었다.
"꽤 무거워 보이는군요, 깁슨 씨."
"그리 무겁지 않습니다."
실은 무거웠다. 식료품과 죽음을 집어넣은 그 봉지는 '확실히' 무거웠다.
"기분이 어떠십니까, 파인 부인."
그는 빙긋 위로가 담긴 웃음을 지어보였다.
노부인은 말했다.
"네, 덕분에. 오늘은 멋진 날씨군요."
그 목소리에는 좀 가슴이 뜨끔할 만큼 독특한 기운이 넘쳐 있었다.
"이렇게 일광욕을 할 수 있는 것은 거짓말처럼 멋진 일이에요."
"네. 그렇군요. 그럼……."
그는 비틀거리며 두 개의 자동차길을 가로질렀다.
폴의 목소리가 들렸다.
"여! 안녕하십니까."
깁슨은 듣지 못한 척해 버렸다.
'일광욕을 할 수 있는 것은 거짓말처럼 멋지다'고? '정말이다'! '그래; 맞다'! 그는 열쇠로 문을 열고 안으로 들어갔는데 마음속으로는 이미 계획을 실행할 수 없을지도 모른다고 생각하고 있었다. 그처럼 마음에 날카로운 아픔을 느끼며 밤새도록 자지 않고 생각했는데…… 또다시 어리석은 일의 되풀이에 지나지 않는 것인가. 케니스 깁슨은 자살할 수 있도록 태어나지 못했다.

그렇다. 로즈메리를 자유로이 해주고, 자기는 한평생 그녀와 그 남편의 좋은 친구로서 목숨이 있는 한 발을 절며 모든 일을 참아나가는 게 그의 운명인 것이다. 오늘 죽는 것은 운명에 거역하는 일이다. 달아날 수 있을 정도면 그것은 운명이 아니다. '그리고 그는 운명지워져 있다'……언제나 깔끔하고 예절바르며 좀 신경질적인 몸집 작은 사나이여야 하도록.

그것도 일광욕을 할 수 있는 것은 거짓말처럼 멋진 일이기 때문인가! 그러한 일 때문에 한 사나이가 살아 있지 않으면 안 되는 것인가!

깁슨 씨는 좀 히스테릭해지기 시작했다. 아니, 아니, '반드시' 실행해 보일 테다! 결의의 한순간──필요한 것은 그뿐이다. 손을 입으로 가져가는 일쯤은 어떻게 할 수 있을 것이다. 재빠른 동작으로 아무것도 생각지 않고!

그러나 편지를 쓸 시간은 어떻게 할까. 안 된다, 안 된다! 결심은 이미 전속력으로 달아나기 시작하고 있다. 하지만 신에게 운명지워진 사람일지라도 악마의 호의를 입을 수는 없을까? 그러면 서둘러라! 아니면 이 희비극을 참아낼 것. 머릿속 연극의 구경거리가 되어 자기의 행위를 지켜볼 것. 될 수 있는 한의 괴로운 즐거움을 안고서. 에설처럼 용감하게.

그는 부엌으로 갔다. 그런 용기는──그에게 없고──그런 용기를 가지고 싶지도 않다. 이제 싫다.

커다란 갈색 봉지를 그는 조리대 위에 놓았다. 양상추 하나, 치즈

한 개, 빵덩어리, 홍차 상자, 그리고 봉지 밑의 묵직하게 무거웠던 코코아 깡통을 꺼냈다. 그리고 나서 죽음의 작은 병을 찾아 더듬었다. '지금 곧' 실행해야 한다!

커다란 봉지에는 아무것도 없었다.

자, 빨리.

손에 아무것도 잡히지 않는다.

그의 죽음은 하나의 수수께끼가 되었다. 죽음은 언제나 수수께끼인 것이다. 그런데 대체 어디에……?

작은 병을 넣고 조금 비튼 조그만 '녹색' 종이봉투를 그는 확실히 시장의 물건바구니 속에 넣었다. 현금계산대의 아가씨는 그것을 그의 물건봉지 속에 넣었을 것이다. 넣지 않았는가. 여기에 없다.

어디에 있는가. 그가 일부러 훔쳐온 무서운 극약은.

그는 재킷 주머니 속을 들여다보았다. 여기에 없는가. '여기에도 없다!'

모든 것이 꿈이었던가. 아니, 올리브 기름을 화장실 새면대에 버린 것을 꿈치고는 너무도 뚜렷이 기억하고 있었다. 잃어버렸는가. 그 독약은 '지금' '올리브 기름' 레테르가 붙은 작은 병에 들어 있었다. '설마' 독약이라고는 누구도 알 도리가 없다! 무색, 무취, 마신 순간 효험이 있다……

'그는 무슨 일을 해버린 것일까'.

아, 이 얼마나 무서운 잘못을 저지른 것인가.

어디에 잊고 왔을까, 전혀 해로워 보이진 않는 작은 독약병. 아무 죄도 없는 사람들이 드나드는 공공 장소일까?

그는 충격으로 거의 쓰러질 것 같았다. 그리고 급격한 반동으로 피가 온몸을 뛰어돌아다니며 '안 된다, 안 된다, 안 된다'고 소리치기 시작했다.

자, 이로써 끝장이다. 케니스 깁슨의 끝이다. 그에게 보내져왔던 경의는 모조리 영원히 사라져 없어진다. 그리고 누구인가 다른 사람이 그 독약 때문에 죽는 것이다. 그가 미리 방지하지 않는 한.

모든 의도가 전격적으로 변화했기 때문인지 그는 비틀비틀 전화기 쪽으로 다가갔다. 다이얼을 돌렸다.

"경찰을."

그것은 자기 목소리같지 않았다. 그에게 갖춰져 있던 어떤 용기가 총동원하여 그의 배경을 똑바로 지탱하고 있었다. 사태를 직시해야 한다. 그래, 알았다. '이제 바보스러운 짓은 질색이다'. 병든 기색이 단번에 달아나버리는 것 같았다.

현관문이 열렸다. 아내 로즈메리가 거기 서 있었다.

자기의 속마음을 그윽이 응시하는 듯한 표정으로 그녀가 말했다.

"이야기할 일이 있어서 돌아왔어요. 나, 이제까지처럼 마음이 약해서는 안 되겠다고 여겨져……."

그녀의 얼굴빛이 달라졌다.

"케니스, 왜 그러지요."

잠자코 있으라는 신호로 그는 손을 들었다. 다만 하나를 남기고 다른 생각은 모조리 쫓아버린 것이다.

그는 아주 분명한 발음, 힘찬 목소리로 말했다.

"경찰입니까. 나는 케니스 깁슨입니다. 위험한 독약이 든 작은 병을 잃었습니다. 그 병에는 올리브 기름 레테르가 붙어 있습니다. 병은 피라밋 모양으로 높이는 10센티미터쯤, 녹색 종이봉투에 들어 있습니다. 즉 독약임을 아무도 알아차리지 못하게 되어 있습니다. 무언가 대책을 세워줄 수 없을까요. 찾아줄 수 있을까요. 경고를 내려줄 수 있겠습니까?"

로즈메리는 겁에 질려 문에 기댔다.

"훔쳤습니다. 실험실에서……약품 이름은 모릅니다. 아무 맛도 냄새도 없습니다……극약입니다……네, 그렇습니다. 메인 앤드 카브릴로 네거리에서 5번 버스를 탄 것은 1시 15분 지났을 무렵이었습니다. 램버트 거리에서 내린 것은……1시 45분쯤이었다고 생각됩니다. 그곳 시장에 10분인가 15분쯤 있었습니다.

 2시 조금 지나서 그곳을 나와……그렇습니다. 집까지 걸어와서……바로 지금 없어진 것을 알았습니다……아니오, 확실합니다……그것을 올리브 기름병에 넣은 것은 '나'였으니까요……올리브 기름의 종류 말입니까? 뭐라던가 하는 왕의 이름이었습니다……그렇습니다, 내가 했습니다……왜냐하면 내 자신이 그 약을 쓸 생각이었습니다."

저쪽 전화기에서 시끄럽게 구는 상대에게 그는 설명했다.

"나는 자살할 생각이었습니다."

로즈메리가 흐느껴 울었다. 그는 그쪽을 보지 않았다. 그리고 초조함을 참는 목소리로 말했다.

"네, 누군가가 죽을지도 모른다는 것은 알고 있습니다. 그래서 전화한 것입니다……그렇습니다, 나는 범죄자입니다. 무슨 말씀을 하셔도 상관없습니다. 다만 그 약을 찾아주십시오. 어떤 수단을 써서라도 찾아주시기 바랍니다."

그는 다시 자기 이름을 말했다. 그리고 주소, 전화번호, 수화기를 놓았다.

로즈메리가 물었다.

"어째서?"

그녀의 모습을 다시 보리라고는 꿈에도 생각지 못했던 일이었다.

"케니스, 그렇지 않았어요, 그렇지 않았어요, 용서하세요. '나는 그럴 마음이 아니었어요'……."

그는 로즈메리의 말을 거의 듣고 있지 않았다. 그는 거칠게 말했다.
"가게로 돌아가오. 이건 모르는 일로 해 두오. 쓸데없는 일 하지 말고 내버려둬주오. 나 때문에 누군가가 죽을지도 모르오. 나는 살인자가 될지도 모르오. 이제 당신에게 아무 소용도 없는 남자요. 모르는 척 해 두오."
로즈메리가 사라져버리면 좋겠다고 그는 생각했다. 그러나 사라지지는 않을 것이다.
로즈메리는 튀어오르듯 문에서 떨어져 그 앞에 막아섰다.
"아니오, 모른 척할 수는 없어요. 그런 일은 일어나지 않아요. 아무도 죽지는 않아요. 우리가 찾아내겠어요, 그 독약을."
그는 절망에 찬 몸짓을 했다.
"소용없소, 생쥐 아씨, 그런 꿈 같은 일은······."
"그렇지 않아요. 그건 거짓말이에요. 독약은 '찾아내요'. '나라면' 해요. '반드시 찾아내겠어요'. 당신도 함께 오세요. 폴도 도와줄 거예요!"
그녀는 소리치고 몸을 돌려 문을 열었다. 그리고 명령하듯 말했다.
"가요······."
"좋겠지. 노력만은 해 보겠소."
그는 햇빛 속으로 걸어나갔다. 그는 몹시 추웠다. 죽은 거나 마찬가지였다. 운명인지 뭔지는 모르지만 이 타격에——파멸한 사람이므로——죽지 못했던 일을 오히려 자신의 불행으로 그는 생각하는 것이었다.
"폴! 폴!"
로즈메리는 부르면서 달렸다.
울타리 그늘에서 폴이 벌떡 일어났다. 그는 명랑하게 물었다.

"웬일입니까?"
"도와주세요. 케니스가 독약을 가지고 있었어요……그것을 어딘가에 놓고 잃어버렸어요. 어떻게든 찾아내야 해요."
"독약이라니요! 무슨 말입니까?"
"당신 자동차를 내주세요. 부탁해요. '부탁이에요', 폴. 독약은 올리브 기름 레테르가 붙은 병에 들어 있어요. 누군가가 가져갈지도 몰라요. 시장에 놓고 왔대요. 아니면 버스 안에. 빨리 가지 않으면 안 돼요."
폴은 열쇠꾸러미를 던지며 말했다.
"자동차를 꺼내 주십시오."
그의 손은 깁슨 씨의 팔뚝을 잡고 있었다.
"부인이 하는 말은……."
깁슨 씨는 명확하게 말했다.
"그 333번이오. 중심가로 가서 당신의 약품 벽장에서 훔쳐왔소."
"그걸 '대체' 어떻게 할……!"
"자살할 생각이었소."
깁슨 씨는 변명하지 않았다. 변명할 때가 아니다.
"그런데 누군가 다른 사람을 죽이게 되어 버렸소."
폴은 한걸음 뒤로 물러나 마치 더러운 것에라도 닿은 듯 손을 떼었다. 그리고 로즈메리를 돌아보며 소리쳤다.
"경찰에 연락했습니까?"
그녀는 폴의 차고로 들어가던 참이었다. 그녀가 소리쳤다.
"네! 했어요! 서둘러요! 빨리!"
"어머니에게 이야기해야지…… 셔츠를 입고……."
폴은 포치로 뛰어오르며 어깨 너머로 소리쳤다.
"나를 남겨두고 가지 마십시오."

깁슨 씨는 말없이 서 있었다. 로즈메리는 차고 안에서 이웃사람의 자동차에 시동을 걸려 하고 있었다.

그러나 조용한 이웃들은 여전히 침묵을 지켰다. 이 위기는 아픔을 느끼지 못하는 살에 꽂힌 단검과도 같았다. 애초의 원인인 그 깁슨 씨는 말없이 버티고 선 채 라벤더 향기를 맡으며 햇볕의 희미한 무게를 느끼고 있었다. 시간의 흐름 속에서 이 한순간을 그는 뼈저리게 느꼈다. 이 망연한 상태는 자살한 것이나 다름없었다. 그러나 그와 동시에 그는 다시금 태어나려 하고 있었다. 그는 눈을 감고 빛의 애무에 얼굴을 맡겼다.

이윽고 폴의 디 소트(자동차 종류)가 분주히 후진해 왔다. 차가 서자 로즈메리가 문을 세게 열고 몸을 내밀었다.

"타요."

깁슨 씨는 아무것도 생각지 않고 그녀가 몸을 물린 앞 좌석에 얌전히 올라탔다. 로즈메리는 폴이 운전해 주리라 여기는 듯 보였다.

맨살의 윗몸에 걸친 푸른색 셔츠 단추를 잠그며 폴은 곧 나왔다. 그는 긴 다리를 핸들 밑에 집어넣었다.

"어디로 가지요, 로지."

그녀는 분명한 어조로 말했다.

"시장."

깁슨 씨는 두 사람 사이에 끼어 있었다. 이미 밀랍인형과 같은 느낌이었다.

폴은 마치 입이 저절로 지껄여대는 듯한 목소리로 말했다.

"지니에게 집으로 돌아오라고 전화해 두었습니다. 지금 음악 레슨을 받으러 갔지요. 30분쯤은 어머니 혼자 계셔도 괜찮습니다. 지금 주무시게 해드렸으니까요. 어머니에게는 이야기하지 않았습니다. 깜짝 놀라게 해놓고 나올 수 없어서……어찌된 일입니까, 당신은?"

폴은 화난 듯했다.

깁슨 씨는 조용히 말했다.

"나는 마음이 이상해져 있었소."

이것이 가장 편한 설명이었다. 그는 이미 공포와 고통을 초월하고 있었다.

로즈메리가 끼어들었다.

"아, 제발 시장에 있어 주었으면, 이미 발견되어 있었으면. 폴, 그 약을 아세요? '정말로' 독약이에요?"

"확실히 위험한 약품입니다. 전에 깁슨 씨에게 말했듯이. 하지만 어떻게 손에 넣었습니까?"

폴은 화를 냈다.

깁슨 씨의 빈 껍데기가 설명하는 동안 폴은 이를 악물지 않을 수 없는 듯 얼굴을 찌푸리고 있었다. 깁슨 씨는 멋대로 지껄이고 폴은 듣고 있었는데, 그 말을 그다지 믿는 것 같지 않은 분위기였다. 폴은 땀을 흘리고 있었다. 자동차는 위태롭게 달려갔다. 시장까지 아직 세 블록 남았다.

폴이 더 이상 참을 수 없는 듯 말했다.

"당신은 댁에서 뭘 하고 있습니까, 로지?"

"이 사람한테 할 이야기가 있었어요. 단둘이. 나는 싫었어요……오늘은 처음으로 에설이 직장에……."

자동차가 커브를 돌았다.

"조심해요! 경찰차예요?"

설령 깁슨 씨가 아픔을 느꼈다 한들 그것은 가벼운 의혹과도 비슷한 느낌이었다. 이번에는 무슨 일이 생길 것인지 가슴이 조마조마했다.

그는 설레는 호기심을 떨치고 일상의 감각을 되찾으려 했다. 이런 식으로 거리를 달리며 나는 무엇을 하고 있는 것인가? 나는 누구고 저 사람들은 누구인가? 젊고, 바쁜 듯 오가는 사람들은……로즈메리는 두 발을 자동차 밖으로 내밀며 시장의 주차장 인도에 내려섰고, 폴은 브레이크를 걸고 반대쪽으로 뛰어내렸다.

한순간 깁슨 씨는 버림받은 듯한, 묘하게 노출된 듯한 느낌으로 그대로 좌석에 앉아 있었다. 폴의 자동차문은 양쪽이 다 열린 채였다. 그의 존재 밑바닥에서 무언가가 움직이기 시작했지만, 그것은 아직 굉장히 가벼운 기분이었다. 그것은 호기심이었다.

그리하여 그는 몸을 내밀어 되도록 빨리 자동차에서 내렸다. 두 사람의 뒤를 쫓아 다리를 절며 빠른 걸음으로 시장 안으로 들어갔다.

만일 누가 죽는다면

"알고말고요."

현금계산대 아가씨가 말하고 있었다. 검은 머리를 곱슬곱슬하게 퍼머하고 눈은 터무니없이 크고 검으며 귀에 굉장히 큰 금빛 귀걸이를 달고 있었다.

"늘 그분을 '멋지다'고 여기고 있었어요. 알겠지요, 그 뜻을? 네, 분명히 보았어요. '저분'이지요? 하지만 녹색 종이봉투 같은 것은 못 보았어요. 그것은 이분의 물건 가운데 섞여 있지 '않았어요'. 녹색 종이봉투 같은 건 가지고 있지 않았어요. 그야……."

아가씨는 키 큰 경관에게 다가가 거의 동경에 가까운 표정으로 경관을 올려다보았다.

"점심때 조금 지나서는 그리 바쁘지 않아요. 언제나 그렇지요. 그래서 이분이 들어오시는 걸 알았어요. 저기 입구로요. 얼굴빛이 좋지 않았어요. 아프기라도 한 것 같았어요. 손에는 아무것도 가지고 있지 않았어요. 가지고 있었다면 주머니 속이 아니었을까요. 주머니는 찾아보았나요?"

"주머니를 찾아보았어요?"

로즈메리가 당황한 듯이 물으며 덮치는 듯한 동작으로 찾기 시작했다. 그녀는 전혀 모르는 남 같았다. 다음에 경관이 찾으려는 듯한 기색을 보였고, 깁슨 씨는 마치 인형처럼 또는 어른에게 아무 말도 신용받지 못하는 아이처럼 멍하니 서 있었다.

현금계산대 아가씨는 거의 울 듯하며 말했다.

"이분은 왜 그런 일을 하려 했을까요. 아, 나는 '멋진' 분이라고 여겼었는데……손님들 가운데에는 싫은 사람도 있잖아요. 하지만 '이분은' 멋졌어요."

깁슨 씨가 이미 죽은 사람이기라도 한 것처럼 아가씨는 과거형을 썼다. 아무도 대답하지 않았다.

아가씨는 울상지으며 말을 이었다.

"더욱이 어떤 다른 손님의 봉지에 그 녹색 종이봉투를 넣은 기억도 없어요. 이 스탠드에서 계산하고 가신 분은 겨우 서너 사람이었으니까요. 그러니 '여기'에는 없어요. 독약 같은 건 처음부터 가져오시지 않은 게 아닌가요?"

아가씨는 깁슨 씨의 얼굴을 겁먹은 듯 들여다보았다.

로즈메리가 절박한 목소리로 말했다.

"여기에 없다면 틀림없이 버스 안이에요."

경관이 말했다.

"자, 잠깐 기다려주십시오. 그전에……."

경관의 눈은 차가왔다. 그 눈은 깁슨 씨를 물체처럼, 방해물처럼 지켜보고 있었다. 경관은 이런 방해물에 그야말로 익숙해 있을 것이다.

"버스를 탔을 때 그 독약이 든 녹색 종이봉투를 가지고 있었던 건 확실합니까?"

깁슨 씨는 침착하게 말했다.
"네, 확실합니다."
"집으로 돌아갔을 때는?"
"없었습니다."
"기분이 혼란되어 있었습니까? 그렇다면 당신은 왜 버스에서 잊고 내렸다고 생각합니까?"
"왜 '잊었느냐' 하면, 아마 내 잠재의식은 진심으로 바라고 있지 않았기 때문일까요……."
말은 앵무새처럼 그의 내부에서 나왔다.
로즈메리가 그의 팔을 거칠게 잡았다.
"모르는 사람이 죽기를 '바라고' 있었나요?"
깁슨 씨의 칼날 같은 목소리가 막았다.
"아니오, 아니오, 아니오."
로즈메리는 기묘하게 승리한 듯한 표정으로 말했다.
"그것 보세요. 역시 이건 '정말이 아니었어요'!"
폴이 끼어들었다.
"아니, 기다려주십시오. 경찰은 뭘 하고 있습니까?"
경관이 대답했다.
"물론 버스를 뒤쫓고 있습니다. 그리고 라디오로 방송도 합니다. 나는 이 건물을 완전히 수색하겠습니다. 만일 어쩌면……."
"그 가망은……."
경관은 어깨를 으쓱했다. 이 사나이는 그런 일은 크게 생각하고 있지 않는 것이다. 이 사나이는 슬픈 사람이었다. 지금까지 신물날 만큼 사건을 목격해 왔다. 그러므로 최선을 다하는 것 말고는 생각지 않는 것이다.
그 경관은 말했다.

"그 병——올리브 기름병인 듯한데——을 본 사람이 버리는 일도 있을 수 있습니다. 아니면 집으로 가져가서 쓸지도 모르지요. 다른 사람의 행동은 아무도 모르잖습니까."

'예설이라면 안다'고 깁슨 씨는 생각하며 한순간 그 생각을 히스테릭하게 입 밖으로 내어 말할 뻔했다.

로즈메리가 재촉했다.

"'우리도' 버스를 찾을 수 있잖아요. 추적할 수 없을까요?"

폴은 신경질적으로 말했다.

"그런 말해봐야, 로지, 알 수가 없습니다. 그보다 괜찮습니까, 그를 의사에게 보이지 않아도?"

로즈메리가 말했다.

"어쨌든 빨리, 빨리……."

현금계산대 아가씨가 말했다.

"정말이지 꼭 찾아내주세요……나쁜 일이 일어나지 않으면 좋겠어요!"

그녀는 깁슨 씨를 곁눈질해 보았다.

"저, 이분은 이제 괜찮을 거예요, 그렇지 않을까요?"

아마 그녀도 마음이 쓰이는 듯했다.

깁슨 씨는 대답할 수 없었다. '괜찮다'는 것은 대체 어떤 것일까, 하고 그는 생각했다. 엷은 슬픔을 느끼며.

그리고 나서 세 사람은 아까처럼 자동차에 올라탔다. 로즈메리가 물었다.

"5번이지요, 이 가로수길을 달리는 버스 노선은?"

"그렇소."

"하지만 어느 버스인지 알 수 있을까요. 그 버스 번호나 뭔가를 기억하지 못해요?"

"모르겠소."

"그렇지만 경찰은 그 버스 번호를 알겠지요? 당신이 중심가에서 탔을 때의 시각과 시장에서 내렸을 때의 시각을 알고 있잖아요."

"아마도."

"그렇다면 경찰이 이미 잡았을지도 몰라요. '아마' 잡았을 거예요. 지금은 2시 15분인걸요."

로즈메리는 수다스러워져 있었다! 그것은 목소리로 모습을 바꾼 불안이었다. 깁슨 씨는 한 낱말만으로 맞장구치고 있었다. 폴은 자동차를 운전하고 있다. 그 운전은 그리 능숙하다고 할 수 없었다. 자동차는 매끄럽지 못하게 달리고 있었다. 폴은 신경질이 나 있는 듯했다.

깁슨 씨는 이상한 일이지만 완벽한 자신의 파멸 덕분으로 완전히 자기로부터 떠나버렸다. 그러고부터 오감(五感)이 제대로 움직이고 있는 것을 알았다. 마치 예전처럼 다시 힘이 솟아오르는 듯했다. 더 이상 힘없이 나뒹구는 자기가 아니었다. 폴이 마치 불행에 접촉하는 것을 두려워하듯 몸을 움츠리고 있는 것을 그는 느끼고 있었다. 폴은 거의 미신적으로 자살하려다 미수로 그친 사나이가 두려웠던 것이다.

변명하지 않으면 안 되는 것일까, 하고 깁슨 씨는 생각했다. 문제는……그는 이미 자신의 이론의 순서를 생각해 낼 수가 없었다.

이 두 사람 사이에 끼어 이렇게 앉아 있는 것은 묘하다고 그는 생각한다. 두 사람은 살인자가 될 운명으로부터 그를 구해내려고 정신이 없지만. 운명……아, 그렇다, 그 말이었다. 그는 겨우 생각해 냈다.

그는 목소리를 내어 말했다.

"나는 편지를 쓰려고 생각했소. 변명할 마음은 없었지만……적어도 나는……."

로즈메리가 격렬하게 말했다.

"네, 그거라면 '그만둬요'! 지금은 그만둬요. '그 이야기'는 하지 말아요. 당신이 무엇을 생각했는지, 지금 무엇을 생각하고 있는지는 모르지만. 지금은 그 무서운 약을 찾아내어 아무에게도 폐끼치지 않게 해야만 해요. 그것이 끝나면……."

그녀는 어두운 목소리로 덧붙였다.

"이야기하세요, 하고 싶다면. 폴, 속력을 더 낼 수 없나요?"

폴은 신경질적으로 땀을 닦았다.

"그렇게 말하지만 이것이 사고 일보직전 최대한의 속력입니다."

로즈메리는 그 여자다운 조그만 주먹으로 폴의 자동차 옆면을 탁탁 때렸다.

"알았어요, 하지만 '내 탓'이에요, '이렇게' 된 것은."

집슨 씨가 항의하려 하자 그녀는 빙글 돌아 격렬하게 그의 눈을 지켜보았다. 그리고 소리치듯 말했다.

"그리고 '당신도' 나빠요. '우리가' 나쁜 거예요. 그것이 맞을 거예요. 그것이 맞다는 것을 나는 증명해 보이겠어요. 굉장히 피곤해요."

폴이 말했다.

"이제 말하지 마십시오, 로지. 이 사람은 틀림없이 마음이 이상해 있었던 겁니다. 마음이 이상해 있었다는 것으로 해 두면 되지 않겠습니까."

그는 로즈메리를 입다물게 하고 싶은 마음뿐인 듯했다.

그러나 집슨 씨는 이상한 감정의 충실을 느끼고 있었다. 그는 생각했다. 그래, 물론 내가 나쁜 것이다.

가로수길은 둘로 나눠져 있었다. 잡초가 돋은 중앙부분에는 버스가

다니게 되기 전의 노선이 남아 있었다. 가로수길 양옆에는 작은 단층집이 줄지어 있었다. 그것들은 모두 매력있는 캘리포니아 풍으로 잔디난 뜰이 있으며 갖가지 화려한 빛으로 칠해져……분홍, 노랑, 녹색……맑게 갠 햇빛 속에서 청결하고 밝게 빛나고 있었다. 아름다운 목걸이의 커다란 구슬처럼 이따금 상점가가 나타났다. 거대한 식료품 마켓이 있고 그 도로에는 어미새 곁에 몰려 있는 아기새들처럼 빨강, 노랑, 오렌지 빛 꽃밭이 있고 약국과 세탁소가 있었다.

10분쯤 자동차를 몰자 가로수길은 중앙지대가 없어지고 주택가 사이를 누비며 달리는 도로가 되었다. 앞쪽은 길쭉한 골짜기로 마치 도시 한끝이 닳아빠진 듯한 느낌이며, 그곳의 집들은 훨씬 작고 허술해 보이며 전원풍경처럼 되었다. 깁슨 씨는 두 사람 사이에 끼어앉은 채 이런 모든 풍경을 마치 다른 유성(遊星)에라도 간 듯 멍하니 바라보고 있었다.

도중에서 버스를 한 대 앞지르고 잠시 뒤 또 한 대 앞질렀다. 그 어느 쪽도 문제의 버스일 리 없었다.

지금 이야기하고 있는 것은 폴 타운젠드였다.

"5번 버스는 분명 갈아타는 정류장에서 되돌아올 겁니다. 그러니 당신이 버스에서 내린 게 1시 45분쯤이라면 '그 버스가' 되돌아오는 지점에 이르는 것은 2시 40분이나 40분이 좀 지났을 시각. 그렇게 되면 '되돌아오는' 그 버스와 만날지도 모릅니다. 지금 몇 시일까. 2시 30분."

깁슨 씨가 말했다.

"그 버스를 그냥 보아서는 그것인지 어떤지 알 수 없을거요."

"경찰이 압니다. 길 맞은쪽을 지켜봐주십시오……."

깁슨 씨의 머릿속은 약하기는 하지만 움직이고 있었다. 그는 마음 쓰지 않는 평정한 목소리로 말했다.

"병을 주운 사람이 도중에 어느 정류장에서 내릴지도 모르오."
"그렇습니다, 하지만……."
폴의 눈이 신경질적으로 흘끗 깁슨 씨를 노려보았다. 폴은 불안한 목소리를 내고 싶지만 그럴 용기가 없는 것이다.
"실제로 버스가 일단 되돌아오는 것이라면 그것은 즉 '내가' 탔었을 때의 손님은 이제 한 사람도 타고 있을 '리 없다'는 이야기가 되오."
"아마 주운 사람은 운전기사에게라도 맡길 겁니다. 틀림없이 분실물계 같은 것이 있을 터이므로……."
깁슨 씨는 참을성있게 말했다.
"있겠지요."
폴이 말했다.
"'주운' 식료품을 바로 먹는 사람은 없습니다. 포장을 푼 물건이면 더욱 그렇지요. 포장을 풀었습니까?"
"포장은 없소. 마개를 돌리는 병이니까……."
"병에 얼만큼 들어 있습니까?"
"가득히."
"그건 올리브 기름처럼 유동적이 아니니까요."
"아니, 기름과 같았소. 게다가 그 병에는 올리브 기름 냄새가 스며 있지요."
"그러나 비록 우리가 찾아내지 못하더라도……경찰이 라디오로 방송하고 있습니다. 그것을 잊지 마십시오, 아까 경찰이 그렇게 말했었습니다."
"모든 사람이 하루 종일 라디오를 듣고 있지는 않소."
로즈메리가 끼어들었다.
"그렇다면 우리는 각오하지 않으면 안 되는군요."

그녀는 머리를 돌려 아까처럼 엄숙하게 그를 보았다. 그 눈은 엄한 푸른 빛이었다. 깁슨 씨는 문득 깨달았다. 로즈메리의 몸 속에는――로즈메리의 얼굴 뒤편에는――그가 사랑한 로즈메리의 정숙함 내면에는――또 하나의 사람이 있는 것이다. 그녀는 그가 보지도 알지도 못하는 굳세고 꿋꿋한 정신으로 격렬하게 분노하며 거침없이 말했다.

"만일 누군가가 그 독약으로 죽으면 당신은 교도소에 가겠군요?"
"그렇겠지."
그는 그것은 아무래도 좋은 일이라고 생각했다.
"어쨌든 당신 입장은 엉망이 되는군요."
"그렇소."
"세상에서 알게 되고……."
시장에 있던 사람들, 버스 승객, 그리고 경찰, 이웃들, 일반사회. 그렇다, 하고 깁슨 씨는 생각했다. 모든 사람에게 알려질 것이다.
로즈메리가 말했다.
"그러나 아무도 죽지 않고 우리가 독약을 찾아내면 '다른 어떤 일이든 참을 수 있어요'. 그게 '사실'이 아닐까요."
깁슨 씨는 손을 들어 얼굴을 감쌌다. 그가 아는 한 그것은 '확실히' 사실이었다.
폴이 초조하게 말했다.
"기운내십시오. 결과는 지금부터 알 수 없습니다. 지금 몇 시일까? 3시 10분전, 버스는 이미 되돌아오는 참입니다."
로즈메리가 소리쳤다.
"저기! 봐요! 저기! 있어요! 있어요!"

5번 버스 운전기사

　정말 두 대의 버스였다. 한 대의 커다란 노랑버스는 길 한편에 멈춰서 있었다. 검정과 흰색의 경찰차가 그 바로 뒤에 멈춰 있다. 그 옆에 두세 사람의 경관과 버스 운전기사가 한 사람 서 있었다. 또 한 대의 버스는 몇 야드 앞쪽에 멈추고 한무리――열 두세 사람――의 사람들이 타고 있었다. 그 사람들은 모조리 목을 내밀어 경관들을 바라보고 있는 듯했다.
　폴은 거칠게 U자형으로 자동차를 몰았다. 자동차는 덜컹 뛰면서 경찰차 뒤에 멈췄다. 시각은 2시 54분. 깁슨 씨는 다리를 절면서 길과 철사울타리 사이에 난 키 큰 먼지투성이 잡초를 가로질러 동행하는 두 사람 뒤를 따라 울퉁불퉁한 잔디 위를 걸어갔다. 이 정도의 비상사태로서는 좀 뜻밖의 광경이다. 비상사태란 대체로 뜻하지 않은 곳에서 일어나는 법이라고 깁슨 씨는 생각했다.
　로즈메리의 큰 목소리가 들렸다.
　"나는 깁슨 부인입니다. 내 남편이……저, 발견했나요? '여기'입니까, 독약은?"

세 남자 가운데 아무도 입을 열지 않았다. 그리하여 깁슨 씨는 아직 찾지 못했다고 생각했다.

세 사람이 잠자코 있으므로 로즈메리는 큰소리로 물었다.

"저쪽 버스에 타고 있는 사람들은 누구지요? 어떻게 되었어요?"

한 경관이 대답했다.

"버스 승객입니다. 저들은——누구 한 사람——아무것도 모릅니다. 빨리 가 주었으면 좋겠습니다만."

그는 몸을 흔들며 덧붙였다.

"당신이군요. 올리브 기름병에 넣은 독약을 어딘가에 놓고 잊은 사람은?"

경관은 폴이 아닌 깁슨 씨를 골랐다……깁슨 씨는 고개를 끄덕였다.

"그런데 이 버스에서는 발견되지 않았습니다."

두 번째 경관이 끼어들었다.

"어느 자리에 앉아 있었습니까?"

깁슨 씨는 머리를 가로저었다.

"봉지의 크기는?"

깁슨 씨는 말없이 두 손으로 크기를 만들어보였다.

"'종이'봉투로군요?."

깁슨 씨는 고개를 끄덕였다. 이 젊은 쪽 경관은 아주 시큰둥한 얼굴로 깁슨 씨를 보고 입을 일그러뜨려 공기를 들이마신 다음 버스의 열려진 문으로 안에 훌쩍 뛰어올라 갔다. 이런 태도로 사건에 조금도 호감을 가지고 있지 않음을 명백하게 나타내보인 것이다.

그의 동료인 큰 마스크를 쓰고 있는 나이든 남자는 버스를 타려는 로즈메리를 부축해 주었다. 폴도 안으로 들어갔다. 네 사람은 머리를 들었다내렸다하며 경관들이 이미 수색한 데를 찾아보았다.

김슨 씨는 먼지낀 잡초 속에 서 있었다. 이게 그 버스인가? 그가 탄 것은 이 버스인가? 그로서는 세부적인 기억이 전혀 없었다. 어쨌든 그는 이렇게 햇빛을 받으며 먼지투성이 땅 위에 서 있었다. 뒤에도 땅이 펼쳐져 있었다…… 그리고 그는 죽지 못하고 있었다.

버스 운전기사는 좀 놀라울 만큼 핼쑥한 말 얼굴같은 여윈 30대 남자로, 그 역시 바지주머니에 손을 집어넣은 채 잡초 속에 서서 김슨 씨를 지켜보고 있었다.

버스 운전기사는 부드럽게 말했다.

"그렇다면 당신이군요. 죽고 싶은 마음이 된 것은…… 그렇습니까?"

김슨 씨는 간이 서늘해졌다. 그는 화내며 말했다.

"실패였소."

버스 운전기사는 입술을 부풀려 이 앞쪽에 혀를 넣은 듯한 얼굴을 했다. 그리고 나서 천천히 걸어가 버스 문으로 윗몸을 들이밀었다.

그는 소리쳤다.

"이 사람은 오른쪽 한가운데쯤 창가 자리에 혼자 앉아 있었습니다."

안의 네 사람은 그 말에 응하여 오른쪽으로 일제히 모였다. 버스 운전기사는 다시 천천히 걸어와 벽 같은 버스의 노란 옆면에 기댔다. 그는 김슨 씨에게 말했다.

"그래, 실패로 그쳤습니까. 햄릿도 실수했었지요. 안 그렇습니까. 또 할 생각입니까?"

그 속눈썹은 연한 갈색이었다.

김슨 씨는 간단히 말했다.

"이제는 되는 대로 맡겨야지요."

그는 어깨를 펴며 좀 도전적인 자세를 해보았다.

"깁슨 씨라고 했지요. 학교선생이라고요? 뭘 가르치십니까?"
"시."
사나이는 벙긋 웃었다.
"시! 허! 죽음을 노래한 시는 아마 잔뜩 있겠지요."
깁슨 씨는 감각이 없는 듯한 입술로 말했다.
"사랑을 노래한 시도."
실로 기묘한 대화, 모름지기 꿈에도 생각지 못했던 이야기들이다.
"그렇군요——사랑과 죽음입니까. 그리고 신과 인간이라든지——
그러한 이 세상의 일은 뭐든지 노래하고 있겠지요."
"이 세상의 일?"
깁슨 씨는 눈을 깜박였다.
"'아니라는' 겁니까? 말도 안 돼요."
젊은 경관이 버스에서 나왔다.
"없소, 아웃이오. 조금 뒤 다시 찾아보겠소."
운전기사가 말했다.
"아니, 왜요? 자기 눈을 믿지 못합니까?"
경관은 딱딱하게 말했다.
"눈은 당치 않은 실수를 할 적이 있소."
"나는 상관없습니다. 일을 못하는 것은 조금도 괴롭지 않습니다.
좋은 날씨로군요."
버스 운전기사는 다시 생각에 잠긴 듯한 눈으로 깁슨 씨를 보았다.
로즈메리가 버스에서 뛰어나왔다.
"이제부터 '어떻게 하면' 좋지요?"
폴이 뒤에서 그녀의 팔을 잡았다.
"집으로 돌아가는 게 가장 좋습니다, 로지. 나머지는 라디오 방송
이 유일한 희망입니다. 기다리는 수밖에 도리가 없습니다. '우리

는'."
로즈메리가 버스 운전기사에게 소리쳤다.
"당신은 이 사람을 기억하고 있어요?"
"기억 하고말고요."
"종이 봉지도 보았나요?"
버스 운전기사는 눈을 가늘게 떴다.
"그럴지도 모릅니다. 요금을 낼 때 이 사람이 작은 봉지를 다른 한 손에 바꿔쥔 듯한 인상이 있습니다. 단순한 인상이지만 확실히 '있 습니다'. 내가 도움이 되어 드리면 좋겠습니다만."
"이 사람이 내릴 때 뭘 가지고 있는 걸 알았나요?"
"모르겠습니다. 내리는 사람은 내게 등을 돌리고 있으니까요."
"저, 이 사람이 앉아 있던 자리에 그 뒤 누가 앉았는지는……?"
"글쎄요. 잠깐만요. 이 사람은 램버트에서 내렸지요? 그렇지, 거기쯤에……이 사람이 내린 정류장께서 녹색 폰티액과 좀 내기를 했지요. 그 폰티액과 놀래주기를 하고 있었으므로 다른 일에는 도무지……."
"버스는 만원이었나요?"
"아니오, 그 시간은."
"당신 '알겠지요'? 마시면 죽는 약이에요. 그것이 다른 병에 들어 있어요. '알겠어요'?"
버스 운전기사는 그리 화내는 기색도 없이 부드러운 목소리로 말했다.
"압니다."
"'누군가' 녹색 종이봉지를 가지고 내린 사람은 없었나요?"
운전기사는 참을성있게 되풀이했다.
"어쨌든 내릴 때 무엇을 가지고 있는지는 내게 보이지 않으니까요."

로즈메리는 손을 굳게 잡고 길 저쪽을 건너다보듯하고 있었다. 폴이 끼어들었다.

"누군가가 주우면 도저히 알 수 없지요……라디오 방송을 그 사람이 들을지 어떨지도 모르고."

두 경관은 아무 말없이 이런 이야기를 듣고 있었다. 나이먹은 경관이 몸의 중심을 반대쪽 발로 옮겼다.

로즈메리가 말했다.

"아니에요. 우리가 할 수 있는 일이 하나 '있어요'. 당신은 그 자리에 있었으니까요."

그녀는 버스 운전기사 쪽을 보았다.

"그때 '달리 누가 있었는지' 기억하지 못하나요?"

"네?"

버스 운전기사는 이마에 주름을 잡았다

"우리가 만나 물어볼 수 있는 사람이 자리에 있어서 보고 있었는지도 모르는 사람요."

운전기사는 끔찍한 듯이 말했다.

"잠깐만. 그것은 독약이라고 했지요. 그렇습니까?"

폴이 화난 얼굴로 말했다.

"맹독이오. 이 사람이 내 실험실에서 훔쳤지요. 그것이 독약임을 알고 있었소. 이런……아, 집에 돌아갑시다."

로즈메리는 다시 운전기사에게 말했다.

"모르는 사람은 병의 레테르를 믿을지도 몰라요. 죽을 생각이 전혀 없는 우리들이 모르는 그 누구인가가. 모두 레테르는 믿잖아요……."

"그렇지요. 믿는 게 당연합니다. 그런데 나의 금발 아가씨가 타고 있었습니다."

"금발 아가씨?"

버스 운전기사가 기대고 있던 자세에서 몸을 일으켜 힘주어 말했다.

"네. '그 아가씨'가 모르고……설마……아니, 나의 금발 아가씨에게 독을 먹여서는 안 돼!"

운전기사의 키가 커졌다.

"그건 당신 자동차입니까?"

젊은 경관이 끼어들었다.

"그 금발 아가씨란 누구요?"

"이름은 모릅니다."

"그 아가씨가 버스에 '타고 있었군요'?"

"네, 타고 있었습니다."

"당신은 그 아가씨 이름도 모르는데……어떻게……?"

"그녀가 나의 금발 아가씨라는 걸 그녀 쪽에서는 모릅니다, 아직은. 그러나 가까운 장래에……아, 시간낭비입니다. 그럼, 나는 '찾으러 가겠습니다'. 한 가지 '확실'한 것은 그녀가 언제나 내리는 정류장입니다. '나라면' 그녀를 찾아낼 수 있을 것입니다. 그 아가씨에게 독을 마시게 해서는 큰일입니다."

그는 폴의 자동차 쪽으로 걸어갔다. 로즈메리가 소리쳤다.

"그래요, 그래요, 폴, 케니스, 가요! 모두 함께 가서 그 사람을 찾아요. '그 사람'이 알고 있을지도 몰라요……자, 빨리요!"

모두들 한 무리가 되어 폴의 자동차로 달려가려 했다. 나이든 경관이 말했다.

"잠깐……우리가 정식으로 수색하는 게 어떻소. 그집에 순찰차를 파견하면 눈깜짝할 사이에……."

운전기사가 말했다.

"어디로 파견합니까? 나도 어딘지 모릅니다. 정류장을 알고 있을 뿐이지요. 앨런 거리와 가로수길의 네거리, 그것만으로 '당신들이' 뭘 할 수 있습니까? 생각은 고맙지만, 역시 내가 찾지 않으면 안 됩니다. 나는 척 보면 아니까요."

"이 버스는 어떻게 하지요?"

폴의 자동차에 손을 대며 운전기사가 말했다.

"사람 하나가 죽게 된 문제입니다. 해고시키고 싶으면 그러라지요."

바로 뒤에 폴이 있었다. 운전기사가 말했다.

"열쇠를 빌려주십시오."

"내 자동차니……내가 운전하겠소."

폴은 가슴이 갑갑한 듯했다. 입을 꾹 다물고 있었다.

"당신은 아마추어잖습니까."

운전기사는 폴의 손에서 열쇠를 집어들었다.

깁슨 씨로서는 로즈메리의 손에 이끌려 재촉받은 것밖에 몰랐다. 그와 로즈메리는 뒷좌석에 올라탔다. 폴은 버스 운전기사 옆에 앉았다.

나이든 경관이 따뜻한 목소리로 말했다.

"잘해보시오."

"이쪽에 연락을 부탁하오."

젊은 경관은 풀을 씹고 있었다.

버스 운전기사는 레버를 올렸다. 폴의 자동차는 덜컹 후진하여 포장도로로 미끄러져 나왔다. 자동차는 마치 주인의 손에 기꺼이 조종되는 듯한 느낌이었다.

버스 운전기사가 말했다.

"내가 하는 편이 시간이 절약되지요. 운전은 내 장사니까요. 떡은

떡집이라지 않습니까."
폴이 중얼거렸다.
"상관없소, 그런 일은."
그는 등을 구부리고 있었다.
모두들 다시 중심가 쪽으로 되돌아갔다.

캔디, 시, 셰익스피어

"나는 리 코페이입니다."

별안간 버스 운전기사가 말했다.

폴은 등을 똑바로 폈다. 그것은 한숨돌린 듯한, 기분이 좋아진 듯한 느낌이었다. 그는 언제나의 기분좋은 목소리에 가까운 투로 말했다.

"나는 폴 타운젠드요. 깁슨 씨의 옆집에 살고 있지요."

"그렇습니까. 부인은 깁슨 씨의 아내시군요!"

폴이 말했다.

"로지, 이쪽은 리 코페이 씨······."

"아내는 로즈메리입니다."

깁슨 씨에게 제 목소리가 커다랗게 울리는 것을 들었다.

"나는 케니스 깁슨, 내가 문제의 사나이로······."

버스 운전기사가 어깨 너머로 말했다.

"처음 뵙습니다, 로즈메리 씨. 저, 케니스 깁슨 씨, 대체 어떻게 그런 일이 일어났습니까······독을 마시다니요?"

깁슨 씨는 혀로 마른 입술을 축였다.
폴이 재빨리 끼어들었다.
"아니, 아니, 그 이야기는 그만두오. 그것은 일시적인……이 사람은 자신이 하고 있는 일을 모르고 있었으니까요. 아마 기분이 이상해져 있었던 듯하오. 이제는 괜찮으니까……."
버스 운전기사가 물었다.
"어째서 갑자기 괜찮게 되었을까요?."
"그건 이 사람이 깨달았기 때문이오……친구가 있다는 것을, 살아갈 이유는 얼마든지 있소."
"캔디인가요?"
"그게 무슨 말이오?"
자동차를 중앙의 편리한 작은 길로 교묘히 몰아가며 버스 운전기사가 말했다.
"글쎄요, 잘은 모르겠지만, 예를 들면 어떤 사람이 자살하리라 생각하고 높은 바위 위에 버티고 서 있다고 합시다…… 그러면 모든 사람이 그를 설득하여 내려오게 하려고 합니다. 시시한 캔디 같은 것으로 꾀어서 모두 자네 친구라고 하며 말이지요. 집으로 돌아가오. 개가 기다리고 있소. 맥주도 마실 수 있잖소. 초콜릿을 먹구려……사람이 스스로 자기 목숨을 끊으려 할 때는 누구나 더 진지한 것을 생각하고 있을 텐데요. 캔디 같은 것을 꺼내올 때가 아니잖습니까?"
깁슨 씨가 크게 말했다.
"그렇지 않소."
"그럴까요."
"요컨대 캔디 하나로 충분히 위기를 넘기는 순간이었소."
"그래요. 아, 그렇군요…… '당신은' 알 테지요. 이거 정말 재미있는데요."

자동차는 계속 달리고 있었다. 속력은 그리 빠르지 않았다. 하지만 망설임이나 실수로 1초도 허비하고 있지는 않았다. 깁슨 씨는 자신이 묘하게 들떠서 이 운전에 감탄하고 있음을 알았다.

"만일 당신이 말할 '마음이 있다면'……."
버스 운전기사가 말하려 하자 폴이 다시 끼어들었다.
"아니, 안 되오……."
깁슨 씨는 정직하게 대답했다.
"'당신'에게는 말하고 싶소, 지금 당장이 아니라도."
그는 자신에게 있어 흥미 있는 정신과 접촉하여 지쳐버린 듯한, 한숨돌린 듯한 느낌이었다. 어떤 뚜껑을 아무렇게나 열어서 들여다보고 있는 정신……그 뚜껑은 너무 무겁고 숨막혀서, 그에게 있어 흥미 있는 것을 모조리 보이고 있었던 것이다.

그는 살그머니 로즈메리를 훔쳐보았다. 로즈메리의 눈에 빙긋 엷은 웃음이 떠돌고 있었다. 그녀는 거의 쾌활한 목소리로 말했다.
"당신의 금발 아가씨 이야기를 해주세요, 리 코페이 씨."
버스 운전기사가 말했다.
"이 꼴을 봐주십시오. 미녀 구출이라 하고 싶지만 그쪽은 내가 마음을 태우는 걸 전혀 모르니까요. 조금만 이야기해 드릴까요. 그 아가씨는 거의 날마다 버스를 탑니다. 나는 그냥 보고 있기만 하는 거지요. 하지만 조금씩 여러 가지 일을 알게 됐습니다.

차라리 마음을 굳게 먹고 이야기해 볼까 생각하지만 그럴 용기가 없습니다. 뭐, 그런 건 아무래도 좋습니다. 어쨌든 좋아하는 건 확실하니까요. 그러니 결코 독약을 내버려둘 수는 없습니다. 이런 말 들으면 그녀는 화를 낼까요, 깁슨 부인?"

로즈메리는 엄숙하게 말했다.
"로즈메리예요. 천만에요. 그 아가씨는 화내지 않아요, 코페이 씨. 조금도 화내지 않으리라고 생각해요."
"리라고 불러주십시오. 어쨌든 묘한 사정이 있어서요. 글쎄, 로즈메리, 그녀는 깨끗한 친구입니다."
로즈메리가 재빨리 말을 받았다.
"당신은 참 재미있는 분이군요."
"그럴지도 모르지요."
리 코페이는 생각에 잠겼다.
폴이 일상적인 질문으로 끼어들었다.
"버스 운전한 지 오래됐소?"
"10년쯤 되지요. 전쟁에서 돌아온 뒤 줄곧 하고 있습니다. 나는 생각하는 것을 좋아해서요."
폴이 되물었다.
"생각하는 것을 좋아한다고요?"
대체 무슨 말인지 알 수 없는 듯했다.
"반추 말입니다. 소의 되새김질. 따라서 사람에게 도움은 되지만 창조적이 아닌 일이 좋습니다. 너무 정신없이 목적에만 힘을 쏟게 되면……단순히 돈벌이를 하려는 생각만 해도……생각하는 일이 달아나버리지요. 이건 '내 경우'이고 내 식인지도 모릅니다만."
폴은 당혹감으로 신경질적이 되었다.
"그 아가씨를 어떻게 찾지요, 그 금발 아가씨를?"
멍하니 입을 벌린 채 로즈메리가 말했다.
"이분은 꼭 찾아줄 거예요. 그렇게 생각하지 않나요, 케니스?"
"생각하오. 그렇게 생각하오."
깁슨 씨는 깜짝 놀랐다. 자동차는 빨강 신호에 걸려 부드럽게 멈춰섰다.

"코페이 씨……아니, 리."

갑자기 로즈메리가 숨을 들이마시며 뒷좌석에 무릎을 꿇었다.

"나를 도와주시겠어요? 가르쳐 주었으면 하는 일이 있는데요."

"물론 할 수 있는 일이라면……."

"당신은 일류 운전기사예요. 당신이 일류라는 것은 잘 알아요. 가르쳐 주었으면 하는 것은……당신이라면 꼭 '알리라'고 여겨요. '당신'이라면 믿을 수 있어요."

신호가 바뀌자마자 자동차를 재빨리 몰며 버스 운전기사는 말했다.

"무슨 일입니까?"

로즈메리가 무릎을 꿇은 자세로 운전기사의 귀에 대고 말하는 것을 깁슨 씨는 깜짝 놀라며 듣고 있었다.

로즈메리가 말했다.

"그날 밤은 안개가 짙었어요. 내가 운전하고 있었지요. 충분히 조심하고 있었다고 여겨요. 확실히……기억하고 있는 한……자동차는 길 오른쪽을 달리고 있었어요."

버스 운전기사는 격려하듯 말했다.

"그래서요?"

"그리고 자동차가 달리고 있는 오른쪽에 깊은 도랑이 있다고 생각했어요. 그만큼 오른쪽에 닿아 있었어요……알겠지요?"

"네……네……."

"느닷없이 정면에서 자동차가 왔어요……'그 자동차'는 저쪽에서 보면 길 '왼쪽'을 달린 거겠지요. 나는 빨리 어떻게든 하지 않으면 안 되었어요."

리 코페이는 명랑하게 말했다.

"당연하지요."

"나는 '왼쪽으로' 돌았어요."

로즈메리는 숨을 죽였다. "하지만 내가 생각한 건……." 그녀는 두 손으로 얼굴을 감쌌다.

"그래서 어떻게 됐습니까?"

"저쪽이 오른쪽으로 비켰기 때문에 충돌해 버렸어요. 부탁이니 가르쳐 주세요. '당신이라면' 알겠지요, 내가 잘못했는지 어떤지."

버스 운전기사는 마음속으로 그 상황을 떠올려보고 있는 듯했다. 그들의 자동차는 가로수길로 들어가 둘로 나눠진 도로가 시작되는 지점을 벌써 지나치고 있었다. 풍경이 창 밖을 날아갔다.

남자는 곧 조용하게 말했다.

"취할 길은 세 가지 있습니다. 규칙대로 오른쪽으로 비켜……도랑에 빠지는 것 하나, 이것은 틀림없이 위험하지요. 이쪽은 규칙을 어기고 있지 않으니까 그대로 아무것도 하지 않고…… 저편이 오른쪽으로 잘 비켜주기를 기다리는 게 또 하나, 이것은 침착하고 냉정하며 그야말로 규칙적인 사람 아니면 아무래도 할 수 없습니다. 또 하나는 당신이 했듯이 왼쪽으로 돌아 저쪽 자동차의 길을 '열어주는' 일……비록 규칙을 '어기더라도' 말입니다. 그런 정도가 아닐까요."

"나도 그렇게 생각하여……."

"그렇겠지요."

"네, 그때는 '이로써 됐다'고 생각했어요. 왜냐하면 나는……나는 '저쪽'이 '잘못' 알고 있어 그편이 옳다고 생각하고 있다고 여겼으니까. 설마 저쪽도 비키리라고는 생각지 못했지요. 알 리 없잖아요."

리 코페이는 엄숙하게 말했다.

"당신이 한 일은 틀리지 않았습니다. 당신은 하나의 해결방법을 해 본 것 뿐이니까요. 누구도 그 이상의 일은 할 수가 없습니다. 아주 당연한 일이라고 생각합니다."
로즈메리의 호흡이 흐트러졌다.
"하지만 그 결과 그 자동차가 우리 차 오른쪽에 부딪쳐 케니스가 중상을 입었어요……케니스만 중상을 입었지요. 나는 무사했어요. 그러니 가르쳐 주세요……나는 이 사람을 방패로 삼을 생각이었을까요? 나 대신 이 사람을 다치게 할 생각이었을까요? '그래서' 왼쪽으로 비킨 걸까요, '정말로'?"
리 코페이가 말했다.
"왼쪽으로 비킨 까닭은 아까 말했잖습니까."
"나는 두 사람의 안전을 생각해서 한 일이에요, 그런데……길가에 도랑 같은 건 없었어요. 내가 잘못 생각했던 거예요. 도로 오른쪽에서 도랑이 시작되는 훨씬 앞쪽이었지요."
버스 운전기사가 말했다.
"안개 탓입니다. 오케이. 당신은 '확실히' 오른쪽이었지요?"
"네."
"그리고 저쪽 자동차는 저쪽편에서 보면 '왼쪽'이었다고요?"
"네."
"그리고 당신은 도랑이 있다고 생각했습니다."
"그렇게 생각했는데──하지만 에설은──사고란 있을 수 없다고 말해요. 마치……마치……내 잠재의식이 일으키고 '싶었던' 일을 일으키게 '한 것처럼'……."
버스 운전기사가 소리쳤다.
"사고란 있을 수 없다고요! 아니……그 에설이란 사람은 어디 삽니까."

로즈메리가 경고하듯 말했다.
"잠깐만요, 에설은……아주 영리해요, 바보가 아니에요……게다가 친절하고……."
"그렇습니까. 하지만 한 가지 '당신에게' 말해 두고 싶군요, 그렇게 말하는 사람은 영리하지 않다는 것을. 사고란 산더미처럼 많습니다."
"'그래요'? '정말이지요'?"
"잠재의식이라고요? 네? 그 여자가 말하려는 것은 압니다. 알고 말고요. 사고를 일으키는 버릇이 있는 사람도 있으니까요……그런 일은 아주 잘 압니다. 그것이 병처럼 되어버리는 거지요, 그들의 부주의가……그렇습니다. 하지만 그게 아닙니다, 당신의 경우는."
"그게 아니라고요?"
로즈메리는 떨고 있었다.
"그럴 '리 있겠습니까'. 당신의 잠재의식이 뭘 '하고 있었다'는 겁니까. 설명해 주시겠습니까. 어디 공중 같은 데로 날아올라가 저쪽 자동차에 탄 사람의 잠재의식과 함께 회의라도 하고 있었습니까? 그 에설이라는 사람의 말이 옳다면, '저쪽 역시' 사고 같은 건 일으키지 않았을 게 아닙니까?

그렇다면 당신의 잠재의식이 저쪽 잠재의식한테 '이 봐, 아저씨, 나는 어쩐지 사고를 일으키고 싶어. 이의 없어? 지금 곧 한 번 해 볼까.'

그러자 저쪽 잠재의식이 '좋겠지, 좋겠어. 잘 만났군. 나도야. '나도' 어쩐지 사고를 일으키고 싶던 참이야……지금이라도 언제든 좋아. 그럼, 자세히 이러이러하게……' 이런 바보 같은……."
버스 운전기사는 '퉤' 하고 침뱉는 몸짓을 했다.
"그 두 잠재의식이 그때 그 장소에서 만나게 된 것은 '우연'이 아니라는 거겠지요. 만일 당신이 말하려는 것이……그 가운데 한 잠재 의식만이 사고를 일으킬 '생각'이었다면……'다른 한 잠재의식' 쪽은 아무튼 사고를 만난 셈이 되겠군요. 그렇게 되면 어느 쪽이 사고를 일으켰는지……아니면 일으키지 않았는지? 당신인가, 저쪽인가? 그렇지요?"

로즈메리는 아무 말도 하지 않았다. 기도할 때처럼 무릎을 꿇고 있었다.

코페이는 말을 이었다.

"그야 하나에서 열까지 모조리 알고 있다면 사고 같은 건 일어나지 않습니다. 하지만 하나에서 열까지 모조리 아는 사람이 어디 있습니까. 예감이란 말만의 것이지요. 언제 누가 무엇을 하느냐 하는 것은 아무도──잘라말합니다만──아무도 '결코 모릅니다'. 당신도 당신의 잠재의식도! 그렇지 않습니까? 이 우주의 '사건'이란 너무 많으니까요. 그러므로 사고가 일어나는 원인이 되지요. 알겠습니까, 내 말뜻을?"

"네, 네, 알겠어요."

그녀는 깊은 한숨을 쉬었다.

"사고로 덕을 보는 건 주의깊은 사람이나 조심성많은 사람이라고 합니다. 그러나 그것만이 아니라 재빠른 반사운동도 필요합니다. 알겠습니까? 그러므로 사고 때마다 늘 덕을 보는 게 아니라도……."

깁슨 씨가 엄하게 말했다.

"로즈메리, 에설은 당신에게 그런 말은 하지 않았소. 당신이 일부러 나를 다치게 하려고 했다느니 하는 말을 했을 리 없소."

"일부러가 아니에요. 아니에요……하지만 현실적으로 '그렇게 되었으니' 내가 그럴 작정이었던 게 '틀림없다고' 말하는 거예요, 에설은."

로즈메리는 흐느껴 울었다.

"나를 '나무라는' 건 '아니라고' 늘 말해요. '그 기분은 안다'고 늘 말해요. 아, 케니스, 미안해요. 나는 에설을 비난하는 듯한 말을 할 생각은 없었어요. 하지만 이건……늘 전부터……."

폴이 화난 목소리로 말했다.

"에설의 말에는 마음쓰지 말라고 했잖습니까?"

버스 운전기사가……깜짝 놀란 듯한 목소리로 거리낌없이 정확하게 말했다.

"말하기는 쉽지만 행하기는 어렵지요."

멍한 상태에서 정신을 차린 깁슨 씨가 중얼거렸다.

"운명이었소…… 그래 운명이었소…… 어쨌든……."

버스 운전기사가 중단했던 강의의 새로운 1장을 시작하는 듯이 한 손을 들고 말했다.

"잠재의식이란 그들이 말하듯 얼마쯤 가슴속에서 여러 가지 것을 조종하는 일도 있는 듯싶기는 합니다. 하지만 일은 그것뿐이 아니지요. 예를 들어 당신이 이 사람을 다치게 하려 했던 거라면 그것은 '어째서인가'?"

로즈메리가 멍하니 말하기 시작했다.

"그것은…… 하지만 '거짓이에요', 그런 일은."

그녀는 몸을 뒤틀면서 고쳐앉았다.

리 코페이가 말해 주었다.

"그러니까 당신 말로는 사고라고 하는데——단연코, 절대로, 두말할 나위 없이——나는 그 에설이라는 사람이 생각하는 걸 알 수가 없군요."

로즈메리는 울고 있었다. 깁슨 씨는 로즈메리를 대신해 분노가 치밀어오르는 것을 느꼈다. 그는 화난 듯 말했다.

"에셜도 완전무결한 건 아니오, 생쥐 아씨."

그는 문득 악의 있는 장난을 생각해 냈다.

"예를 들어 언젠가 에셜은 버스 운전기사들은 실로 난폭하다고 했소. 그런데 지금 알았듯이……."

리 코페이가 머리를 쳐들었다.

"뭐라고요……당치도 않습니다. 우리 버스 운전기사들처럼 주의깊은 사람은 '달리 없습니다'. 주의가 우리 밑천인걸요. 굉장히 책임이 무거운 일이지요, 농담이 아닙니다. 비가 오거나, 창(槍)이 쏟아지거나, 길이 몹시 혼잡해 있어도 '시간표대로' 달리지 않으면 안 되며 어떤 돌발사건이 일어나든 안전제일이지요. 승용차 운전기사 스물 다섯 사람을 모아와도 주의라는 점에서는 우리 한 사람을 당하지 못합니다."

그의 입가에 침방울이 튈 정도였다.

"우리는 '까짓, 죽으면 죽고 살면 산다'는 식의 그런 모험은 '할 수 없습니다'. 그런 '자유는 없습니다'. 다른 차가 오가고 통행인도 있으니까요. 초등학교 학생이니 미치광이니 주정뱅이니……우리는 세상 모든 사람에게 주의해야 합니다. 그것을 잘 조종하지 않으면 안 되니까요. 우리가 '만일' 사고라도 일으켰다면 그건 사고라고 할 수 없습니다! 그런데도 그런 말을 하다니…… 도대체 그 에셜인가 하는 사람은 누구지요, 그 에셜이란?"

"내 여동생이오."

마구 대드는 바람에 그만 당황하고 말았지만, 깁슨 씨는 쿡쿡 웃음이 터질 듯한 기분이었다. 여기서 웃는 것은 아무래도 예의가 아니었다.

버스 운전기사는 음울한 목소리로 말했다.

"여동생인지 뭔지 모르겠지만."

"여동생은 우리의 시중을 들러……와 주었지요. 그 사고 뒤……."

폴이 띄엄띄엄 말했다.

"솔직히 말해서 우리는……어머니와 지니와 나는……에셜에게 그리 호감을 가지고 있지 않습니다. 어쩐지 차갑고 거만하며……."

"에셜은 내 여동생이오."

버스 운전기사가 중얼거렸다.

"난폭하다고 했다지요? 버스 운전기사는 모두 난폭하다는 겁니까? 이 운전기사 부류가 모두 난폭하다는 건가요? '그렇다, 너희들은 목록에 의해 인간을 규정짓노라(어디에서 따온 구절인지 알 수 없음)'……."

깁슨 씨가 물었다.

"셰익스피어를 좋아하오?"

"좋아합니다. 대사의 뜻은 물론 그 어조가 훌륭하지요. '당신도' 셰익스피어를 좋아합니까?"

뜻하지 않은 기쁨에 가슴 두근거리며 깁슨은 말했다.

"셰익스피어를 아주 좋아합니다."

그리고 묘하도록 재빠르게 그는 물었다.

"브라우닝을 좋아합니까?"

"좋아하는 것도 있습니다. 대체로 좋아하지요. 그 에두르는 말투에 익숙해지기까지는 아무래도."

"브라우닝은 방탕했었소."

"부인들에게는 우리보다 고귀하게 반추할 여가가 있었으니까요. 적어도 리벳 공(公)이나 장군이 되기 전의 여자는 그랬지요."

"묘한 말을 하는구려."

깁슨 씨는 거의 즐거운 기분이 되었다. 로즈메리는 이제 울지 않았다. 그녀는 어깨를 깁슨 씨의 어깨에 기대고 있었다.
그녀는 정색하며 물었다.
"그러고 보니 에설이 언젠가 금발 아가씨 이야기를 하지 않았어요?"
운전기사가 캐물었다.
"뭐라고 말했지요?"
그러나 폴 타운젠드는 침착하지 못했다. 그는 우는 목소리로 말했다.
"쓸데없는 걱정을 하는 건 아니지만 그 금발 아가씨의 집은 '어디요'? 그 아가씨가 가지고 '있을지도' 모르지요. 지금쯤이 바로 위험할지도 모르오. 죽어 있는지도 모르오. 그런데 잘도 셰익스피어니 브라우닝 이야기를 할 수 있군요!"
버스 운전기사가 냉정히 말했다.
"다음 모퉁이를 돌아 너덧 블록 안에 살고 있을 겁니다. 지금 몇 시지요?"
"3시 20분. 정확히 3시 22분."
"그렇지, 어쨌든 식사하기 전 간식에 올리브 기름을 쓰는 사람은 그리 없으니까요."
로즈메리가 손을 마주치면서 소리쳤다.
"아, '정말'이에요! 생각보다는 여유가 있군요."
"아마도."
깁슨 씨는 가망이 있는 듯 말했지만 마음속에서는 아픔——생명의 아픔——이 차츰 목을 쳐들었다. 사고란 존재하는 것이다. 달콤한 팽창감각과 찌르는 듯한 불안을 그는 함께 느끼고 있었다.
'사고는 있을 수 있는 것이다.'

나의 금발 아가씨

앨런 거리와 가로수길 네거리 모퉁이에는 가로등이 서 있었다.
리 코페이는 앨런 거리를 향해 오른쪽으로 돌았다. 아무도 말이 없었다. 폴의 자동차는 천천히 첫 블록을 지나 갔다. 운전기사는 공기 냄새를 구별해 내려는 것 같았다. 자동차는 네거리 하나를 지났다. 그리고 나서 앨런 거리 두 번째 블록 한가운데에 멈춰섰다.
리 코페이는 목소리를 내어 상황분석을 했다. 그는 어깨를 들어올리고 눈을 이리저리 굴리며 마치 악한 같은 어조로 말했다.
"'그녀'의 집은 앨런 거리 이편입니다. 이쪽에서 멀지 않은 곳입니다. 언제나 앨런 거리 이쪽 가로등을 켜고 있었으니까요……음? 저쪽이라면 가로수길에서 저쪽으로 건널 겁니다. 알겠습니까?"
깁슨 씨는 좌석 끄트머리에서 아주 정색하고 머리를 끄덕였다. 그는 마음속으로 이제부터 게임이라도 시작되는 듯한 좀 어린아이다운 즐거움을 느끼고 있었다.
"아까의 블록은 모두 두 가족 이상의 집뿐이었습니다. 방이 대여섯 개 되지요. 하지만 이 블록은 한 가족의 집뿐입니다. 오래되고 큰

집뿐이므로 반드시 하숙인을 두고 있을 겁니다."

그의 말이 옳았다. 이 두 번째는 오래된 블록이었다. 집들은 바닥이 높았다. 지붕이 나무들 우듬지에 미치고 수목은 키가 컸다. 캘리포니아 도시의 폭발적인 새로움 속에서 비교적 오래된 장소였다.

그는 말을 이었다.

"그녀는 그리 부자가 아니므로 반드시 혼자 살 겁니다. 가족과 함께 산다면 누군가가 자동차를 가지고 있을 테지요."

그것은 사실이었다. 미국의 캘리포니아 주에서는.

"그 자동차를 쓴다면 그녀는 버스를 탈 필요가 없습니다. 어떻습니까, 버스 손님을 꽤 자세히 관찰하고 있지요?"

폴이 말했다.

"하지만 어떻게 찾지요? 아가씨의 이름도 모르잖소."

로즈메리는 믿고 있다는 듯이 열심히 물었다.

"우리는 뭘 하면 되지요, 리?"

그녀도 좌석 끄트머리로 몸을 내밀고 있었다.

"이렇게 하는 겁니다. 우선 벨을 누릅니다. 한 블록을 모두 동시에 공격하지요. 그리하여 당신들은 저마다 여느 몸매 여느 키에 간호원다운 금발 아가씨가 있느냐고 묻는 겁니다. 왜 간호원이라고 하느냐 하면……언젠가 흰 스타킹을 신은 적이 있기 때문입니다. 흰 제복을 입는 직업은 달리 얼마든지 있지만, 흰 양말이란 여자들이 아무 때나 신지 않는 법이지요.

그래서 그녀를 찾아냈거나 정보를 들으면 큰소리로 다른 세 사람에게 알릴 것. 다니는 것을 보았다고 하면 어느 쪽으로 가느냐고 묻습니다. 그러나 왜 그런 것을 묻느냐에 대해서는 '말하지 말 것'."

그의 눈은 깁슨 씨의 망설임을 잡았다.

"왜냐하면 시간낭비니까요, 됐습니까?"

이 방법은 누구의 눈에나 아주 논리적이고 명료했다. 네 사람은 곧 저마다 흩어져 달려갔다. 로즈메리는 보도를 뛰어가 블록의 끄트머리 집부터 시작했다. 폴은 큰 걸음으로 걸어가 왼쪽 끝에서부터 시작했다. 리 코페이는 바로 앞집에서 물었다. 그의 콧구멍은 벌름거리고 있었다. 다름아닌 '그' 집에 눈독들이는 까닭이 그에게는 확실히 있다고 깁슨 씨는 생각했다. 그 까닭은 그도 설명할 수 없고 또 설명하고 싶지 않을지도 모른다. 리 코페이는 거기에서부터 왼쪽으로 차례로 물어가기로 되어 있었다. 깁슨 씨는 그 옆집에서부터 오른쪽으로 움직여 가서 로즈메리와 합류하기로 했다.

그는 다리를 절며 목적한 집 현관으로 다가가 벨을 울렸다. 대답이 없었다. 비어 있는 듯했다. 깁슨 씨는 그 신비한 현관 층계에 서서 꿈꾸는 듯한 마음으로 몇 번이나 벨을 울렸다.

그는 국문과 깁슨 선생이다. 아니다, 그는 미치광이다. 아니다, 그는 범죄자다. 아니면 그의 운명을 타개해 줄 친구들과 절망적인 맹세를 주고받은 인간이다. 그들을 실망시키는 일을 할 수 있는가. 모두 운명지워졌다는 말을 할 수 있는가. 반쯤 죽고 반쯤 되살아나고 있는 깁슨 씨에게는 모든 것이 희미하게 느껴졌다.

그 집을 단념하고 옆집의 벨을 울리러 가려는데 날카로운 휘파람 소리가 들려 돌아보니 리 코페이가 그 긴 팔을 크게 휘두르며 오라고 손짓하고 있었다.

깁슨 씨는 가슴이 뛰었다. 네 사람 가운데 리 코페이가 냄새맡아 낸 일이 기뻤던 것이다. 그 마법 같은 사태가 그로서는 기뻤다. 한 사나이가 그 지성과 직관력을 동원하여 어떤 가능성에 부딪쳐 마침내 승리를 거두었다는 것은 그것만으로도 취할 만큼 즐거운 일이었다. 로맨틱하고 순수한 것이 그는 '좋았다'.

그가 다리를 절며 걸어가자 로즈메리가 달려오고 폴도 서둘러 되돌아왔다.

깔끔하게 잿빛으로 칠한 뉴잉글랜드를 연상케 하는 목조건물의 잿빛 포치에 네 사람은 모였다. 포치의 난간 옆에 라일락 덤불——서부에서는 보기드물고 키우기 어려운 식물인데——까지 있었다. 입구에 키가 크지 않은 금발 아가씨가 서고 리 코페이는 눈길을 떨어뜨리듯 바라보고 있었다.

아가씨는 길다랗고 파란 무명 실내복을 입고 있었다. 그 머리는 지금 막 베개에서 일으킨 듯 흐트러져 있었다. 그 얼굴은 눈 사이가 넓고 광대뼈가 솟아올라 있었다. 미인은 아니지만 매력있는 작은 얼굴이었다. 살결은 부드럽고 깨끗했다. 입은 힘이 있었다. 잿빛 눈은 맑았다. 이 아가씨에게 있어 에설이 말한 그런 의미의 '금발'이란 머리색뿐이었다.

동화에 나오는 작은 곰처럼 리가 말했다.
"이 사람입니다."
아가씨가 침착한 목소리로 물었다.
"무슨 일이지요?"
쉽사리 무슨 일에 동요하지 않는 인물임이 명백하다. 날씬한 소녀로서는 아주 다부지고 든든한 느낌이었다.

리가 분명치 않은 목소리로 말했다.
"그리 수상쩍은 일은 아닙니다만, 오늘 버스 안에서 올리브 기름병을 줍지 않았습니까? 그걸 댁으로 가져오지는 않았습니까?"
금발 아가씨는 조용히 말했다.
"아니오, 줍지 않았어요."
희망에 찬 승리의 분위기가 빙글빙글 소용돌이치며 시들기 시작했다.

로즈메리가 물고 늘어졌다.

"저, 내 남편을……이 사람을……보지 못했었나요? 버스 안에서?"

그녀는 깁슨 씨에게 손을 댔다.

"버스 안에서? 아니요, 보지 못했어요."

금발 아가씨의 눈이 네 사람의 얼굴에서 얼굴로 옮겨갔다. 그녀는 리 코페이에게로 다가섰다.

"무슨 일이 있나요? 당신은 기억하고 있어요. 운전기사 아닌가요?"

그녀의 눈은 아주 맑고 침착했다.

"그렇소."

깁슨 씨는 말하고 리가 금발 아가씨에게 뭔가 말하기를 기다렸으나 리의 엷은 갈색 속눈썹은 얌전히 내리뜨여져 있었다.

아가씨는 이마에 주름을 잡았다.

"누군가 이야기해 주세요. 무슨 일이 있었지요?"

로즈메리가 설명하는 역할을 맡았다. 4분의 1도 채 설명하기 전에 작은 금발 아가씨는 아무 말없이 손짓으로 모두들을 집 안으로 들였다. 이러한 사건은 바람에 불리면 이웃으로 옮아간다는 듯한 태도다. 네 사람은 응접실의 딱딱한 소파며 의자에 앉았다. 로즈메리는 이야기를 계속했다.

그 작은 금발 아가씨는 조용함과 결단의 분위기를 몸에 지니고 있었다. 놀라움의 목소리도 내지 않고 고개를 끄덕이지도 않으며 귀기울이고 있었다. 하지만 사건을 이해하여 놀라고 있는 모습은 뚜렷이 보였다.

"그리고……이 코페이 씨가……'당신'을 생각해 내어 댁으로 찾아온 거예요. 당신이 독약을 가지고 있지 않을까 여겨져서요. 아니면 뭔가 알고 있을지도 모른다고 여겨져서요."

"유감스럽지만 비록 주웠다 하더라도 나는 집으로 가져오지는 않아요. 그런 일은 하지 않아요."

금발 아가씨의 반지가 없는 청결한 손은 무릎을 붙잡고 있었다.

"종이봉지며 병 같은 것은 보지 못했어요."

이 맑디맑은 소녀는 독약의 위험에 내놓여져 있지 않았던 것이다.

그러나 이제 이야기를 계속할 필요는 없었다. 수색은 종점에 와버렸다. 버스 운전기사의 금발 아가씨를 기적적으로 찾아냈지만 독약은 없었다. 거기에는 없다.

깁슨 씨는 우물우물 몸을 움직였다. 그는 아무래도 기적의 편을 들고 싶었다. 그는 충동적으로 말했다.

"이름을 가르쳐 주겠습니까?"

버스 운전기사에게 이름을 가르쳐주고 싶었던 것이다.

버지니어 세버슨이에요, 하고 아가씨는 말했다. 그 이름은 아가씨에게 어울렸다. 아주 아가씨답고 청결하고 침착하며 북구적으로 시원한 소녀였다. 로즈메리는 그 기회에 네 사람의 이름을 가르쳐주었다. 또다시 예의바른 소개의 의식이 시작되어 폴 타운젠드는 한숨돌리는 듯 보였다. 그는 아주 상냥하게 행동했다.

그러나 이것은 시간낭비에 지나지 않았다. 딱딱하고 고풍스러우며 깨끗이 청소된 응접실은 공기가 탁해서 숨이 막힐 것 같았다.

"나는 버스 앞쪽에 타고 있었어요. 당신은 아마 내 뒤 쪽에 앉아 있었을 테지요?"

세버슨 양의 그 정색한 눈이 깁슨 씨를 이리저리 살펴보고 있었다. 그녀는 리 코페이에게로 얼굴을 돌리며 말을 이었다.

"실례지만, 나를 찾아내다니 아주 머리가 좋군요."

리가 대답했다.

나의 금발 아가씨 195

"언제인가 당신은 라일락 향기를 풍기고 있었지요."
아가씨는 친밀하게 말했다.
"당신은 동부 분이세요? 라일락 향기를 아신다니……."
버스 운전기사는 부드럽게 말했다.
"어떻게 라일락 향기를 아는지는 언젠가 다시 이야기하지요."
금발 아가씨는 속눈썹을 내리깔고 중얼거렸다.
"나도 무언가 도움이 안 될까요?"
폴이 꿈틀 움직였다.
"그렇지요, 경찰이 이미 라디오로 방송하고 있을 테니 전화걸어 보면……."
로즈메리가 두 손을 마주 잡으며 말했다.
"걸어요."
버지니어 세버슨이 폴을 전화 있는 곳으로 안내해 갔다. 깁슨 씨는 의자에 깊숙이 몸을 파묻었다. 희망은 사라져 버렸다. 버스 운전기사 것이었던 모든 마법이. 독약은 아직 발견되지 않은 것이다. 아직도 위협은 계속되고 있다.

입술을 깨물며 금발 아가씨가 돌아왔다. 그리고 모두들에게 말했다.
"나는 보다시피 간호원이므로 이런 일은……뭐랄까, 충격이에요."
리 코페이가 부드럽게 말했다.
"이 사람에게는 나름대로 이유가 있었으니까. 정신이 이상하다고 말해버리면 그만입니다만, 그것은 또 의무를 게을리하는 셈이 되지요."
버지니어 세버슨은 머리를 홱 돌려 갑자기 날카로운 눈길로 운전기사를 똑바로 보았다.
"지금 그 문제가 아니잖아요. 내가 말하는 것은 레테르를 붙이지 않은 독약에 관한 일이에요, 코페이 씨. 그것이 아무데나 굴러다닌다는 건 충격적인 일이에요! 나는 약을 주의깊게 다루도록 훈련받고 있으니까요."
그는 시치미 떼고 말했다.
"우리는 그것을 찾아내고 싶습니다, 세버슨 양. 꼭 찾아내고 싶습니다."
그의 눈길은 몹시 도전적이었다.
"그건 그래요, 물론. '나도' 찾고 싶어요."
아가씨는 그가 도전하는 듯한 압력을 느낀 모양이다.
"나에게도 생각하도록 해 주세요."
그녀는 앉아서 그 귀여운 발까지 긴 파란 실내복을 끌어내렸다.
폴이 돌아와 애타게 기다리는 로즈메리의 얼굴을 보며 시큰둥한 목소리로 말했다.
"없습니다."
그는 힘이 다 빠진 듯이 보였다.
"전혀 연락 없음. 지금은 3시 30분입니다. '대체' 어디 있을까."
로즈메리가 헐떡이며 말했다.
"어딘가에 있어요, '어딘가에'!"
깁슨 씨도 저도 모르게 마음속으로 녹색 봉지에 든 작은 병을 생각해 내려 애쓰고 있었다……'어딘가에 있다'. 그러나 어디에?
폴이 끼어들었다.
"로지, 이건 도저히 어쩔 도리가 없습니다. 이래가지고는 어쩔 수 없습니다."
리 코페이가 엄숙하게 말했다.
"아니, 어떻게 됩니다. 잠자코 계십시오. 버지니어 양이 생각하고 있습니다."

간호원은 리에게 생긋 웃어보였다. 그것은 사랑스러웠으며, 버스 운전기사의 얼굴이 밝아졌다.
로즈메리가 울음을 터뜨릴 듯한 목소리로 말했다.
"리……버지니어……양, 지금은 시간을 낭비……."
버스 운전기사가 재빨리 말했다.
"……하고 있지 않습니다."
깁슨 씨는 완전히 이해했다. 그러나 폴 타운젠드는 이해하지 못하는 듯했다. 그 훌륭한 몸집이 문께에 버티고 선 채 핸섬한 얼굴에 멍청한 표정을 떠올리며 대체 무슨 말을 하는 거냐고 묻는 것 같았다. 버지니어도 이해한 듯하다고 깁슨 씨는 생각했다. 아가씨의 눈이 다시 감겼다. 버지니어는 '승낙한' 것이다.
이 얼마나 기막힌 속력으로 마음이 '전해지는' 것일까, 하고 깁슨 씨는 감탄했다. 리 코페이는 이 아가씨에게 나는 당신에게 전부터 넋 잃고 있었습니다, 당신 모습이 좋습니다, 지금의 당신이 좋습니다, 당신에게 아주 기대하고 있습니다, 라고 이미 말했다. 그리고 아가씨 쪽도……화내고 있지는 않아요, 라고 말한 것이다.
아가씨는 그의 기대에 답하려 하는 듯이 보였다. 아가씨는 이 사나이가 재미있는 사람임을 이미 알고 있는 것이다. 그래도 두 사람 다 자기들의 마법을 뒤쫓으려고는 하지 않는 듯했다……무엇보다도 우선 깁슨 씨를 도울 생각인 것이다. 버스 운전기사일까, 하고 그는 생각했다. 아니면 금발 아가씨일까. 그의 눈은 별안간 열기를 띠었다.
모두 말이 없었다. 이윽고 조그만 간호원이 차분히 가라앉은 목소리로 말했다.
"'내가' 아는 사람이 버스를 타고 있었어요. 그것이 도움될까요?"
로즈메리가 뛰어일어나 소리쳤다.
"물론 도움되고말고요, 되고말고요! 고마와요, 정말로!"

리 코페이가 말했다.

"보십시오, 역시."

아가씨는 일어나면서 말했다.

"보트라이트 부인이 그 버스에 타고 있었어요. 월터 보트라이트 부인이에요. 자동차를 서너 대나 가지고 있는데 모두 마침 쓰고 있는 것일까, 하고 그때 생각했었지요. 더욱이 커다란 짐을 가지고 있었어요. 버스 안에서. 좀 이상했지요. 아주 부자인데……적어도 주인어른은 부자예요. 언덕 위 큰 저택에 살고 있지요. 분명 그 부인이었어요. 적십자본부에서 한 번 만난 일이 있었으니까요."

"월터 보트라이트……."

리 코페이는 뛰어올라 현관으로 달려가서 전화번호부를 안고 돌아왔다.

"하지만 '그분의' 전화번호는 전화번호부에 실려 있지 않을 거예요. 분명 특수 전화였어요."

"번호를 '모릅니까'?"

버스 운전기사는 전화번호부를 무릎에 놓았다.

"네, 유감스럽게도."

"그 집을 알고 있습니까?"

"네, 하지만 번지는 몰라요."

로즈메리가 소리쳤다.

"가봐요."

폴은 불만스럽게 '흠' 하는 소리를 냈고, 버스 운전기사는 금발 아가씨의 얼굴을 보았다.

버지니어가 말했다.

"모두 함께 가요."

그녀는 이미 방 안쪽의 흰 칠을 한 문에 손을 대고 있었다.

"먼저 가서 자동차를 타고 계세요. 곧 나갈 테니까요."

리 코페이는 싱긋 웃으며 팔목시계를 보고 나서 깁슨 씨의 한 팔을 잡았다. 그는 라일락 덤불 옆을 지나 포치의 층계를 내려갈 때 깁슨 씨를 껴안듯하며 속삭였다.

"저래도 금발 여자입니까. 이쪽의 착오였을까요?"

깁슨 씨는 어쩔 줄 몰라하며 말했다.

"귀여운 금발 아가씨요. 당신은 운좋은 사람이구려."

로즈메리가 비꼬듯 말했다.

"게다가 직접거래예요. 몸소 하는 담판이잖아요."

깁슨 씨는 저도 모르게 아내의 얼굴을 보았다. 로즈메리는 그의 다른 쪽 손을 잡고 있었다. 그 눈은 밝고 용감하게 빛나고 있었다.

리가 기분좋게 말했다.

"자, 드디어 앞이 보입니다."

로즈메리가 물었다.

"꼭 찾겠지요?"

깁슨 씨도 그런 기분이 되어가고 있었다.

운명인가, 병이런가

 깁슨 씨를 뒷좌석에 밀어넣고 로즈메리도 뛰어올랐다. 그녀가 깁슨 씨에게 몸을 밀어붙이듯하자 리 코페이가 노골적으로 기대하는 빛을 얼굴에 드러내며 폴 타운젠드를 로즈메리 옆으로 찔러넣었다.
 그리고 리는 날렵하게 운전석에 뛰어올라 열쇠를 잡아당겼다. 시동이 걸렸다.
 집의 문이 열렸다. 흰 블라우스에 갈색 잠바를 입고 맨발에 펌프스를 신은 버지니어가 달려왔다. 그 금발은 단정하게 빗겨져 반짝이고 있었다.
 버스 운전기사가 싱긋 웃으며 자동차를 움직이자 버지니어는 그의 옆에 재빨리 올라탔다. 요컨대 그는 10분의 1초도 기다리지 않았던 것이다. 아가씨 편에서도 그를 실망시키지 않았다.
 폴이 감탄하듯 말했다.
 "빨리 갈아입었군요."
 아무도 폴에게 주의를 기울이지 않았다. 그 말은 입 밖에 내지 않는 편이 좋았던 것이다.

자동차가 나아감에 따라 조그만 간호원은 목표하는 집의 장소를 설명하기 시작했고, 리는 블록 모퉁이를 지나 가로수길을 가로질러 북쪽으로 자동차를 몰았다.

  앞쪽은 도시 북서부에 해당하는 작은 언덕이었다. 거기에서는 정원의 잔디가 넓어지고 언덕 위로 갈수록 점점 굉장한 집들이 늘어났다. 보트라이트 부인의 저택은 언덕 꼭대기 가까운 짧은 길가에 닿아 있고 그 언저리에는 집이 서너 채 밖에 없었다. 담 뒤쪽으로 넓은 잔디가 있는 저택이라고 간호원이 말했다.

  폴이 말했다.

  "높아질수록 집의 수효가 적어지는군요."

  버지니어는 홱 돌아보았다. 그리고 직업적인 목소리로 물었다.

  "그 독약의 해독제는 있나요, 타운젠드 씨?"

  그는 말했다.

  "폴입니다."

  아가씨는 웃음지어 보였다.

  "어떤 처치를 하면 되지요…… 만일……."

  폴은 로즈메리의 저편에서 몸을 내밀며 말했다.

  "해독제가 있는지 어떤지 '나는' 유감스럽게도 모릅니다. 나는 의사가 아니어서요. 우리가 알 수 있는 것은 얼마나 위험한지 정도뿐이지요. 우리도 약을 주의깊게 다루도록 훈련받고 있습니다."

  "이분은 대체 어떻게 해서 그런 독약을 손에 넣을 수 있었지요?"

  간호원은 이마를 찌푸렸다.

  폴이 설명했다. 깁슨 씨는 그 설명을 듣는 동안 폴 타운젠드가 이 매력있는 아가씨에게 교묘히 아첨하여 그럴 듯한 자기선전을 하고 있음을 알아차렸다. 깁슨 씨는 묘하게 모욕당한 것 같은 기분이었다.

  그는 로즈메리를 보았다. 사랑스러운 로즈메리는 여전히 손을 꼭

잡은 채 그와 폴 사이에 끼어 앉아 있었다…… 그녀의 결정은 이 일행에게 힘이 될 뿐 아니라 이 싸움의 불꽃을 올렸다. 로즈메리가 한 사람 한 사람을 격려하여 이들 용사를 규합한 것이었다.

깁슨 씨는 말했다.

"당신은 용감하오, 로즈메리."

그녀는 씁쓰레하게 말했다.

"나는 겁쟁이예요. 전부터 겁쟁이였어요. 훨씬 전부터 용감하지 않으면 안 됐어요."

폴이 돌아보며 한 손을 그녀의 긴장된 손 위에 놓았다.

"자, 그런 말 마십시오, 로지……더 마음 편히 생각하십시오. 병납니다. 걱정은 아무 소용없습니다, 버지니어 양."

간호원은 대답하지 않았다. 버스 운전기사가 끼어들었다.

"아니, 걱정 덕분에 이만큼 드라이브할 수 있었습니다. 그렇지요, 로즈메리?"

"그렇군요, 고마워요."

로즈메리는 슬픈 듯이 말하며 얼마쯤 긴장을 풀었다. 폴이 손을 치웠다. 그녀가 말을 이었다.

"내가 걱정하는 것은 부자인 여자 분이 버스 안에서 묘한 봉지를 주웠을 때의 일이에요. 그 장면을 상상해 보고 있어요. 설마 주워가지 않았겠지요, 그 사람은?"

간호원이 밝은 목소리로 말했다.

"주웠을지도 몰라요. 잘못 알고 가져갈지도 모르지요. 다른 자기 물건과 함께 가져갈 수도 있는 일이에요. 나는 그 부인이 내리는 것은 보지 못했어요. 내가 먼저 내렸으니까요. 하지만 알 수 없어요.

더욱이 만일 사가지고 가는 물건 가운데 먹을 것이 있었다면 어떻게 될까요. 모두 부엌에 갖다놓을지도 몰라요. 그 집에 하녀들이 있는 것은 확실해요. 이를테면 요리사는 '알 리 없지요'. 요리사는 보트라이트 부인이 올리브 기름을 사왔다고 생각할지도 몰라요."
로즈메리가 슬픈 목소리로 말했다.
"'작은' 병이에요. 아주 '적은' 양이에요. 지금 몇 시지요?"
폴이 가르쳐 주었다.
"3시 37분입니다."
그러나 깁슨 씨는 생각했다.

시간이 없다. 지금까지 소비한 시간을 생각해 보자. 눈군가가 죽기에, 더욱이 아주 불가사의한 방법으로 죽기에 충분한 시간이다. 그 결과가 아직 원인과 결부되지 못하고 있는지도 모른다. 이 싸움은 어쩌면 처음부터 패배였는지도 모른다.

간호원이 신중하게 말했다.
"보트라이트 씨의 아이들은 아직 10대예요. 아이들에게 이토록 일찍 저녁식사를 주는 집은 없지 않을까요?"
"올리브 기름 말인가요? 요리사는 올리브 기름으로 어떤 요리를 할까요?"
"샐러드일까요. 아니면……샌드위치에 넣을 속으로 쓸지도 모르고……아마 간식의……."
폴이 말했다.
"'그만두십시오', 그런 이야기는!"
간호원이 말했다.
"미안해요. 걱정을 더하는 말을 해서……."
버스 운전기사가 중얼거렸다.
"겉모양은 꼭 닮았다 해도……."
그러나 깁슨 씨는 파랗게 질려버렸다. 아이들! 아, 만일 독약이 아이들 손으로 넘어갔다면!
 그는 소리내어 말했다.
 "여러분, 댁으로 돌아가주시오. 성가신 일을 해 주시는 건 정말 고맙소만······."
 버지니어가 말했다.
 "성가시지 않아요."
 '나는 이 아가씨를 믿고 있다'고 깁슨 씨는 생각했다.
 "당신을 믿소."
 놀랍게도 그는 소리내어 말하고, 버지니어는 빙긋 웃었다.
 폴이 말했다.
 "걱정하지 않아도······."
 로즈메리가 상냥하게 말했다.
 "그만두세요, 그런 말 하는 건. 아무 도움도 안 돼요, 폴."
 폴은 좀 심술궂게 말했다.
 "내가 아까부터 말하고 있는 것은 로지, 이 사람과 이야기하여 이 사건의 본래 원인을······."
 로즈메리는 똑바로 앞을 보며 말했다.
 "그래요. 당신은 그렇게 말했었지요. 맞아요. 그래요, 폴."
 그녀의 손이 부들부들 떨렸다.
 "폭풍 전의 검은 구름 같은 것을 알지 못했습니까, 로즈메리?"
 버스 운전기사가 안 됐다는 듯이, 그러나 좀 빗나간 말을 했다. 그는 사정을 잘 모르는 것이다.
 "사람은 어느 날 홀연히 결심하는 것이 아니니까요."
 그러나 나는 그랬었다고 깁슨 씨는 이상하게 생각했다. 하룻밤만에 결심한 것이다. 확실히 그런 느낌이었다.
 간호원이 물었다.

"앓으신 적 있으세요, 깁슨 씨? 아니면 진통제를 드신 일 있으세요? 다리가 나쁘신 듯한데요."

깁슨 씨는 어리둥절했다. 그의 마음이 아팠다. 아직 죽어 있지 않았던 것이다. 그는 중얼거렸다.

"좀 골절되어서요. 단순한 사고였지요."

로즈메리가 얼굴을 돌렸다. 그는 외면해 버렸다.

버지니어가 얌전하게 말했다.

"좀 생각해 보았을 뿐이에요. 환자 분을 신경쇠약으로 만드는 병은 '여러 가지' 있으니까요. 게다가 약에도 그런 것이 있어요."

깁슨 씨는 날 듯이 스쳐지나가는 보도의 포석을 보면서 생각했다. '운명'이다, 그렇다. 다시금 운명이 모습을 나타냈다.

그는 힘없이 말했다.

"나는 신경쇠약이었소. 그게 병명이겠지요."

간호원이 좀 비난을 담아 부드럽게 나무랐다.

"의사선생님에게 의논드렸으면 좋았을 텐데요. 그런 신경쇠약은 대개 낫거든요."

깁슨 씨는 좀 비꼬듯 말했다.

"묘한 장치를 조금 만지면 말입니까?"

간호원은 좀 기계적으로 말했다.

"선생님들은 대개의 경우 타당한 처리를 하시지요."

그 말은 마치 그 대답 그 자체를 맛보는 듯이 또는 진찰하고 있는 것처럼 들렸다.

별안간 버스 운전기사가 물었다.

"당신은 그런 정신요법 같은 것을 지지합니까?"

"당신은 지지하고 있지 않나요?"

"이미 오래 전에 나는 그런 골치아픈 구분을 해야된다는 생각은 머릿속에서 떨쳐내버렸지요. 이거냐 저거냐 하는 그런 생각 말입니다. 육체냐 정신이냐, 물질이냐 정신이냐? 웃기지 않습니까! 요즘 같은 세상에는 정신이 물질보다 더 믿을 수 있다고 큰소리 치더군요. 인간의 몸은 더할 나위 없이 더럽혀졌다고 하면서, 사실이 아니면 손가락에 장을 지지겠다나?

수백, 수십억이나 되는 원자나, 또는 그보다 더 미세한 세포들이 활개를 치고 몸속을 돌아다니면서 무슨 수작을 부리느냐 하면……그래요, 사람들 정신에 주기적으로 파도를 일으킨다고 하더군요. 그러다가 결국 녀석들이 시간까지도 제멋대로 조종하게 된다나 어쩐다나. 그 수다쟁이 까마귀떼들은 조심해야 해요."

버지니어는 기쁜 듯이 소리내어 웃었다.

하지만 깁슨 씨는 다시금 우울해지기 시작했다. '운명이다' 하고 그는 마음속으로 말한 다음 목소리를 내어 말했다.

"나는 아마 병이겠지요. 적어도 병이었다고 하면 그로써 충분한 거요."

버지니어가 말했다.

"'그렇겠지요'. 우리는 이처럼 무지하잖아요."

로즈메리는 기쁜 듯이 말했다.

"그래요, 우리는 무지해요."

"조금이라도 의학을 공부한 사람이라면──다른 학문도 마찬가지지만──'차츰' 우리의 무지를 알게 되지요."

버지니어는 밝은 표정으로 깁슨 씨를 돌아보았다. 깁슨 씨도 기뻐해 주기를 기대하고 있는 것이다.

폴이 말했다.

"생명이 있는 곳에 희망이 있다는 뜻입니까?"

그는 토론에 참가하고 있다고 여기는 듯했다.

간호원은 눈썹을 찌푸렸다. 몸을 비틀어 뒷좌석을 보며 이야기하고 있으므로 그 조그만 턱을 거의 앞좌석 등받이 부분에 올려놓은 듯한 상태였다.

"이를테면 이제부터 발견해야 할 것이 '엄청나게' 많음을 우리는 겨우 조금 알고 있을 뿐이에요. '아시겠어요', 깁슨 씨. 언제 어떤 상담에라도 응할 수 있도록 노력하는 사람들이 있어요. 그리고 그 노력은 부분적으로 성공하고 있지요. 나는 알고 있다고 여겨요. 그런 선생님들이 내일 아침까지 '어쩌면' 어떤 것을 발견할지 아무도 몰라요. 그러므로 선생님에게 의논드렸으면 좋았을 텐데요."

그녀는 나무라듯 말을 맺었다.

로즈메리가 좀 낮은 목소리로 말했다.

"나도 그랬으면 좋았을 거예요."

깁슨 씨는 대답하지 않았다. 그는 이런 기묘한 일을 확인하기에 바빴던 것이다. 운명의 구조에 꼭 들어맞기란 어렵다. 기묘한 일이란 그것이었다.

어떤 남자가 내부의 화학적 원인——내부의 조작이라고 해도 좋다——에 의해 신경쇠약이 되어 있다고 가정하자. '비록 그렇다 하더라도' 그 남자는 '완전히' 운명지워졌다고 말할 수 없다. 그 남자의 친구들이, 자신들의 무지를 아는 까닭에 마음을 열어보이려는 친구들이 비록 '부분적'이라 할지라도 그 남자에게 도움되는 사물을 발견하려 한다면, 이것은 운명의 단단하고도 거대한 아가미에 감춰진 실로 기묘한——그렇지 않은가——참으로 기묘한 약점이다.

그는 소리내어 말했다.

"이상하군."

그 말뜻을 아무도 묻지 않았고 깁슨 씨도 이야기하지 않았다. 자동차는 가로수가 늘어선 길로 들어서고 거기서부터 한 블록 사이를 지나는 동안 모두들은 침묵하고 있었다.
 이윽고 폴이 초조해 하기 시작했다.
 "집에 전화했어야 했는데……지니는 이제 돌아왔을까?……그러면 어머니는 괜찮을 텐데."
 로즈메리가 말했다.
 "이제 거의 4시군요. 에설이 돌아오겠지요."
 그녀는 머리를 들었다. 거의 도도한 느낌이었다.
 에설! 깁슨 씨는 깜짝 놀랐다. 에설은 뭐라고 말할까. 그로서는 상상도 안 된다. 오늘 아침 11시부터 지금까지의 일을 에설에게 말하게 한다면 완전히 무의미한 일임에 틀림없었다.
 버스 운전기사가 모두들에게 말했다.
 "이분이 병이었다고 '나는' 생각지 않습니다. 그냥 충격받았을 뿐이라고 여깁니다."
 버지니어가 얼굴을 기울이며 존경이 담긴 눈길로 그를 보았다.
 버스 운전기사가 다시 말했다.
 "근본적인 충격 말입니다."
 로즈메리가 절망스런 기도처럼 마주잡은 손을 들어올렸다.
 "하지만 모두 이분을 사랑하고 있었어요."
 마치 깁슨 씨로부터 용서할 수 없는 모욕을 당한 듯 폴이 입을 비죽거리며 말했다.
 "그렇고말고요, 누구나 깁슨 씨의 일을 지나칠 만큼 생각하고 있었지요."
 버스 운전기사는 깊은 생각에 잠겼다.
 "누구나? 네, 그겁니다. 캔디를 주겠다느니, 하는 말은 하지 맙시다."
 간호원이 흥미 있는 듯 물었다.

"캔디?"
"이분은 '뭔가를' 생각하고 있었습니다. 설마 우정을 잃었다느니 하는 하찮은 문제가 아니었겠지요, 그렇잖습니까?"
그리고 리는 금발 아가씨에게 덧붙여 말했다.
"그런데 버지니어 양, 이것이 해서웨이 가도니 그 저택은 거의 다 왔지요?"
"하얀 식민지풍 건물이에요."
로즈메리가 말했다.
"아마 독약은 거기 있을 거예요."
깁슨 씨는 강물에 떠내려가는 나뭇잎 같았다. 그는 다른 사람들과 함께 자동차에서 내렸다.

보트라이트 부인

　자동차는 울타리 안으로 들어가서 멈췄다. 둥근 기둥이 늘어선 현관 앞에서 넓은 자동차길이 구부러지고 있었다. 호화스럽고 멋진 하얀 건물 앞쪽이 그들을 내려다보고 있었다. 세련된 창문의 섬세한 커튼 주름장식으로 보아 돈과 많은 고용인이 이 저택의 질서를 이루고 있다는 것을 알 수 있었다.
　이번에는 버지니어가 앞장섰다. 그녀는 벨을 울렸다. 하녀가 문을 열었다.
　"보트라이트 부인은 댁에 계신가요. 급히 좀 만나고 싶어요. 아주 긴요한 일이에요."
　버지니어의 쾌적하면서도 엄격한 태도는 두말 못하게 만들었다.
　"들어오세요."
　하녀는 그리 놀란 기색도 보이지 않고 커다란 홀의 근동풍 카펫 위에 그들을 남겨두고 안으로 들어갔다.
　홀 왼쪽은 커다란 방으로 되어 있었다. 옥스퍼드 구두가 한 켤레 잿빛과 노랑으로 칠한 긴의자팔걸이께에 걸려 흔들거리고 있었다. 두 개의 젊디젊은 다리가 구두에 이어져 있었다. 아마 젊은 아가씨가 소파 위에 누워 있는 모양이었다. 그 아가씨가 지껄이고 있었다. 그 방에는 달리 아무도 없었다. 그녀는 전화를 걸고 있었다.
 15, 6살쯤 된 소년이 폭넓은 층계를 팔딱팔딱 뛰어내려 오며 말했다.
 "아, 안녕하세요!"
 그리고 소년은 오른쪽으로 달려갔다. 그쪽에도 방이 있었고 많은 책과 피아노가 있었다. 소년은 달아나면서 호른을 집어들었다. 그 침울한 소리가 멀어져갔다.
 다음으로 월터 보트라이트 부인이 층계 아래 하얀 문에서 천천히 걸어 나왔다. 키가 한 167센티미터, 옆에서 본 몸피의 폭은 76센티미터쯤 되는 인물이었다. 크림 빛 무명과 흰 레이스로 덮인 그 몸은 구석구석 탄력이 있었다. 흰 머리는 짧게 잘라 고운 웨이브를 만들고 가늘고 구부러진 코는 살집좋은 얼굴 속에서 배의 앞머리처럼 보였다. 파란 눈——로즈메리만큼 파랗지는 않지만——에 호기심이 떠올라 있었다.
 "아니? 오, 세버슨 양. 안녕하세요?"
 버지니어는 자기 이름을 불러 좀 놀란 듯했지만 쓸데없는 설명은 모두 생략했다.
 "오늘 버스 안에서 부인을 보았습니다만……"
 보트라이트 부인은 여전히 이상한 듯한 기대로 눈을 빛내며 기계적으로 말했다.
 "미안해요. 나는 멍하니 있었으므로 '당신'이 있는 것을 전혀……"
 조그만 간호원은 이것을 무시했다.
 "묻고 싶은 것이 있어요. 작은 녹색 종이봉지를 잘못하여 가져오시지 않았는지요?"

이 무례함이 화급한 용무 때문임을 이해한 듯 조금도 평정한 태도를 흩뜨리지 않으며 보트라이트 부인은 말했다.

"글쎄요, 잘 모르겠군요. 살펴볼까요?"

부인은 돌아보았다. 그 거대한 몸은 놀라울 만큼 재빠르고 우아하게 움직였다.

"모너."

모너는 하녀였다.

"물건 속에 작은 녹색 종이봉지가 없었는지 제럴딘에게 물어봐줘."

"네, 알았습니다."

여주인이 방문객들에게 물었다.

"그 봉지에 뭐가 들어 있지요?"

버지니어가 이야기했다.

보트라이트 부인은 입술을 꾹 다물었다.

"잘 알았어요. 큰일이군요."

전화걸던 아가씨가 허리 근육을 써서 벌떡 일어났다.

"잠깐 기다려, 크리스티. 뭐지요, 엄마?"

"전화를 끊어. 우리가 쓸 거니까. 톰을 찾아. 병이 든 작은 녹색 종이봉지가 있는지 없는지 자동차 안을 잘 찾아보도록 해."

"네, 엄마……나중에 전화해, 크리스티. 그럼, 안녕."

보트라이트 부인은 전화기 쪽으로 가며 설명했다.

"버스 정류장에서부터 아들의 자동차에 탔어요."

18살쯤 되어보이는 딸 딜은 춤추는 듯한 걸음으로 모두의 앞을 지나갔다. 그 눈에는 호기심이 가득 담겼으며 빙긋 웃고 있었다.

파란색 작업복을 입은 하녀가 하얀 문으로 들어왔다.

"없었습니다. 부엌에 녹색 종이는 보이지 않아요."

"고마워, 제럴딘."
보트라이트 부인은 전화기를 들었다.
"경찰을 대주세요."
말없이 그 모습을 지켜보는 다섯 사람에게 부인이 물었다.
"어느 분이 깁슨 씨지요?"
깁슨 씨는 사방으로부터 일제히 지목받는 듯한 기분이었다. 그리 비참하지는 않았으나 죄의 한가운데 놓여진 것 같은 꿈꾸는 듯한 마음으로 그는 서 있었다.
보트라이트 부인이 말했다.
"경찰입니까. 올리브 기름병에 든 독약은 찾았나요?……네, 고맙습니다."
보트라이트 부인은 수화기를 내려놓으며 1초도 허비하지 않고 말했다.
"아직 못 찾았대요. 그렇군요. 당신은 분명 내가 탔던 버스에 있었어요. 그래, 나는 어떻게 하면 좋지요?"
실망과 희망 사이에서 떨며 로즈메리가 말했다.
"차례로 찾아왔어요. 운전기사님이 '이 분'을 기억하고 있었지요. '이 분'은 당신을 기억하고 있었어요."
보트라이트 부인이 말했다.
"나는 또 나대로……."
이 사람은 아직 '어머나, 큰일이군요'라든가 '무서운 일이에요'라고는 한 번도 말하지 않았다.
"시어 머시를 기억하고 있어요."
부인은 고개를 끄덕이며 눈에 보이지 않는 의장(議長)의 망치로 모두들을 모이게 하는 몸짓을 했다.
"하지만 우선 '확인해' 봅시다."

다시 나타난 소년 톰이 말했다.

"엄마, 내 자동차에는 아무것도 없어요."

소년은 이 한무리의 사람들을 신기한 듯 바라보았으나 아무것도 묻지 않았다.

"머시?"

"어디에……?"

"그분은……?"

보트라이트 부인은 허공을 치며 모두들을 제지했다.

"내가 아는 한 시어 머시에게 연락하는 유일한 방법은 자동차로 집까지 가는 거예요. 아틀리에에는 전화가 없어요. 틀어박혀 일하고 있으니까요."

시어 머시가 어떤 사람인지 아무도 모르는 것을 부인은 겨우 알아차린 듯했다.

"시어는 화가예요."

리가 물었다.

"그 아틀리에가 어디입니까?"

"경찰에 잘 설명할 수 있을까?"

보트라이트 부인이 눈썹을 찌푸렸다.

로즈메리가 말했다.

"우리가 찾아가보지 않겠어요? 어차피 이만큼 찾은걸요. 잠자코 기다리고 있느니보다는……."

리가 말했다.

"빠르군요, 확실히."

"정말 그편이 현명하겠어요. 시어 머시는 장난꾸러기여서 모르는 척하며 경관을 집에 들이지 않을지도 몰라요. 하지만 우리는 서로 아는 사이니까요."

보트라이트 부인 215

보트라이트 부인이 나서면 아마 아무도 모르는 척할 수 없으리라는 것을 잘 알 수 있었다.

귀부인은 가볍게 오른쪽으로 몸을 돌렸다.

"캐딜락은 두 대 다 자동차 수리소에 있으므로 6시까지 쓸 수 없어요. 월터가 딜의 자동차를 빌려갔지요. 그렇다면 톰, 네 차를 써야겠구나."

소년은 마치 바지를 벗어 부랑자에게라도 주라는 말을 들은 듯 불만스러운 얼굴을 했다.

버스 운전기사가 연한 갈색 속눈썹을 감탄한 듯 깜박거리며 말했다.

"자동차는 있습니다, 부인. 기름도 탱크에 반은 남아 있습니다."

버지니어가 거들었다.

"게다가 운전기사님의 솜씨가 대단하답니다."

"좋아요, 모너, 카키색 자켓과 핸드백을 좀 가져다줘요."

보트라이트 부인은 다시 빙글 돌아섰다.

"톰, 너는 녹색 종이봉지에 든 올리브 기름병을 집 안 구석구석 찾아봐라, 병 속의 것에는 결코 손대지 말 것. 독약이니까. 제럴딘, 저녁식사는 6시 30분이야. 나는 늦을지도 몰라. 딜……."

소녀는 되돌아와 있었다.

"아버지에게 전화해 줘. 일이 있어서 나간다고. 7시가 되어도 돌아오지 않으면 교육위원회의 코스터 씨에게 전화하여 부득이한 사정으로 늦는다고 말해 줘. 그리고 피터 부인에게 전화해서 리스트는 내일까지 무리일지도 모른다고 말하고 잘 사과드려."

명령대로 재빨리 자켓을 가져온 하녀의 손에서 그것을 받아들며 월터 보트라이트 부인이 말했다.

"자, 가요."

배처럼 당당히 현관으로 나간 부인의 흔적을 다섯 사람은 서둘러 뒤따랐다.

버스 운전기사가 운전석에 올라타 금발 아가씨를 옆에 앉힌 다음 폴은 앞좌석 맨 오른쪽에 탔다.

뒷좌석에 로즈메리를 먼저 타게 하고 보트라이트 부인은 다시 돌아보며 아들에게 말했다.

"딜에게 너무 전화를 쓰지 말라고 해. 내가 전화할테니."

소년이 대답했다.

"에이, 엄마, 좀더 기분 좋은 말을 해요."

어머니는 다녀오겠다는 뜻으로 한 손을 들고 자동차에 올랐으며 마지막으로 깁슨 씨가 그 옆에 앉았다.

버스 운전기사가 황공스럽게 물었다.

"어디로 갑니까?"

"가로수길로 나가 버스 노선의 종점까지 쭉 가요. 시어 머시의 아틀리에는 교외에 있어요. 아주 찾기 힘들지요. 하지만 구부러드는 장소는 알 것 같아요. 알 수 없으면 교차점에서 물어봅시다."

자동차는 벌써 달리고 있었다. 리가 말했다.

"'화가' 같은 사람이 종점에서 버스를 내린 기억은 없는데요. 그 사람은 그야말로 화가 같은 화가입니까?"

"그가 종점까지 가지 않았다면 그 행선지를 모르니 생각해 봐야 알 수 없겠지요. 아무튼 알고 있는 한의 일을 해 볼 수밖에 없어요."

"그야 그렇지요. 정말 그 말이 맞습니다."

"아주 시골식이에요, 그 아틀리에는. 네, 그래요, 화가 같은 화가예요. 하지만 걱정스러운 것은……."

로즈메리는 몹시 지친 목소리로 되물었다.

"걱정?"

보트라이트 부인

깁슨 씨에게는 그녀의 얼굴이 보이지 않았다. 보트라이트 부인이 가운데에 앉아 있어서는 무리한 일이었다.

"다른 사람은 모르지만 시어 머시가 올리브 기름병을 버스 안에서 주웠다면……그건 '수입품'이겠지요?"

깁슨 씨가 대답했다.

"그렇습니다."

"'그 사람이라면' 웬 떡이냐고 기뻐하며 가져갔을 거예요. 그리고 그 사람도 그렇고 그 사람의 모델도 아무렇지 않게 식사나 무언가에 쓰겠지요. 만일 그렇게 된다면 무서운 손실이에요! 그렇게 훌륭한 화가가! 예술가의 생명은 존귀해요."

로즈메리가 숨죽이며 물었다.

"지금 몇 시지요?"

폴이 대답했다.

"4시……1분이 막 지났습니다. 아직 저녁식사하기에는 이릅니다."

보트라이트 부인이 말했다.

"슬프게도 시어 머시는 배가 고프면 언제라도 식사하는 사람이에요. 저녁이니 아침이니 식사에 이름이 붙어 있는 건 아니잖겠어요."

로즈메리가 가엾은 목소리로 물었다.

"먼가요?"

리 코페이가 약속했다.

"30분. 이 길은 '내' 전문이니까요."

자동차는 흔들리며 길모퉁이를 힘차게 달려갔다.

보트라이트 부인이 엄숙하게 물었다.

"그건 그렇고, 대체 어떻게 된 거지요. 그 자살이라는 것은?"

깁슨 씨는 한 손으로 눈을 가렸다.

로즈메리가 열심히 말했다.

"에설이 오고 나서부터였어요. '그 사람'이 오고 나서 부터였어요! 에설은 이분에게 뭐라고 했을까. 에설이 나에게 한 일만으로도 나는 가슴이 터질 것 같으니까요."

"당신이 부인이시군요."

마치 누군가가 그 직함을 요구한 것처럼 로즈메리는 뚜렷이 말했다.

"네, 그래요."

보트라이트 부인은 로즈메리의 격렬한 말투를 무시하고 어디까지나 인간관계의 정리를 계속했다.

"지금 자동차를 모시는 분은 버스 운전기사님 아닌가요? 그리고 그쪽 남자분은?"

폴이 대답했다.

"깁슨 씨의 이웃에 사는 사람이지요. 타운젠드라고 합니다."

냉정해지려고 애쓰는 듯 무리하게 부드러운 목소리로 로즈메리가 말했다.

"우리의 친구예요."

보트라이트 부인은 정리를 계속했다.

"그래, 세버슨 양은 마침 버스에 타고 있었군요? 누구 알고 있나요, 황금 거위 이야기를?"

버스 운전기사가 말했다.

"그렇군요! 알고 있습니다. 거위에 손을 댄 사람들은 모두 줄줄이 묶여가지 않으면 안 되지요. 재미있는 이야기입니다, 부인."

"그런데 에설이란 어떤 사람이지요?"

보트라이트 부인은 어디까지나 밝히지 않으면 직성이 안 풀리는 듯했다.

로즈메리가 억양없이 절망스럽게 말했다.
"에셀은 케니스의 여동생이에요. 아주 친절하고 좋은 사람으로, 우리를 도우러 일부러 왔어요. 자동차 사고가 있어서……."
그녀의 목소리가 높아졌다.
"이런 말해서는 안 되는지도 몰라요. 하지만 나는……이제 고마워하고만 있을 수는 없어요. 고마워 할 경우가 아니에요. 이제 그런 건 문제가 아니에요."
목소리에 긴장이 깨지며 로즈메리는 울기 시작했다.
"이처럼 무서운 일이 되어 이미 늦었다면 '너무해요', 화가 분이……시골에서 가까이에 아무도 없다면……."
깁슨 씨는 행선지인 허름한 아틀리에에 시체가 쓰러져 있는 모습을 뚜렷이 마음에 떠올렸다.
폴이 비참하게 말했다.
"그렇게 되었다면 어쩔 수가 없습니다. 굉장히 효력이 빠르고 강한 약이니까요."
보트라이트 부인이 말했다.
"어쨌든 가보면 알아요. 가보기까지는 알 수 없어요. 코페이 씨는 온 힘을 다해 운전하고 있어요. 우리도 온 힘을 다해 할 수 있는 한의 일을 하고 있어요."
"하지만 너무 오래……."
로즈메리는 울고 있었다.
그리하여 어머니 겸 총사령관인 보트라이트 부인은 로즈메리를 끌어 당겨 머리를 쓰다듬기 시작했다. 깁슨 씨는 마음의 짐이 훨씬 가벼워지는 것을 느꼈다. 그는 보트라이트 부인을 진심으로 축복했다. 앞좌석 세 개의 머리는 조용히 움직이지 않고 앞쪽을 보고 있었다.
버스 운전기사가 느닷없이 말했다.

"고마워하는 데도 여러 가지 있으니까요. 자세한 것을 모르고는 어쩔 수가 없습니다만, 보트라이트 부인. 우리는 그 반도 알지 못합니다.

그런데 그 에설이라는 사람은――아시겠습니까, 부인――로즈메리가 자동차 사고로 이 분을 일부러 다치게 하려 했다는 것을 그녀의 머리에 불어넣었습니다. 아셨습니까, 그리하여 이분은 다리를 절지요. 이 에설이라는 사람은 그때 로즈메리가 운전하고 있었기 때문에 가엾게도 그녀가 나빴다는 식으로 생각하게 만들었습니다. 사실은 진짜 사고였는데도……

그런데 이 에설이라는 사람은 다른 사람의 본심을 그 자신보다도 더 잘 아는 모양입니다. 더욱이 로즈메리는 에설이 모처럼 멀리서 와주었고 시누이므로 에설에게 화내서는 안 된다고 여기고 있었지요. 로즈메리는 가족과 시끄러운 일을 일으키기 '좋아하는' 여자로는 보이지 않는군요. 그걸 좋아하는 사람들이 실제로 또 있으니 말입니다. 그렇잖습니까, 시끄러운 일로 덕보는 녀석이 있으니 어처구니가 없지요."

보트라이트 부인이 운전기사의 수다를 막았다.

"알겠어요. 알겠어요. 그 시누이와는 전부터 자주 만났나요?"

"이번이 처음이에요."

로즈메리는 눈물로 목이 잠겼다.

버지니어가 말했다.

"울게 돼요. 마음껏 우세요, 로즈메리."

폴이 몸을 움직거렸다.

"그런……이 사람은 그런 사태에는 이제……"

간호원이 강하게 말했다.

"마침 좋은 기회예요. 실컷 우세요, 깁슨 씨도."

그러나 깁슨 씨는 어쩔 바를 몰라 눈물도 흘리지 않고 앉아 있었다.
로즈메리가 흐느껴 울며 말했다.
"미안해요. 사실은 그 사람이 아니에요. 에설이 아니에요. 그건 알고 있어요. 그 사람의 생각이에요. 그 사람의 사고방식이에요. 하지만 어떻게 하면 좋지요? 물론 나는 겁쟁이지만, 겁쟁이가 아니더라도 그런 것과는 어떻게 싸워야 좋을까요. 나는 스스로 생각했어요······에설에게도 말했어요······내게 그럴 마음이 있었을 리 없다고.
하지만 에설의 사고방식으로는 그럴 생각이었어도 '나는' 모른다는 거예요. 본인으로서는 결코 모른다는 거예요! 내가 하는 말을 모두 '거꾸로 해버리는' 상대와는 어떻게 토론하면 좋지요? 입을 열 때마다 저도 모르게 자기 속의 짐승 같은 것을 내뱉고 있는 듯한 기분이 되어버리는 그런 상대와는 어떻게 토론하면 되지요?
내가 끝까지 주장하면 '그 사람은' 생각해요. 봐요, 당신은 그렇게 항의하잖아요! 그러니까 당신이 정말로 생각하고 있었던 것은 그것과는 정확하게 '반대인 게 틀림없어요'. 내가 아무래도 나는 틀리지 않았다고 여겨 큰소리를 내면······그 큰소리가 또 자기가 자기에게 거짓말하고 있는 증거래요. 미칠 것 같아요. 아무것도 '알 수 없게 돼요'. 자신을 믿을 수 없게 되는 거예요."
'운명이다' 하고 깁슨 씨는 입속으로 또 마음속으로 말했다. 그 소리는 들리지 않은 듯했다.
리 코페이가 화난 목소리로 말했다.
"알고 싶은데, 그 에설은 대체 어디의 어떤 녀석으로부터 남의 마음을 읽는 면허장을 땄다는 겁니까. 네? '나더러 말하라면', 로즈메리가 한 말을 가지고 마음을 판단할 기회는 로즈메리와 에설 두 사람 모두 반반씩 똑같습니다"

로즈메리는 울었다.

"그게 '안 돼요'. 나는 '결코' 알 수 없대요. 그런 말을 들으면 손과 발이 저려와요!"

버지니어 세버슨이 화난 듯 나직한 목소리로 뭐라고 중얼거렸다.

운전기사는 그것에 격렬하게 동의하며 아래위로 머리를 끄덕였다.

보트라이트 부인이 반지낀 통통한 손가락으로 규칙적으로 로즈메리의 머리를 쓰다듬으며 말했다.

"감사란 그 원인이 된 행위가 끝난 뒤에도 잠시 남는 거예요. 하지만 그것은 들에서 불을 지피는 것 같은 게 아닐까요. 그것은 활활 타올라 밝고 따뜻해요. 하지만 연료가 필요해요. 연료를 보급해 주지 않으면 영원히 불타오르지 못해요."

그 말은 연설투였다. 그 목소리는 뚜렷하고 숨을 끊는 요령도 좋아 굉장한 웅변이었다. 로즈메리조차 울기를 멈추고 귀기울였다.

부인은 목소리를 높여 말을 이었다.

"그 누구도 말치레뿐인 감사에 사로잡혀서는 안 돼요. 비유를 달리하여 또 '혼합하여' 말하면, 내가 생각하는 것은 무엇보다도 사랑을 위해서만 했을 터인 옛날의 행위를 방패삼아 감사의 마음을 사들이는 부모들, 그러한 부모의 노예가 된 이 세상의 아이들 일이에요. 그리고 또 가엾은 방해자로까지 추락한 부모들 일이에요. 아이들은 당연히 부모를 원망하지만 어쩔 수 없지요. 피는 물보다 진하므로 그 응보 또한 반드시 아이들에게로 돌아오는 거예요.

수많은 불행을 보고들을 때마다 나는 몸이 떨려요. 감사가 하나의 부담이 될 때 그건 무서운 것이 될 수 있어요. 아시겠어요? 거기에는 반드시 죄의식과 함께 억지로 해야 하는 고통이 뒤따르지요. 그러나 만일 끊임없이 연료를 보급함으로써 서로 믿는 마음이 우러나고 서로 존경하는 마음이 쌓이면, 신뢰가 사랑으로 그리고 우정으로까지 차츰 자라나게 되면서 감사도 더 좋은 무엇으로 바뀔 게 틀림없어요. 그리고 무엇보다도 오래 계속되는 것이."

부인은 입을 다물었다. 마치 금방이라도 오찬회 숙녀들의 박수 소리가 들려올 것 같았다. 그러나 여기에서는 속력내어 달리는 자동차 소리밖에 들리지 않았다.

로즈메리가 코막힌 목소리로 되풀이했다.

"알겠어요……."

보트라이트 부인이 고뇌스럽고 더 개인적인 목소리로 말을 이었다.

"이를테면 만일 부모가 자기 아이들의 친구가 될 수만 있다면…… 당신, 아이는?"

로즈메리는 개가 코를 울리는 듯한 얼마쯤 고통스러운 소리를 냈다.

폴이 어리둥절해 하며 재빨리 말했다.

"아직 결혼한 지 얼마 안 되어서요……아직 석 달도 채 못 되었으로……."

침묵이 왔다. 깊은 침묵……자동차 달리는 소리만 들릴 뿐이었다.

리 코페이가 말했다.

"그렇습니까. 그건 몰랐습니다."

버지니어가 천천히 말했다.

"신부와 신랑."

그 목소리는 슬픈 듯이 낱말을 음미하고 있었다.

이 소식은 모두의 마음속으로 가라앉았더니 모든 것을 갖가지 색채로 물들였다. 깁슨 씨는 금방이라도 분노의 소리를 외칠 것 같았다. 아니다, 당신들은 몰라. 그것은 어리석고 비현실적인 결정에 지나지 않았어. 나는 55살 그녀는 32살. 23살 차이다.

그는 분노의 소리를 지르지 않았다.
보트라이트 부인이 돌아보며 그에게 말했다.
"로즈메리는 당신 여동생 때문에 고통받고 있어요. 로즈메리는 지금까지 내내 불행했던 거예요. 하지만 독약을 훔친 건 로즈메리가 아니었군요?"
"그렇습니다. 그렇습니다."
"그렇다면 '당신의' 문제는 무엇이지요?"
부인이 물었으나 이것은 용두사미로 끝났다.
그는 대답할 수 없었다.
폴이 뒤돌아보았다.
"당신은 확실히 굉장한 일을 해버렸습니다. 적어도 로지의 일을 좀 더 생각해 주어야 되지 않았겠습니까. '더욱이' 에셀의 일도, 게다가 '내 일'도 말입니다. 자기 일만 생각하지 말고 남의 일도 좀……."
로즈메리가 힘없이 말했다.
"이분은 남의 일을 생각하고 있어요."
"오늘은 아닙니다, 오늘은 생각하지 않았습니다. 이 사람이 한 일은 죄였으니까요."
그는 다시 앞쪽을 보았다. 그 목 언저리는 정의와 분개 그 자체였다.
버스 운전기사가 읊었다.
"'오……하느님은 그 법률로써 자기 살육을 금하셨거늘……' 당신이 말하는 것은 이런 뜻입니까."
"알고 있잖소, 내가 말하는 뜻은, 음?"
"그렇지요. 그러나 그건 '우리의' 습관이어서요. 이를 테면 걸핏하면 할복자살을 하는 일본이라는 나라를 한번 생각해 보십시오…

…"
폴이 불쾌한 듯 말했다.
"'당신'은 마음대로 일본의 일을 생각하면 되겠지요."
신중하게 처음 문제부터 차례로 처리해 가는 보트라이트 부인이 끼어들었다.
"나는 적십자, 교육위원회, 국제 연합 격려협회, 청소년복지회의, 미국부인정치교육협회, 그리고 물론 교회에도 관계하고 그들의 조직 속에서 일하고 있어요. 하지만 이것은 '남'을 위해서가 아닙니다. 이것은 '나의' 세계가 아닐까요. 내가 이 세상에 살아 있는 한 그것은 '나의' 일이 아닐까요."
부인은 치밀어오르는 연설투를 억누르며 여느 목소리로 덧붙였다.
"'남'이라는 말에는 약점이 있어요. 그래서 나는 그 말을 그리 좋아하지 않지요."
버지니어가 재빨리 말했다.
"그 말에는 뚜렷한 뜻이 없어요. 내 경우 환자에 대해 남이라느니 가족이라느니 하고 말할 수가 없어요."
리 코페이가 생각에 잠겨 말했다.
"평등하지 못한 것은 좋지 않습니다. 몇백억이라는 '남'이 저마다 쌍을 이루고 있습니다. 그 가운데 하나가 나라는 것뿐이지요. 도저히 모두들에게 관심을 '가질 수는 없습니다'. 아주 막연하고 좀 속임수 같은 관심이라면 모르지만."
보트라이트 부인이 웃음지었다.
"그 말이 맞아요. 우리는 지금 우리가 놓여진 곳에서부터 출발하는 수밖에 없어요."
버지니어가 얌전한 목소리로 말했다.
"하지만 일단 무슨 일을 시작한 이상 어디까지나 그 일에 책임은 있을 거예요."

"그렇지요, 사물은 차례대로……."

버스 운전기사가 말하자 간호원은 다시 머리를 재빨리 기울여 그의 얼굴을 보았다.

로즈메리가 갑자기 몸을 똑바로 일으키며 물었다.

"당신은 월급을 받고 있나요, 보트라이트 부인?"

보트라이트 부인이 언짢은 목소리로 말했다.

"물론 받지 않아요."

로즈메리는 반쯤 히스테릭하게 말했다.

"보세요, 이분도 보수를 받지 않아요."

리 코페이가 큰소리로 말했다.

"뭐라고요! 그건 그 에설 씨와 똑같은 말투가 아닙니까. 에설은 말하겠지요, 부자 남편을 둔 부인이란 모두 공짜라고요. 틀림없이 그렇게 말할 테지요. B씨(보트라이트 부인을 줄여서)같이 생활력 있는 부인을 모르는군.

알겠습니까, 에설이라는 사람은 사물을 거꾸로 만드는 사람입니다. 그런데 금발 아가씨에 대해서는 뭐라고 했지요, 그 에설이. 아직 들려주지 않았습니다만."

로즈메리가 뚜렷이 말했다.

"금발 아가씨는 모두 욕심쟁이에다 바보라더군요."

리는 간호원을 향해 재미있는 듯이 말했다.

"옳지, 맞지 않았습니까? 금발인 사람은 '모두' 그렇다는 모양입니다. 버지니어 양, 당신도 포함되어 있는 겁니다. 당신도, 당신의 환자들도."

운전기사는 소리내어 웃었다.

"알았습니다, 에설이 틀린 데를. 에설은 처음에는 '어떤 사람'으로

보트라이트 부인 227

부터 시작하여 어느새 '대부분의 사람들은'이 되었다가 저도 모르게 탈선해서 '모두'가 되어버리는 거로군요."
폴이 얼굴을 찌푸리며 말했다.
"에설은 남이 싫어하는 타입입니다. 그래서 말하지 않았습니까, 로지. 당신이 에설 때문에 울면서 나왔을 때······."
보트라이트 부인이 신중하게 끼어들었다.
"그 에설이라는 사람은 왠지 속죄양(고대 유대인이 여러 사람의 죄를 짊어지게 하여 황야로 내몬 산양. 구약성서 레위기 제16장) 같은 느낌이 드는군요."
깁슨 씨는 몸을 움직여 좀 날카로운 목소리로 말했다.
"그렇소. 당신들은 아주 친절한 분들이오. 나한데 이렇게······나는 도무지 알 수가 없소······그러나 나는 사실을 솔직히 인정하고 싶소. 독약을 훔친 것은 '나'요.

'나'는 죽을 생각이었소. 그 독약을 어리석게도 버스 안에서 잃어버리는 범죄를 저질렀소. 그러므로 책임자는, 죄인은, 잘못되어 있었던 것은, 비난받아야 할 사람은 모두 '나'요."
그는 그것이 사실임을 '알고' 있었다.
버스 운전기사는 재빨리 신중하게 말했다.
"그렇습니다. 그렇게까지 말한다면 '확실히' 그 말이 맞습니다."
그러나 깁슨 씨는 현기증을 느끼며 생각하고 있었다······그래, 하지만 내가 비난받아야 한다면 전에는 자유였던 것이다. 나는 잘못된 일을 했을지도 모르는 것이다. 자유가 없으면 죄인도 없다. 역(逆)도 또한 진리다. 깁슨 씨는 머리가 혼란하였다. 그는 '나는 모르겠다'고 생각했다. 언젠가는 알았다고 여겼었는데 지금은 모르겠다.
버스 운전기사가 말했다.
"그러나 죄란 아무 쓸모없는 것입니다. 너무 길게 끌면 안 되는 거지요. '옛날의' 재를 불어봐야 불은 일지 않으니까요. 그렇잖습니까, B씨 부인?"

부인은 명쾌하게 말했다.

"과오를 기록해 둬야 해요. 앞으로 참작해두기 위해서지요……그러나 그것은 간직해 두면 돼요. 자, 로즈메리, 분을 좀 바르고 루즈도 칠하고 힘을 내요. 시어 머시는 틀림없이 무슨 대걸작에 정신이 없을 거예요. 그 사람으로선 있음직한 일이지요."

로즈메리가 우는 목소리로 말했다.

"루즈를 가지고 있지 않아요."

버지니어가 따뜻하게 말했다.

"내 것을 쓰세요."

버스 운전기사가 참을성있게 말했다.

"자, 부인들은 모르는 척하고 계십시오. 남자라면 수염을 깎을 판인데……"

깁슨 씨는 폴 타운젠드가 턱을 만지고 있는 것을 알아차렸다.

그로서는 모든 것이 이상했다. 이 여섯 사람, 서로 이토록 이질적인 사람들이 상상하고 기도하고, 이처럼 비현실적인 대화를 주고받으면서 교외를 향해 달려가고 있는 것이다.

깁슨 씨의 귀에는 자신의 쉰 웃음소리가 들렸다. 그는 말했다.

"그렇지, 실로 재미있잖소."

아무도 동의하지 않았다. 리는 백미러 속에서, 버지니어와 폴은 머리를 돌려서, 보트라이트 부인은 옆에서, 로즈메리는 부인 뒤에서 모두 일제히 그를 보았다. 모두들의 눈이 말하고 있었다. 그건 무슨 뜻입니까. 재미있다니 당치도 않습니다!

"이제 거의 왔나요?"

로즈메리가 물었다.

"그래요."

보트라이트 부인이 대답했다.

길 옆에 노랑버스가 멈춰섰던 곳을 지나갔는데, 거기에는 이미 버스가 보이지 않았다.

"아니, 나는 벌써 해고된 것일까?"

리가 말했지만, 그것은 아무도 알 수 없는 일이었다. 리의 말투가 너무도 가볍고 명랑했으므로 아무도 위로하려 하지 않았다.

이윽고 보트라이트 부인이 말했다.

"거기는 포장도 안된 길이에요. 교차점을 몇 야드 지나 오른 쪽으로 돈 곳이지요. 그 집은 갈색으로 칠해진 목조건물로 작은 언덕 위에 서 있어요."

버지니어가 말했다.

"그런 집이 '보여요'. 봐요. 저것인가요? 저기?"

화가의 눈

 나지막한 언덕 위 그 단층집은 시골풍이기는커녕 온통 낡아빠진 허름한 시골집이었다.
 정면벽에는 창문이 하나도 없었다. 입구 층계에는 잡풀이 우거져 있었다. 낡은 벽돌로 만든 작은 테라스에는 삼나무로 만든 낡은 옥외용 의자 몇 개가 잡풀덩굴에 엉킨 채 여기저기 팽개쳐져 있었다. 그 쿠션은 빛이 바래고 형편없이 찢어져 있었다. 한 의자에서 고양이가 튀어나와 들판 쪽으로 달아났다.
 집 안에서는 아무 소리도 들리지 않는다. 사람이 살고 있는 기척이 없다.
 보트라이트 부인이 우아하게 노크했다.
 소리없이 문이 안쪽으로 쑥 열렸다. 큰 방이 모두들의 눈에 곧바로 뛰어들어왔다. 북쪽과 정면벽이 유리로 되어 이 공간은 밝고 안정된 광선으로 가득차 있었다. 깁슨 씨에게 처음으로 보인 것은 하나의 몸이었다.
 그것은 여자의 몸으로 선명한 보랏빛 긴 플레어 스커트를 걸치고

'그 밖에는 아무것도 입지 않았다'. 그 몸은 팔걸이가 떨어져나간 긴 의자에 누워 있었다. 깁슨 씨가 저도 모르게 눈을 깜박이자 그 몸은 일어났다. 벌거벗은 토르소가 꿈틀했다. 살아 있었던 것이다.

생기도는 남자의 목소리가 들렸다.

"무슨 일이오, 메리 앤 보트라이트! 이게 무슨 일이오? 클럽이오?"

토르소는 어깨의 실밥이 조금 터진 헐렁헐렁한 티셔츠를 입었다. 그것은 예쁜 비단 스커트며 스커트의 황금빛 가장자리 장식과 묘하게 조화를 이루었다.

보트라이트 부인이 말했다.

"중대사건이에요. 아니면 당신을 방해하는 일은 하지 않아요, 시어."

"그러기를 바라오. 괜찮소. 그편이 좋소. 피곤해서 마침 쉬려던 참이었소. 셔츠를 입구려, 래비니어."

긴 의자 위에 덩어리처럼 앉아 있는 소녀인지 부인인지 알 수 없는 여자가 말했다.

"벌써 입었어요."

그녀는 맨발을 포개 편히 앉았다. 그 검고 큰 눈이 암소의 눈처럼 침착했다.

깁슨 씨는 눈길을 여자에게서 남자에게로 옮겼다.

보트라이트 부인이 예의바르게 재빨리 말했다.

"시어 머시 씨, 이쪽은 깁슨 부인, 세버슨 양, 깁슨 씨, 타운젠드 씨, 코페이 씨."

화가가 말했다.

"클럽 같지도 않군요. 뭐요, 당신들은. 전에 본 적 있는 사람이 꽤 있는 듯싶소만."

남자는 키가 크고 허수아비처럼 말라 있었다. 트위드 바지에 분홍빛 셔츠와 검은 윗옷을 입고 있었다. 그 머리는 흰빛으로 마치 양털 같았으며, 한 번도 빗질한 적 없는 자연 그대로였다. 날카로운 표정의 얼굴은 주름투성이며 두 손은 마디가 불거져 있었다. 이미 70살 안팎임에 틀림없었다.

이 사람은 정력적이었다. 분주한 움직임으로 그들을 맞아들였다. 그의 치아는 아주 누랬는데, 그 가운데 이상스레 눈에 띄는 세 개의 흰 이는 의치임에 틀림없었다. 이 사람이 빙긋 웃으면 글자 그대로 흰빛과 황금빛 곡식 이삭을 연상케 했다. 이 사람이 독약에 당하지 않은 것은 틀림없었다.

로즈메리가 재빠르게 물었다.

"올리브 기름병을 줍지 않았어요?"

"나는 줍지 않았소. 앉으시오. 무슨 일이오?"

깁슨 씨는 별안간 피로가 몰려와 숨넘어갈 듯한 모습으로 앉았다. 간호원과 버스운전기사는 나란히 앉았다. 폴은 여느 때처럼 서 있었다. 그는 모델의 맨발로부터 눈을 돌리고 있었다.

보트라이트 부인은 우뚝 버티고 선 채 요령있고 능률적으로 모든 이야기를 화가에게 들려주었다. 로즈메리는 부인 옆에 서서 이야기 사이사이에 불안스러운 말없는 몸짓을 해보였다.

시어 머시는 아무 말없이 귀기울이는 동안 그 정력을 누르고 있었다. 그러나 그 이야기의 이해가 빨랐다. 이 모든 상황을 재빨리 머릿속에 새겨넣은 듯했다.

"그렇소, 나는 버스를 탔소. 오늘 점심때 가까이 공립 도서관 앞에서 탔지요. 당신은 운전기사님이군요? 당신 얼굴은 잘 보지 않았소만."

"잘 보는 사람은 거의 없지요."

리는 어깨를 으쓱했다.
 로즈메리가 견딜 수 없는 듯 이야기를 가로막았다.
 "도와주실 수 있을까요? 녹색 종이봉지를 보지 못했어요, 머시씨? 아니면 누군가 그것을 가져가는 것을 보지 못했나요?"
 화가는 버스 운전사로부터 로즈메리에게로 눈길을 옮겼다. 그리고 이 여자는 아래에서 보면 어떨까 하듯 머리를 오른쪽으로 기울였다. 그는 조용히 말했다.
 "보았는지도 모르오. 나는 여러 가지 것을 많이 보고 있지요. 지금 곧 말씀드리겠소. 그때의 광경을 생각해 낼 동안 기다려주시오."
 보트라이트 부인은 옥좌에 앉았다. 적어도 옥좌라고 할 만큼 당당히 그 몸무게를 의자 속에 가라앉혔다.
 화가가 말했다.
 "당신, 걱정과 우아한 척추를 가지고 있는 여자분, 앉으시오, 그리고 우물쭈물하지 말 것. 나는 우물쭈물하는 여자를 경멸하오. 알겠소, 내 마음이 흩어지지 않도록."
 하나 남은 자리, 즉 긴의자의 모델 옆에 로즈메리는 앉았다. 그 모습은……'정말로' 우아한 자세로……생쥐처럼 얌전했다.
 생쥐 아씨인가, 하고 깁슨 씨는 생각했다. 아, 우리는…… 당신과 나는 왜 이런 곳에 있는 것일까. 아무런 악의도 갖지 않았던 우리가.
 여섯 사람, 그리고 모델 래비니어는 모두 정색한 얼굴로 시어 머시를 지켜보았다. 시어는 이 자리를 즐기고 있는 듯했다. '그는' 앉지 않았다. 이리저리 바쁘게 왔다갔다했다.
 "잠깐 기다려주오. 기다리구려. '기다려'."
 화가는 마디 불거진 집게손가락을 그리 무엇을 가리키는 것도 아니면서 내밀었다.
 "그 봉지 빛깔은?"

깁슨 씨가 더듬거렸다.
"노, 녹색입니다."
화가는 비웃었다.
"녹색? 창문으로 밖을 보시오."
깁슨 씨는 밖을 보고 눈을 깜박이며 되물었다.
"네?"
"적어도 35종류의 뚜렷이 다른 녹색이 있잖소. 나는 분명히 아오. 하나하나 세었지요. 그것을 캔버스에 옮기오. 그러니 말해 보시오. 그 봉지 빛깔은?"
깁슨 씨는 자신없는 목소리로 대답했다.
"그건 일종의……뭐라고 하면 좋을까, 푸르스름한……."
"세상 사람의 눈은 빈 껍데기요. 좋소."
그리고 그는 기관총같이 쏘아대기 시작했다.
"파인 그린?"
"아니오."
"옐로 그린? 샤르토루즈? 아시오, 이 빛깔을?"
"아니오, 그것은……."
"글라스 그린?"
"아니오."
"케리 그린?"
보트라이트 부인이 나무라듯 말했다.
"시어."
화가는 빙긋 웃었다.
"이건 좀 도가 지나쳤소, 메리 앤?"
"그렇고말고요."
화가는 어깨를 으쓱했다.

화가의 눈 235

"그렇다면 이만해 두겠소. 그럼, 잿빛도는 녹색이오?"
깁슨 씨는 땀을 흘렸다.
"그, 그렇습니다. 푸른 빛도는 좀 바랜 듯한……."
화가는 기분좋게 말했다.
"다시 말해서 종이봉지의 그린이로군요. 그럴 테지요."
화가는 천천히 왼쪽으로 걸어가 우뚝 멈춰서더니 눈을 감았다. 그리고 꿈꾸듯 말했다.
"나는 버스 왼쪽 좌석에 앉아 있었소. 처음 10분 동안은 한 개의 모자를 이리저리 살펴보고 있었지요. 무슨 꽃장식일까! 수박 선반, 아홉 개의 꽃잎, 그것이 모두 '달랐지요'. 그리고 다음이오. 나는 당신을 보았소…… 사람좋아 보이는 눈을 한 남자가 거기 앉아 있었지요. 녹색의 구별을 하지 못하는 남자."
깁슨 씨가 비명을 질렀다.
"나 말입니까?"
"슬픔의 사나이라고 나는 생각했소. 아, 그렇소. 당신은 분명 왼쪽 손에 잿빛도는 녹색 종이봉지를 들고 있었소."
깁슨 씨는 떨기 시작했다.
"나는 잠시 당신의 모습을 지켜보고 있었소. 당신의 젊음과 당신의 슬픔을 얼마나 부럽게 생각했는지……나는 이 사나이는 정말로 살아 있다고 생각했소!"
깁슨 씨는 생각했다. 나인지 이 화가인지 어느 쪽이 미쳐 있다!
반쯤 감은 눈 속에서 화가의 눈알이 불룩 움직였다.
"당신이 종이봉지를 좌석 위에 놓는 것이 보였소."
눈은 이미 거의 감겼으나 그래도 지켜보고 있었다.
"당신은 작고 검은 표지의 수첩을 주머니 속에서 꺼냈소……."
"정말……입니까?"

"당신은 길이가 약 10센티미터쯤 되는 황금색 볼펜을 꺼내 쓰다가 ——생각하고——또 썼소……."

"정말입니까!"

깁슨 씨는 주머니 속을 모두 들여다보인 기분이었다.

"그리고 나서 당신은 깊은 생각에 잠겨 쓰는 것을 잊어버렸소. 나는 흥미를 잃었소. 이제 볼 것이 없어졌으니까. 게다가 나는 두 개 앞좌석에서 귓밥이 없는 귀를 발견했었소."

로즈메리가 뛰어올랐다. 그녀는 깁슨 씨 위로 몸을 구부렸고 깁슨 씨는 주머니에서 수첩을 꺼내 페이지를 넘겼다. 그래, 볼펜 자국이 있었다. 그는 버스 안에서 쓴 글씨를 보았다. '로즈메리……로즈메리……로즈메리.' 그녀의 이름이 세 번 씌어 있을 뿐이었다. 그것뿐이었다.

그는 올려다보며 더듬거렸다.

"당신에게 편지를……쓰려고 생각하여……."

로즈메리의 눈은 수수께끼 같았다……그것은 슬픔의 빛이었는지도 모른다. 그녀는 눈에 보이지 않을 만큼 머리를 흔들며 천천히 긴의자로 돌아가 앉았다. 래비니어는 책상다리를 했던 발을 바꾸었다.

화가가 말했다.

"나는 '당신을' 보았소, 메리 앤. 그러나 못 본 척하고 있었지요. 모르는 척했었소. 용서하시오. 나는 마음이 흐트러지거나 남에게 소개되는 일이 싫어서……."

보트라이트 부인이 침착하게 말했다.

"나도 '당신을' 보았어요. 아니면 이리로 찾아올 리 없지요. 하지만 그때는 누구에게 인사할 마음이 없었어요."

화가는 한숨을 쉬었다.

"당신도 모르는 척했소? 마치 캄캄한 밤의 배로군. 나도 내 자신만 잘난 줄 알았군요. 그건 그렇고, 기다려주오, '기다려 '."
로즈메리가 재촉했다.
"종이봉지는?"
화가의 눈이 불룩 움직였다.
"조용히. 그렇지, 하트 형 얼굴. '당신을' 보았소."
버지니어가 물었다.
"나?"
"오른편 저 앞쪽이었지요?"
"네."
화가는 장난스레 말했다.
"앞자리에 앉으면 그 부드러운 눈길을 보내고 싶은 곳으로 보낼 수 있지요."
버지니어의 얼굴이 복숭앗빛으로 달아올랐다. 리 코페이는 귀기울였다.
"'이 젊은이가' 당신을 몰래 보고 있었는지 어떤지 나에게는 잘 보이지 않았소. 틀림없이 백미러를 보고 있었을 테지요? 그렇지요?"
화가는 운전기사 쪽으로 돌아섰다.
"내가!"
리가 크게 소리치고 나서 나직이 물었다.
"내가?"
보트라이트 부인이 엄하게 말했다.
"시어, 당신은 또 도가 지나쳐요. 마치 따돌림받는 아이 같은 짓이에요."
버스 운전기사가 완고하게 말했다.
"이분은 우리가 애먹는 것쯤 아랑곳하지 않는 겁니다. 어서 본론을 말씀해 주십시오, 독약 일을."

화가는 두 손을 마주쳤다. 그리고 초조한 듯 말했다.

"내 마음을 흩어지게 하면 안 되오. 나는 여러 가지 것을 보오. 그건 어쩔 수 없소."

버스 운전기사는 간호원의 손을 꽉 잡았는데, 두 사람은 알아차리지 못하는 듯 서로의 얼굴을 보지도 않았다.

화가는 두 손을 뒷짐지고 야윈 가슴을 한껏 내밀며 발끝을 톡톡 울렸다.

"그 귀는……"

로즈메리가 강하게 물었다.

"'누구'의 귀지요?"

"모르겠소. 내가 마음에 둔 것은 '귀뿐'이었소. 알고 싶거든 신문에 광고를 내면 되오. 잠깐 기다리구려…… 메리 앤은 아까 당신 이름이 깁슨이라고 했지요?"

"그렇습니다."

"그럼, 누군가가 당신에게 말을 걸었소."

"그렇습니까? 아, 그렇습니다. 그래요, 맞습니다. 누군가가 내 이름을 불렀습니다. 두 번. 처음에는 내가 버스를 기다리고 있을 때였지요. 또 한 번은 막 내릴 때 였습니다. '누군가가 나를 보고 있었습니다'."

그는 갑자기 기운이 솟았다.

"누구예요, 케니스, 누구?"

그는 머리를 가로저었다. 그리고 부끄러운 듯 말했다.

"그건……모르겠소. 그리 마음에 두고 있지 않았으므로……."

화가는 크게 고개를 끄덕였다.

"이 사람은 침울해 있었소. 칠면조처럼 볼이 떨리고 있었지요. '확실히' 침울해 있었소. 나도 그것을 알아차렸지요."
로즈메리가 물었다.
"누가 이 사람에게 이야기걸었는지 아세요?"
화가는 난처한 듯한 얼굴로 슬프게 말했다.
"그것을 알면 문제가 없을 텐데요. 나는 시각형(視覺型) 인간이 아니오. 물론 그 목소리는 들었소. 하지만 그 목소리를 낸 사람 모습은 보지 못했소. 연결이 되지 않았지요. 그러나……."
그는 모두들 기대로 가득차기까지 충분한 사이를 두었다.
"누군가가 종이봉지를 집어든 것을 확실히 본 듯하오."
"누구입니까?"
"누구입니까?"
"누구입니까?"
모두들은 팝콘처럼 튀었다.
"젊은 여자요. 젊은 아가씨. 아주 아름다운 젊은 여성. 나는 그 아가씨의 얼굴을 보고 있었소. 녹색 종이봉지를 집어들고 버스에서 내린 것은 확실히 그 아가씨요. 그렇소."
"언제입니까?"
"이 사람이 내린 바로 뒤. 나는 태만하게도 다시 아까의 귀로 주의를 되돌렸지요."
"누구입니까, 그 아가씨는?"
화가는 어깨를 으쓱했다.
"나도 알고 싶소. 꼭 그 아가씨를 만나고 싶소. 이름이나 레테르는 나에게 아무 뜻도 없소."
"어디서 내렸습니까, 그 아가씨는?"
"그렇지, 겨우 두세 블록 뒤였다고 여겨지는데……."
거리 또한 이 화가에게는 아무 뜻도 없는 듯했다.

폴 타운젠드가 숨죽이고 물었다.
"머리는 검은빛이었습니까?"
"그 뜻은……알기 쉽게 말해서……그 아가씨의 머리칼이 검은빛에 가까우냐는 거요? 그렇소."
폴이 소리쳤다.
"지니다! 어떻게 하지. 그건 틀림없이 지니입니다. 전화 어디 있습니까?"

아마추어는 가장 나쁘다

"전화는 없어요. 누구지요?"
보트라이트 부인이 말했다.
폴은 모두들의 한가운데에 서 있었다. 성난 표정으로 버티고 서서 키가 커보였다. 그는 그들 모두를 노려보고 있었다. 분노한 사자 같았다.
로즈메리가 물었다.
"하지만, 폴, 어째서 그게 지니라고 여기지요?"
"'마침 그 시간에' 그애는 음악 레슨을 받으러 갔으니까요. 선생님의 집은 가로수길을 주욱 따라간 곳에 있습니다. 이 사람이 내릴 때 마침 버스를 탔을지도 모릅니다. 그 애는 이 사람을 알고 있습니다. '그애라면' 말을 걸었을 테지요. 이 사람이 일어난 뒤 그 자리에 앉았을지도 '모릅니다'. 지니가!"
폴의 아름다운 얼굴이 일그러졌다.
"지니가 누구요?"
화가는 어디까지나 알고 싶은 듯했다.

"내 딸입니다! 내 딸입니다!"
"하지만 지니가 '이 분을' 보았다면……."
로즈메리는 눈썹을 찌푸리며 생각에 잠겼다.
폴은 흥분한 나머지 문법을 무시하고 말했다.
"이 사람이 어디 앉아 있었는지 그애가 알 수 있을 리 없었습니다. 그애는 독약을 잊고 내린 것이 이 사람이라고는 알 수 없었을 겁니다. 아니, 아니지!"
폴은 신음했다.
"지니는 분별있는 아이입니다. 지니는 아주 영리한 아이입니다. 그렇지요, 네?"
그는 비참하게 동의를 구했다.
"하지만 어쨌든 집에 전화해 봐야지. 어머니에게 무슨 일이 일어나면 큰일이야! 아, 어떻게 한담……전화 있는 데로 가야지. 그애는 '아름다웠다'고 말했었지요, 머시 씨?"
화가가 그윽하게 지켜보며 대답했다.
"귀여웠소. 조금 다르지요."
"지니는 귀엽습니다. 그건 확실합니다. 아무튼 여기서 떠나야지."
폴은 완전히 당황하고 있었다.
"어머니는 저녁식사를 일찍 드십니다. 지니는 어머니의 저녁식사를 곧 만들기 시작할 겁니다. 이제 곧 5시입니다. 전화를 걸어야지. 어머니가 독약을 마시면 큰일납니다."
"어머니?"
보트라이트 부인이 집슨 부부에게로 눈썹을 치켜올려 보였다.
로즈메리가 좀 두려운 듯이 말했다.
"장모님이세요. 할머니로……다리가 불편한 할머니로…….."
폴이 소리쳤다.

"할머니일지도 모르지만, 연륜의 지혜라는 것도 있잖습니까."
그는 이제까지 본 적이 없을 만큼 흥분해 있었다.
"그분은 지니를 길러주셨습니다. 즉 '나를' 길러준 겁니다. 묻는다면 대답하겠습니다만, 그분은 굉장한 부인입니다. 나는 그렇게 생각하지요. ……그분이 없는 우리집은 상상할 수 없습니다. 프랜시스가 죽었을 때 만일 그분이 없었다면 나는 '어떻게 되어 있었을지' 모릅니다. 저, 실례입니다만, 나는 가겠습니다. 게다가 저것은 내 ……내 자동차니까요."
로즈메리가 일어섰다.
"머시 씨, 그 아가씨는 틀림없이 이분의 따님일까요?"
"그럴지도 모르지요. 이 사람과는 닮지 않았지만."
폴이 소리쳤다.
"지니는 죽은 엄마를 꼭 닮았습니다. 나와는 조금도 닮지 않았지요. 그래서 나는 여러분과 함께 시내로 돌아갑니다만, '지금 곧' 돌아가주지 않겠습니까?"
리 코페이가 동정하여 말했다.
"내가 운전하지요. 당신은 좀 흥분해 있는데다 내 편이 빠르니까요. 그것이 좋겠지요?"
그는 다른 사람들에게 덧붙여 물었다.
폴이 소리쳤다.
"교차점에 전화가 있습니까?"
리에게 손을 잡힌 채 버지니어가 말했다.
"네, 있어요."
시어 머시가 말했다.
"있소. 가솔린스탠드에. '일어나오', 래비니어."
이상한 몸차림의 모델이 일어났다. 다른 사람들은 문에서 밖으로 달려나가고 있었다.
 화가가 말했다.
 "기다려 주오."
 버스 운전기사가 이상한 듯 물었다.
 "'당신도' 갑니까?"
 "물론 '곧' 갑니다. 이 결과가 어떻게 될지 확인하지 않을 수 있겠소? 나는 호기심 많은 사람이오. 빨리 하오, 래비니어. 교차점에서 이 애를 내려주면 되오. 이 애의 아버지가 가솔린스탠드의 대장이니까."
 자동차를 향해 달리며 깁슨 씨는 이 말에 놀랄 여유가 없었다.
 아까와 마찬가지로 리, 버지니어, 폴이 앞에 앉았다. 뒷좌석에는 보트라이트 부인의 넓은 골반이 한가운데를 척 차지하고 있었다. 그 왼쪽에서 시어 머시가 래비니어를 안았고 오른쪽에 앉은 깁슨 씨는 아내 로즈메리를 무릎에 앉혔다. 정신이 뒤집히고 몸은 지쳐빠져 있었지만 보트라이트 부인의 상냥하고 따뜻하며 중후한 몸을 방패삼아 로즈메리를 허벅지 위에 앉혀 한 팔로 껴안고 있는 것은 무어라 말할 수 없이 즐겁고 따뜻한 느낌이었다.
 자동차는 단숨에 언덕을 내려가 멈춰섰다. 모두의 몸이 일제히 흔들렸다. 폴이 뛰어나가 전화에 매달렸다. 래비니어는 맨발에 달라붙는 파란색 긴 스커트를 차대며 우스꽝스러운 모습으로 내렸다.
 "돌아왔어요."
 그 목소리가 깁슨 씨에게 들렸다.
 남자의 목소리가 그리 관심도 없는 듯이 말했다.
 "팬티쯤은 입어야 하잖니. 그리고 신쯤은 신어야 돼, 래비니어. 엄마는 아까부터 저녁식사하라고 소리쳐대고 나는 배가 고파 죽을 지경이다."

통화중이야, 하고 폴이 외치는 목소리가 깁슨 씨에게 들렸다. 뭔가 두려운 일이 일어났는지도 모른다.

시어 머시가 마주 소리쳤다.

"이보오, 전화걸고 있는 사람, 래비니어한테 걸게 하구려. 그애는 믿을 만하오. 보증하오."

화가는 몸을 내밀어 그 뼈마디가 불거진 긴 팔을 휘둘렀다.

모습을 나타내지 않는 아버지가 만족스러운 듯 말했다.

"강심장이니까, 래비니어는. 무슨 일이 있었습니까?"

화가가 소리질렀다.

"'그애한테' 전화 걸게 해주오. 우리는 빨리 갑시다."

래비니어가 말했다.

"이렇게 말하면 되겠지요. 올리브 기름병을 만지지 마라, 당신들이 곧 간다고요."

가솔린스탠드 주인이 슬픈 듯한 목소리로 말했다.

"강심장인데다 말버릇도 없지요."

말하면서 몸을 떤 게 틀림없다, 보이지는 않지만, 하고 깁슨 씨는 생각했다.

폴이 갈라진 목소리로 말했다.

"맞소, 그렇게 말해 주오. 난 여기 있을 수 없으니까."

그는 전화번호를 세 번이나 되풀이 말했다. 래비니어는 한 번에 왼 듯한데도. 그들은 자동차로 되돌아왔다.

버지니어가 버스 운전기사에게 말했다.

"가세요, 리."

화가가 기쁜 듯이 중얼거렸다.

"좋아, 좋아. 다녀오마, 래비니어."

그는 그들 모두에게 설명했다.

"저애는 좋은 아이요. 실로 예술을 이해하는 아이요."
로즈메리가 숨죽여 말했다.
"그래요."
자동차가 좀 기울고 깁슨 씨는 당황하여 그녀를 껴안았다.
로즈메리는 목을 내밀어 보트라이트 부인쪽을 보려고 했다. 그녀는 아주 상냥한 목소리로 물었다.
"머시 씨, 당신이 예술가로서 이처럼 인적드문 곳에 살고 있는 것은 물론 일종의 현실도피겠지요?"
예술가는 화난 듯 말했다.
"현실도피라니, 당치도 않소!"
"누가 그런 말을 했었는데요?"
보트라이트 부인은 한껏 숨을 죽이어 두 사람 이야기에 방해가 되지 않으려 했다.
"'나는' 겨우 30초 만에 당신들이 하루 걸려 보는 것보다 많은 현실을 틀림없이 보이겠소. '나는' 자동차도 쓰지 않소. 나는……."
예술가는 큰소리쳤다.
깁슨 씨가 끼어들었다.
"당신의 시력만 있으면 말입니까?"
시어는 깐깐한 얼굴로 말했다.
"맞소. 잘 말했소, 깁슨 씨. 당신은 깁슨 씨였지요?"
예술가는 말을 끊고 입을 다물었다. 깁슨 씨는 기습에 성공한 듯한 기분이었다.
버스 운전기사가 어깨 너머로 물었다.
"뭡니까? 무슨 이야기입니까?"
깁슨 씨가 설명했다.
"이분이 뭐든지 볼 수 있다고 해서……. 하지만 이분에게 귀 같은 것은 도랑에 내던져도 된다는 얘기지요."

"정말이에요."

로즈메리는 언젠가의 로즈메리다운 목소리로 소리내어 웃었다. 깁슨 씨는 너무도 기뻐 웃음이 터지려는 것을 참기 위해 그녀의 소매에 가만히 볼을 댔다. 요컨대 그는 아직 범죄자였다. 아무리 즐거움이 가슴속에서 소용돌이치더라도 여전히 범죄자였던 것이다.

버스 운전기사가 금발 아가씨에게 말했다.

"꽤 비꼬기를 잘하는군, 깁슨이라는 사람은. 틀림없이 성깔있는 시체가 됐을 겁니다. 그렇잖습니까?"

폴이 긴장된 목소리로 끼어들었다.

"자동차를 모시오."

버지니어가 위로하듯 말했다.

"그렇지요, 그래요, 틀림없이."

꽤 명랑한 목소리로 로즈메리가 말했다.

"걱정 말아요, 폴, 지니는 분별있는 아이인걸요."

"그것은 알고 있습니다."

폴은 쫓기는 듯한 눈길로 흘끗 돌아보았다. 그리고 다시 똑바로 앉으며 두 손으로 머리를 감싸안았는데, 그것은 감싸안는다기보다 쓰다듬는 것처럼 보였다.

화가가 매듭짓듯 물었다.

"다른 분들은 모두 본 적 있는데, 폴이라는 사람은 누구요? '저 사람'은 버스를 타지 않았던 것 같소만."

보트라이트 부인이 대답했다.

"깁슨 씨의 이웃집 사람이에요. 이것은 그분의 자동차지요. 그런데 경찰에 연락하는 게 좋지 않을까요?"

화가는 뒷좌석에서 낮은 목소리로 말했다.

"녹색 종이봉지를 가져간 것은 아무래도 '저 사람의' 딸 같지 않소. 버스에 탔던 아가씨는 똑똑했거든요. 그런데 저 사람은……."

화가는 글자로 표현할 수 없는 그런 소리를 냈다. 그것은 돼먹지 않았어! 라는 뜻인 듯했다.

로즈메리가 졸린 듯한 목소리로 말했다.

"폴은 미남이며 선량한 사람이에요."

시어 머시가 덧붙였다.

"게다가 죽도록 '권태로운' 사람이오. 아닙니까?"

로즈메리가 깁슨 씨의 목에 팔을 감았다. 이것은 물론 자동차 속력이 더해져 꼭 잡기 위해서였다. 그녀는 나직한 목소리로 말했다.

"그래요, 좀 '진부한' 사람이지요. 하지만 그는 아주 친절한 사람이에요. 하지만 누구나 당신처럼 재미있을 수 있는 건 아니잖아요."

그녀는 깁슨 씨의 가슴속에서 목을 내밀어 화가의 얼굴빛을 살폈다.

"물론 '나는' 아주 재미있는 사람이오."

깁슨 씨는 맹렬한 질투를 느꼈다. 이 제 잘난 멋에 사는 바보 녀석아, 아무리 봐도 일흔 살이나 된 할아버지면서.

"게다가 다른 여러 가지 일도 재미있어하는 사람이라오. 이건 같은 일이지만. 그건 그렇고, 깁슨 씨라고 했던가요. ……당신은 어째서 자살하려 했었지요? 돈이 없어서였소?"

로즈메리가 비명을 질렀다.

"돈이라고요!"

"돈이면 안 되오? 돈은 내가 충분히 가지고 싶은 것 가운데 하나요. 정말이오. 나는 굉장한 장사꾼이지요. 그렇지 않소, 메리 앤?"

보트라이트 부인이 침착하게 말했다.

"거머리, 흡혈귀."
시어는 아무도 진지하게 말하지 않는다는 듯이 볼멘 목소리로 말했다.
"아무튼 돈은 진지한 문제요. 그러므로 내가 그렇게 생각한 것도 당연하오. 이 사람은 파산했소?"
로즈메리가 간단하게 말했다.
"아니오."
리 코페이가 그 날카로운 눈을 뒤로 보냈다.
"어떤 뜻에서는 파산하고 있었지요……."
시어 머시는 거만하게 말했다.
"그렇다면 내가 추측하건대 이 사람은 뭘 고민하고 있는 거로군. 나는 그걸 알고 싶을 뿐이오."
보트라이트 부인이 말했다.
"이분은 말하지 않을 거예요. 틀림없이 이분에게는 말……."
시어 머시가 가로막았다.
"아니, 말할 수 있소. 이 사람의 말은 분명하오. 나는 똑똑히 들었소. 나는 거기에 흥미를 가지고 있소."
깁슨 씨는 심술궂게 물었다.
"그렇습니까, 흥미를 가지고 있습니까?"
로즈메리의 몸이 갑자기 긴장하는 것을 그는 느낄 수 있었다.
로즈메리가 공포에 찬 목소리로 말했다.
"맞춰볼까요. 이분이 10주 전에 나와 결혼한 것은 나를 구하기 위해서였어요. 어찌할 바를 모르는 사람을 구하기 위해서였어요. 그런 사람을 돕는 것을 이분은 좋아해요. 취미예요. 하지만 나는 건강해졌는데……이분은 그대로 나에게 머물러 있었어요."
깁슨 씨는 파랗게 질려 소리쳤다.

"그만두오!"

그 흥분으로 그녀가 미끄러져 내리지나 않을까 하여 그는 로즈메리를 두 팔로 껴안았다.

"아니오, 아니오!"

그녀는 떨고 있었다.

"그럼, 뭐예요, 케니스, 나는 당신이 왜 그런 일을 하려 했는지 모르고 있어요. 그냥 맞춰보는 것뿐……아마 틀림없이 에설이 뭐라고 했겠지요."

그녀는 깁슨 씨로부터 몸을 떼어 앞좌석 뒤에 기대며 두 팔에 얼굴을 눌렀다.

"어쩌면……내 일 때문이었는지도 몰라요."

깁슨 씨의 마음은 무섭도록 아프기 시작했다.

리의 목소리가 어깨 너머로 안 됐다는 듯이 말했다.

"모르겠는걸. 안 되겠어. 이분이 뭘 고민했는지 도무지 모르겠어."

"우리에게 이야기해 보면 어떻겠어요. 아까부터 이렇게 힘을 합치고 있으니까요. 부디 말해 주세요."

버지니어의 조그만 얼굴은 좌석등받이에 반쯤 가려져 떠오르는 달처럼 보였다.

"이야기하면 마음이 개운할지도 몰라요."

보트라이트 부인이 한껏 신뢰감을 담아 말했다.

"이제 곧 이야기할 거예요."

폴이 끼어들었다.

"애플비 광장에서부터는 지름길로 가면 되오."

리가 말했다.

"당신이 운전하는 것보다는 훨씬 빠릅니다. 게다가 래비니어가 이미 전화걸었을 테지요."

폴은 내뱉듯 말했다.

"래비니어! 그런 발가숭이 여자가!"

발가숭이여서 '보다 더' 의지할 인물이라는 것을 그는 아무래도 상상할 수 없는 듯했다.

머시가 날카롭고 높은 목소리로 비웃었다.

"깁슨 씨는 그 비밀의 이유가 아주 마음에 드는 듯하군요. 가슴에 꼭 품고 있소. 우리에게는 보이지 않소. 그렇다면 모처럼의 즐거움을 망쳐버리는 일은 그만두는 게 좋겠지요."

로즈메리가 몸을 일으키며 소리쳤다.

"그렇게 말씀하지 마세요! 마치 에설이 말하는 것 같군요."

그리하여 모두들은 일제히 입을 열어 에설이 누구인지 화가에게 들려주었다.

화가는 으르렁댔다.

"아마추어군."

그는 한 발을 앞좌석 뒤에다 들어올리고 있었다. 그 양말은 누렇게 더러워져 있었다.

"그런 아마추어를 나는 크게 저주하오. 경멸하오! 분수모르는 아마추어들! 아마추어 비평가들."

화가는 긴 한숨을 쉬었다.

"아마추어 심리학자는 가장 나쁘오. 25센트짜리 잡지의 다이제스트 기사를 이리저리 훑어보고는……그것으로 모든 걸 아는 척하지요. 그딴 심원한 지식으로 친구며 이웃사람들을 잣대질하는 거요. 어떤 가느다란 바늘도 안전하게 갈 수 없는 곳에 저들의 보기흉한 손을 집어넣어 마구 휘저어놓지요. 그러고도 좋은 일을 한 것으로 알고 있으니 아마추어처럼 잔인한 것은 없소. 그들을 한 사람도 남기지 않고 목매달아 죽이고 싶소."

깁슨 씨는 몸을 움직였다.
"아니오, 공평하게 에설을 봐주십시오. 그러려면 내가 사정을 말해야 될 것 같군요. 사정이라고 해봐야 다만……이건 어쩌면 에설이 불어넣은 것인지도 모르지만……이것은 운명입니다."
이제 그만이다. 드디어 말해 버렸다.
보트라이트 부인이 힘을 북돋아주었다.
"운명? 이야기를 계속해 보세요."
말하지 않을 수 없었다.
깁슨 씨는 열의를 담아 말했다.
"우리는 자유스럽지 못합니다. 우리는 운명지워져 있음에 지나지 않습니다. 그것은……그렇습니다. 그것은 갑자기 세게 나한테 부딪쳐왔습니다. 곧 깨달아……믿고 구체적으로 적용한다는 뜻입니다만……우리의 자유스러운 선택이 단순한 착각에 지나지 않는다는 사실을 깨달은 겁니다.

우리는 자신으로서는 알 수 없는 어떤 '내부의 것'의 뜻대로 조정되고 있습니다. 우리는 스스로 자신을 도울 수도 남을 도울 수도 없습니다……."
모두 잠자코 있으므로 그는 재빨리 다음 말을 이었다.
"우리는 바보인 겁니다. 허수아비인 겁니다. 우리가 앞으로 어떤 일을 할 것인지는 어떤 사람의 경우에나 예언할 수 있습니다. 마치 이를테면……원자폭탄이……인간성이 바뀌지 않는 한 반드시 떨어지게 되어 있는 것과 마찬가지로……."
화가가 으르댔다.
"미치광이 소리군. 여전한 낡아빠진 미친 소리군! 나를 예언해 보오, 깁슨 씨. 할 수 없을 테지요! 당신은 그런 구식의 미친 소리를 진심으로 믿고 있소?"

그는 침을 튀겼다.
그러나 로즈메리는 말했다.
"네, 알아요. 네, 나는 알아요. 나도 믿고 있어요."
그러자 폴을 뺀 나머지 모두들이 둑이 터진 듯 지껄여 대기 시작했다.
버스 운전기사의 목소리가 가장 잘 들렸다.
"당치도 않습니다! 지금 그대로의 상태에서 예언 같은 것을 어떻게 합니까. 정말입니다. 사고라는 것도 있습니다! 우주는 이처럼 크고 여러 가지 것이 섞여 있는데……"
깁슨 씨는 힘있게 자기 입장을 지켰다.
"'내가' 예언할 수 있다면 어떻게 할 겁니까. 전문가라면……"
간호원이 소리쳤다.
"아니오, 아니오. 우리는 모두 '무지'해요. 하지만 전문가는 그것을 알고 있어요. 전문가는 우리가 생각하는 것을 알고 있어요. 우리가 조금씩이나마 좋은 것을 생각한다는 것을 알고 있어요. 왜냐하면 그런 생각을 연구하는 것이 전문가니까요. 그것만은 믿지 않으면 '안 돼요,' 깁슨 씨."
깁슨 씨는 갑자기 감동했다. 무엇인가에 닿은 듯 그 마음이 떨렸다.
보트라이트 부인이 기침을 했다.
"사람의 조직적인 노력이란……"
화가가 엄하게 말했다.
"여기는 PTA(사친회) 총회가 아니오, 메리 앤. 이 사람은 훌륭한 인텔리요. 내가 한 가지 이야기하지요."
그는 귀뚜라미처럼 야윈 몸을 앞으로 내밀어 깁슨 씨를 지켜 보았다.

"들어보오, 깁슨 씨. 혈거(穴居)시대를 한 번 생각해 보시오."
깁슨 씨는 감정이 녹아가는 듯한 무력함으로 말했다.
"네, 생각했습니다."
"혈거시대 사람들로서는 앞으로 자손들이 여기서 출발하여 북극 위를 날아 내일은 유럽에 도착하는 것 같은 일을 할 거라고 생각했겠소?"
"물론 생각하지 않았겠지요."
"그렇다면……'당신이' 혈거시대 사람처럼 좁은 견해를 갖는 것은 무슨 까닭이오?"
"좁다고요?"
"그렇소. 당신은 현재 알려져 있는 것을 바탕으로 하여 미래를 그리는 거요. 당신은 이제까지의 선을 연장하지요. 당신이 고려에 넣지 않는 것은 무엇인가 하면, 그것은 놀라움이오."
버스 운전기사가 소리쳤다.
"잘합니다! 맞습니다! 맞습니다!"
화가는 강의했다.
"커다란 도약은 놀라움이며 계시요. 그것은 낡은 것에 그은 절취선이오. 페니실린, 핵분열, 그러한 것들의 출현을 과연 누가 예언했겠소."
버지니어가 소리쳤다.
"정말이에요. 방직기계는? 텔레비전은? 다음에 무엇이 나타날지 우리는 알고 있나요?"
그녀는 아주 흥분되어 있었다.
"어쩌면 우리가 꿈에도 생각지 못했던 방향으로 미래가 양양하게 열려서……."
시어 머시가 말했다.

"옳소. 당신은 그림 모델을 한 적 있소?"

보트라이트 부인이 이야기를 부채질했다.

"정신면에서도, 심리면에서도요. 고대에서는 상상할 수조차 없었던 것 같은 이상을 사람은 훌륭히 키워 냈어요. 이것은 부정할 수 없겠지요. 이를테면 혈거시대 사람이 적십자를 이해할 수 있을까요?"

버스 운전기사가 끼어들었다.

"아니면 동물학대방지협회를 말입니다. 칼 같은 이를 한 그들 무리로서는 알 수 없는 일이지요. 운명인지 문명인지 모르지만, 게다가 하지 않으면 안 된다는 것은 언제나 한다는 것이지요. 곧 도약한다는 것입니다. 이건 원자폭탄 이야기지만……."

"그렇다면 원자폭탄은 떨어지지 않겠군요."

로즈메리는 마주잡은 손을 꿈꾸는 듯한 표정으로 높이 쳐들고 있었다.

"하기야 사람은 다음날 아침까지는 상식보다도 훨씬 더 좋은 무엇인가를 발견하니까요. 그건 아무도 모르는 일이지요. 에설인들 어찌 알았겠어요! 에설은 그렇게……."

화가가 말했다.

"그렇게 뭐든지 고정하고 있다고 말하시오. 죽음까지도 고정하고 있다. 고정은 치명적인 결함이다. 눈을 떠라. 그러면 너는 깜짝 놀라리라!"

이것은 그의 신조인 모양이다. 깁슨 씨는 저도 모르게 눈 가장자리 근육을 긴장시켰다.

버스 운전기사가 말했다.

"털썩 주저앉아 하늘을 보고 있으면 원자폭탄은 떨어질 겁니다. 그것은 확실합니다. 그러나 그저 멍하니 '우리는' 영리하니까 '우리에게는' 운명이 오는 게 보인다는 말을 하는 사람만이 있는 건 아닙니다, 세상에는, 알겠습니까?

앞으로 50년쯤 지나 돌아보면 오늘의 가장 새로운 뉴스도 모조리 알려져 있지요. 하지만 지금은 알 수 없습니다. 지금은 놀라운 일뿐이지요. 불안한 일뿐입니다. 그게 당연하지요. 그런데 마치 눈에 보이지 않는 안개처럼 그런 추세는 몰래 숨어들어오는 겁니다."
화가가 소리쳤다.
"멋지오! 당신이 사는 도시를 이미 둘러싸고 있는 것이 당신에게는 보이지 않는 거요."
"더욱이 사람은 서로 도울 수 있어요."
로즈메리는 무릎에 안긴 채 머리를 돌려 깁슨 씨의 얼굴을 지켜보았다.
"내가 산 '증거'예요. 당신은 돕고 싶다고 '생각했으므로' 나를 도와준 거예요, 케니스. 달리 아무 이유도 없어요."
화가가 말했다.
"아이(aye. 찬성!)로 인정하오."
어쩜 아이(eye. 눈)라고 했는지도 모른다.
"당신의 생각은 부결되었소, 깁슨 씨. 당신은 죽어야 할 이유가 없소. 당신은 그처럼 어리석고 낡아빠진 이유로는 논리적으로 말해서 자살할 수가 없소."
화가는 깊숙이 좌석에 몸을 가라앉히며 만족스러운 듯이 다리를 포갰다.
버스 운전기사가 애매하게 말했다.
"하지만 논리라는 것은……."
느닷없이 간호원이 운전기사의 팔에 이마를 갖다댔다.
보트라이트 부인이 단호한 목소리로 말했다.

"잘못되었다는 것을 알게 됐으면 다음에는 그것을 인정하지 '않으면 안 돼요'. 그것이 진보의 유일한 길이지요."
그리고 모두들은 그의 대답을 기다렸다.
깁슨 씨의 천 갈래로 찢어지는 가슴속이 깃털처럼 천천히 슬픈 듯 가라앉았다.
그는 조용히 말했다.
"그러나 내 잘못 때문에 누군가가 죽었을지도 모릅니다."
폴이 갑자기 말했다.
"어머니나 지니에게 무슨 일이 일어났으면 나는 당신을 결코 용서하지 못합니다."
버지니어가 머리를 들고 상냥한 목소리로 말했다.
"'결코'라는 말은 하지 마세요."
"'결코'란 과학적이 못 되지요. 안 그렇습니까?"
운전기사는 말을 마치자 가만히 간호원의 귀에 입을 맞추었다.
자동차는 가로수길을 벗어나 지름길로 들어섰다.
모두들 입을 다물고 있었다. 흥분은 가라앉았다. 독약의 행방은 아직 모른다. 그들은 아직 찾아내지 못한 것이다.
비록 잘못 속에 향상이 있고 죄 속에 책임이 있고 무지 속에 희망이 있고 인생 속에 놀라움이 있고 운명에 결함이 있다 하더라도, 그렇더라도 순진하게도 올리브 기름 레테르가 붙은 죽음이 들어 있는 작은 병을 그들은 아직 찾아내지 못하고 있는 것이다. 그것은 결코 착각이 아니다.

데드 엔드

아내를 무릎에 안고 있는 깁슨 씨는 씁쓰레한 기분이었다.
그는 나직한 목소리로 거의 속삭이듯 물었다.
"로즈메리, 왜 바늘로 손가락을 찌르지 않았다고 했소……찔렀으면서."
"'그런 말' 했었나요?"
그러나 그녀의 표정은 부드러웠으며 깁슨 씨의 씁쓰레한 기분은 눈 깜짝할 사이에 사라져갔다.
"왠지 에설에게 알리고 싶지 않았어요……."
그녀의 숨결이 깁슨 씨의 이마에 닿았다.
"알리고 싶지 않았다니 뭘, 생쥐 아씨?"
로즈메리는 조금 몸을 떼어 그의 눈을 그윽이 들여다보았다.
"내가 얼마나──우리의 별장을 사랑하고 있는지를. 나의──감상을 알리고 싶지 않았어요. 에설은 감상에는 전혀 동정이 없으니까요. 확실히 감상적이고 우스운 이야기지만, 나는 정말은 직장에 나가고 싶지 않았어요."

깁슨 씨는 눈을 꽉 감았다.
그녀는 깁슨 씨의 머리께에서 속삭였다.
"하지만 '당신의 마음은' 어딘가로 가버리고 있었어요, 케니스. 그 사고 뒤로 줄곧 에설이 당신에게 뭐라고 말했지요."
그는 로즈메리의 심장이 뛰고 있는 그곳에 얼굴을 감추었다.
"당신이 '에설과' 같은 일을 생각하는 줄 알았어요. 내가 짐을 벗어 버리고 싶어한다고요. 당신은 아주 친절히 해주었지만 말이에요. 왜냐하면 나는 알 수 없었거든요."
그는 중얼거렸다.
"그것은 사고였소, 생쥐 아씨, 전에도 말했듯이……."
"나예요, '당신에게' 여러 가지 말을 한 것은……당신은 의심하는 듯한 얼굴을 하고 있었어요. 그 사람은 당신의 여동생이며 당신이 존경하고 있었잖아요. 그래서 당신은 에설의 말대로 믿고 있는 줄 알았어요. 게다가 이젠 기억하고 있지 않다고 말했어요. 나는 무서웠어요. 에설 때문에 마음이 엉망진창되어 있었어요."
폴이 큰소리로 말했다.
"오른쪽으로 돌아서 여기요. 그렇소. 세 번째 자동차길."
지금 제정신이 아닌 폴. 모두들 걱정하고 있을 때 걱정 말라고 했던 폴. 그런데 지금은 모두 그리 걱정하지 않고 있지 않는데 걱정하도록 강요하는 폴. 폴의——지금의 그는 아주 젊어보였다——조금도 나무랄 데 없는 행동 뒤에 뜻밖에도 응석받이 어린아이 모습이 보였던 것이다.
로즈메리가 숨을 들이마시며 말했다.
"에설은 이미 와 있겠지요?"
그녀는 천천히 몸을 뗐다. 자동차가 섰다. 깁슨 씨는 눈을 들었다. 덩굴이 엉켜붙은 작은 별장 지붕이 왼쪽으로 보였다. 그것은 아마 내 집 같았다. 그러나 그에게 이미 내 집은……존재하지 않았다. 그는 혼란하였다. 그 절망적인 혼란 속에서 그는 문득 깨달았다. 나는 스스로 자신을 운명지우고 있었던 것이다.

깁슨 씨는 발을 몹시 절면서 폴의 현관 테라스로 올라갔다.

살아 있었다. 무사한 지니 타운젠드가 문을 열고 큰소리로 물었다.

"아, 찾았어요?"

시어 머시가 음울한 목소리로 말했다.

"이 사람이 아니야. 역시 생각했던 대로군."

폴은 지니를 두 팔로 잡았다. 그는 헐떡였다.

"아, 무서웠다. 네가 같은 버스를 타고 독약을 주운 줄 알았구나."

지니는 화난 듯 몸을 비틀어 아버지로부터 빠져나갔다.

"아이, 아무리 아빠도! 내가 그렇게 바보인 줄 알아요."

"할머니는 어떠시니?"

폴은 딸을 놓아주고 집 안으로 뛰어들어갔다.

분명히 독약은 여기에도 없었다.

지니는 모두에게 눈길을 보냈다……갑자기 힘이 쭉 빠진 다섯 사람.

지니는 뻐기는 어조로 말했다.

"들어 오세요."

얌전한 아이와 화난 아이가 싸우고 있었다.

리 코페이가 물었다.

"래비니어가 전화걸었었니? 응, 지니?"

그가 소녀에게 말하는 태도는 어른과 이야기할 때와 조금도 다름없었다.

"누군가가 전화를 걸어왔어요, 그게 래비니어인가요? 우리는 벌써 알고 있었어요. 라디오에서 방송하고 있었거든요."

지니는 짧게 자른 머리를 문득 쳐들었다. 빨간 스커트에 흰 블라우스, 그리고 조그만 빨간 체크 무늬 양말을 드러난 다리 위에 신고 있었다.

"우편함을 보러 갔을 때——한참 전이에요——깁슨 아저씨네 라디오가 들렸어요. 그래서 얼른 우리집의 것을 켜고 들었지요."

세상에서 일어나는 일이라면 뭐든지 알고 있다는 듯이 거만한 얼굴을 하고 있었다.

깁슨 씨와 로즈메리는 얼굴을 마주보았다.

그는 중얼거렸다.

"그럼, 에설은 알고 있겠군."

그로서는 이제 바로 눈앞도 보이지 않을 정도였다. 로즈메리가 어깨를 다가붙여왔다.

지니가 집 안으로 뒷걸음치며 말했다.

"하지만 그것이 '아저씨'라는 건 모르지 않을까요. 왜냐하면 라디오에서는 이름을 말하지 않았어요. 할머니는 대충 아신 듯하지만."

버스 운전기사가 시험하듯 물었다.

"그래서 너는 달려가 그 에설에게 가르쳐주고 이웃사촌이라며 떠들어대고 오는 그런 일은 하지 않았겠지, 응?"

"하지 않았어요."

그 표정은 좀 걱정스러워 보였지만, 그것은 둘러댈 말을 생각하고 있는 표정이 아니었다. 아무리 보아도 지니가 에설 깁슨과 사이좋게 이야기를 나눌 염려는 없었다.

"여러분, 들어오시지요."

모두들 줄지어 들어갔다.

폴은 거실 한가운데에서 파인 노부인의 의자 옆에 무릎을 꿇은 채 그 아름다운 머리를 떨어뜨리고 있었다. 그로서는 기묘한, 마치 연극과도 같은 진부한 포즈였다.

파인 부인은 어린아이를 타이르듯 말하고 있었다.

"하지만 폴, 지니나 내 일은 조금도 걱정하지 않아도 되는데……."

"어머니는 모르십니다, 내 마음을……."

그것은 형편없는 배우의 대사처럼 들렸다.

지니의 눈이 번쩍 빛났다.

"왜 아빠는 주운 음식을 내가 먹으리라고 생각하나요, 또는 할머니에게 드린다고, 내가 그렇게 바보인 줄 알아요, 네, 아빠!"

하지만 폴은 무릎꿇은 채 움직이지 않았다.

파인 부인은 상냥하게 모두들을 둘러보다가 그 웃음이 깁슨 씨에게서 멎었다.

"다시 뵙게 되어 정말 잘됐어요, 오늘 아침에 보았을 때부터 내내 기도하고 있었어요."

깁슨 씨는 노부인에게로 다가가 그 마르고 약한 손을 잡았다. 그 손에는 힘이 느껴졌다. 기도해 주셔서 고맙습니다, 하고 그는 말하고 싶었지만, 그것은 어쩐지 교회에서 박수갈채하는 듯한 느낌이어서 쑥스러웠다. 어쨌든 그에게 있어 이 노부인은 이제까지 본 적 없는 인물이 되어 있었다. 이 사람이야말로 타운젠드 집안의 중심인물이었다.

시어 머시가 사무적인 목소리로 말했다.

"잠깐 실례합니다만, 당신은 그림 모델 일에 관심이 있으십니까?"

파인 부인은 깜짝 놀란 듯이 보였다.

노부인은 힘주어 말했다.

"나는 헬런 파인이에요, 당신은 누구시지요?"

"시어 머시, 하찮은 화가입니다."

이 시어는 뜻밖에도 배우였다. 그는 한 발을 뒤로 물려 인사했다.

"언제나 훌륭한 모델을 찾고 있습니다."
버스 운전기사는 우스꽝스럽게 중얼거렸다.
"하찮다니. 나는 리 코페이, 버스 운전을 합니다."
"나는 버지니어 세버슨이에요. 우연히 알게 된 사람이지요."
귀부인이 한마디로 충분하다는 듯이 말했다.
"나는 월터 보트라이트 부인이에요."
그녀는 마치 이 자리의 대변인이라도 되듯 버티고 서서 한마디 한마디 발음에 주의하려고 애쓰는 것처럼 보였다.
로즈메리는 시어 머시를 향해 폭발적으로 말했다.
"당신이 보신 것이 지니가 아니라면……우리는 모르겠군요……."
"지니는 아니었소."
화가는 파인 부인을 아래에서 보려고 머리를 기울였다.
깁슨 씨는 마음이 평화롭게 부풀어오르는 것을 느끼고 있었다. 그 또한 노부인의 얼굴을, 그 눈가의 상냥함이며 기품있는 턱의 강함을 알아차리고 있었던 것이다. 파인 부인은 지니보다 미인일 뿐 아니라 지니보다도 귀여웠다.
로즈메리가 힐문했다.
"그럼, 누구지요. 그럼, 누구지요?"
보트라이트 부인은 옥좌에 앉으며 단호하게 말했다.
"나는 경찰을 크게 신뢰하고 있어요."
로즈메리는 부인의 얼굴을 찬찬히 바라보더니 전화 있는 데로 달려갔다.
폴이 그 실신상태, 또는 기도, 아니면 무엇이라고 해도 좋을 그런 상태에서 정신을 차렸다. 그리고 감탄한 듯 장모에게 물었다.
"어머니는 어떻게 이 사건에 대해 그토록 잘 알고 계시지요?"
노부인은 정색하고 말했다.

"뭔가 나쁜 일이라는 것은 곧 알았고, 로즈메리가 부르는 목소리를 들었을 때, 그리고 진이 켠 라디오를 들으면서 버스에 병을 놓고 내린 사람이 누구라는 것도 곧 알았지. 왜냐하면 깁슨 씨는 아침에 아주 심각한 얼굴을 하고 있었으니까. 나는 아무것도 해 줄 수가 없었지만."

깁슨 씨는 저도 모르게 말했다.

"파인 부인, 당신이 하신 말씀 때문에 실행할 수 없게 됐습니다. 약을 잃어버리지 않았어도 실행할 수 없었을 겁니다. 하지만 물론 그때는 문제가 다르게 되어 있었지요. 이미 독약을 놓고 내린 뒤였으니까요."

노부인은 슬픈 듯이 말했다.

"그래, 찾아내지 못했군요."

"그렇습니다."

두 사람의 눈길이 마주쳤다. 깁슨 씨는 자신의 죄악감과 파인 부인의 자비심을 한꺼번에 느꼈다.

파인 부인이 말했다.

"모두 함께 기도합시다."

버스 운전기사가 말했다.

"사건."

그의 눈은 버지니어를 보고 있었다.

"사건과 논리, 그것이 어떻게 사람을 우롱하는가. 이거, 아무래도 그 병……"

버지니어가 잠자코 있으라고 눈짓했다.

로즈메리가 전화 있는 데서 울상을 짓고 있었다.

"아무것도? 전혀 아무것도 없나요?"

그녀는 수화기를 놓고 모두들에게로 돌아왔다.

"연락은 없어요. 찾았다는 소식은 없어요."
그녀는 두 손을 비틀었다.
폴이 말했다.
"무소식이 희소식입니다."
하지만 모두들은 서로를 뚫어지게 지켜보고 있었다.
버스 운전기사가 말했다.
"데드 엔드로군. 안 그렇습니까? 쓸데없이 많이 모였을 뿐 이제 앞으로는 갈 곳이 없습니다."
에네르기의 열기가 그의 내부에서 솟아올라 갈 곳을 찾아 휘몰아치고 있었다.
버지니어가 격렬하게 말했다.
"생각해 봐요! '나는' 어디까지나 생각하겠어요. 생각해요, 보트라이트 부인."
작은 간호원은 눈을 감았다.
보트라이트 부인은 눈을 감았으나 입술은 움직이고 있었다. 깁슨 씨는 곧 알 수 있었다. 월터 보트라이트 부인은 하늘에 계신 우리의 주이신 하느님께 고려해 주십사고 기도하고 있는 것이다.
그러나 이제 끝이었다. 달리 아무데도 갈 곳이 없었다. 그는 천천히 일어 섰다. 이제야말로 그가 나서야 할 차례였다. 그는 힘있게 큰 소리로 말했다.
"여러분, 여러 가지로 고마웠습니다. 여러분은 굉장한 일을 해 주셨습니다. 이제 저마다 자기의 일로 되돌아 가주십시오. 나는 감사와 사랑을 담아 고맙다는 인사를 합니다. 결국은 신의 자비에 의지할 수밖에 어쩔 도리가 없습니다."
이것은 운명과 같은 것이 아닌가, 하고 그는 생각했다.
"로즈메리와 나는 에설이 기다리고 있으니 집으로 가겠습니다."

그것은 그의 의무였다.

로즈메리가 어두운 얼굴로 고개를 끄덕였다.

"네."

시어 머시가 악의 담긴 눈을 빛냈다.

"에설이 '이 가까이'에 있소?"

보트라이트 부인이 나무랐다.

"시어."

폴 타운젠드는 완전히 자신을 되찾아 이 자리의 접대역을 했다. 그는 정중하게 말했다.

"어쨌든 좀 마시는 게 어떻겠습니까? 이쯤에서 한잔하시지 않겠습니까? 깁슨 씨, 걱정하지 않아도 됩니다."

그 말투는 냉담했다.

버스 운전기사가 말했다.

"이런, 이런. 편리하군. 세상이란 이런 것일까?"

그는 어두운 표정으로 엄지손가락 손톱을 물어뜯었다.

"아니, 여기까지 여러분을 이끌고 와서 그대로 돌아가게 하는 것은 미안하니까요."

폴은 어린아이 같은 후회의 빛을 보였다.

리가 말했다.

"조금 마시는 것쯤 아무렇지도 않습니다. 버지니어 양도 그렇게 하고 싶을 테고요."

시어 머시는 차분하지 못한 작은 새처럼 테이블 끄트머리에 앉으며 털어놓았다.

"나는 8월의 사막처럼 목이 마르오. 그건 그렇고, 이제부터 어떻게 하지요?"

화가는 손가락을 딱 울렸다.

데드 엔드

"앞으로의 행동 예정은 분명히 짤 수 없을 듯싶군요."
보트라이트 부인은 생각을 가다듬고 있었다.
"나는 집에 전화해서 자동차를 이리로 돌려 누구든 가고 싶은 곳으로 바래다드리겠어요. 하지만 그전에 폐가 안 된다면 그리 세지 않은 술을 좀 마실까요. 폴 씨, 부탁해요. 마시는 동안에 또 무슨 생각이 날지도 모르지요."
보트라이트 부인은 상황에 따라 움직이는 일에 익숙지 못했던 것이다.
지니가 말했다.
"내가 돕겠어요, 아빠, 술 준비를."
그리고 버스 운전기사가 파인 부인에게 이 수색의 경위를 이야기하기 시작했다.
마치 파티 같았다. 그것도 꽤 이야기가 많은 파티. 이미 인물 소개는 끝나 있었다. 깁슨 씨는 소파에 앉은 로즈메리의 옆에 앉아 자기가 범죄를 저질렀다는 것을 생각해 내려고 노력했다. 그의 잘못으로 누군가가 어디서 죽었을지도 모른다. 아니면 지금쯤 죽어가고 있을지도 모른다.
젊은 지니는 이 나른한 분위기의 뜻을 안 모양이다. 소녀는 쟁반을 내밀며 깁슨 씨에게 말했다.
"아까는 그렇게 화내서 미안해요. 하지만 아빠는 나를 좀더 믿어도 좋다고 생각해요. 여느 때는 나에게 아주 의지하고 있으면서……."
로즈메리가 말했다.
"아빠는 네가 좋아 견딜 수 없는 거야. 네 할머니도."
지니는 답답한 듯 말했다.
"아빠는 할머니에게 너무 응석을 부려요. '빨리' 결혼하면 좋을 텐데요."
로즈메리가 날카롭게 물었다.
"그렇게 생각해?"
"물론이에요. 우리 두 사람은 그렇게 생각하고 있어요. 그렇지요, 할머니?"
파인 부인은 한숨을 쉬었다.
"폴이 결혼하면 좋을 거라는 말이냐? 우리는 그리 솜씨 있는 중매쟁이가 못 됐으니 말이다."
폴이 마실 것을 건네주며 말했다.
"나는 지금 이대로가 좋습니다."
로즈메리가 몸을 내밀며 일부러 뚜렷이 말했다.
"하지만 파인 부인, 지니가 새엄마에게 몹시 질투하지 않을까요. 10대의 따님들은 필연적으로 그렇게 되는 게 아닐까요?"
버지니어가 그 모양좋은 조그만 입을 움직여 말했다.
"잠재의식으로 말인가요?"
깁슨 씨는 아주 묘한 기분이었다. 그는 얼굴 표정을 바꾸지 않으려 했다. 리 코페이도, 시어 머시도 모두 자기 마음을 꿰뚫어보고 있는 게 틀림없다고 그는 생각했다.
리가 말했다.
"보십시오, 또 에설의 등장입니다. 정말이지 그 에설이라는 사람은 ......"
파인 부인이 상냥한 목소리로 말했다.
"지니는 '진심으로' 폴을 좋아해요."
지니가 폭발했다.
"정말이에요! 어째서 그 사람은 내 일을 그렇게 생각하지요? 알지도 못하면서. 게다가 나도 인생의 여러 가지 것을 알고 있어요!

데드 엔드

벌써 4년 전부터 아빠를 결혼시키려고 애써왔어요. 완전히 의식적으로."

소녀는 빨갛게 흥분해 있었다.

버스 운전기사가 달래듯 말했다.

"그러나 '에설'은 뭐든지 알고 있습니다. 그렇지요, 로즈메리?"

그는 한 눈을 감아보였다.

지니가 말했다.

"그 사람은 10대에 대해서는 그리 잘 알지 못한다고 여겨요. 우리는 뛰어나다구요."

보트라이트 부인이 말했다.

"정말이에요. 우리는 젊은 사람들에게 귀기울이지 않으면 안 돼요. 계속해요, 지니 양."

지니는 재빨리 말을 이었다. 보트라이트 부인에게 강한 동의의 눈길을 보내며,

"오이디푸스에 대해서도 알고 있어요. 우리는 바보가 아니에요. 내가 없어지면 아빠는 하루도 살 수 없어요. 그리고 언젠가는 없어질게 틀림없어요."

"나도 말이지."

파인 부인이 상냥하게 고개를 끄덕였다.

"그러므로 아빠에게는 누구인가 있지 않으면 어떻게 할 수가 없어요. 아빠는 가정의 행복이라는 것을 아주 중요하게 여기는 사람이거든요."

폴이 말했다.

"여자란……나를 무시하고……."

그리고 글라스를 들어올렸다. 그 눈이 갑자기 수수께끼 같은 빛을 띠었다.

깁슨 씨도 거기에 덩달아 마실 것을 들이켰다. 그것은 차갑고 맛이 없다고 생각할 겨를도 없이 별안간 굉장한 맛이 났다.

로즈메리가 심술궂게 말했다.

"그건 그렇고, 에설은 물론 다리가 안 좋은 노부인의 일도 잘 알고 있는 것 같았어요, 파인 부인."

폴은 열이 치솟는 듯 보였다.

그 분노를 앞지르듯 파인 부인이 한 손을 들어올리며 싱긋 웃었다.

"가엾군요, 에설 씨. 그래요, 그 사람도 할 수 있는 한의 일을 해서 스스로 자신을 위로하지 않으면 안 되겠지요. 혼자인데다 아이도 없고, 세상일도 잘 모르니까요."

깁슨 씨가 놀라운 목소리로 외쳤다.

"에설이? 세상일을 모른다고요?"

그것은 처음 듣는 말이었다.

"참된 사람과 그리 사귀지 못하는 게 아닐까요. 다시 말해서 개인적인 관계 말이에요. 그렇지 않다면 그처럼 어설픈 판단을 내리지 못할 거예요."

"에설은 보지 못한 거요, 보이지 않는 거요?"

시어 머시는 만족스러운 듯했다.

버스 운전기사가 버지니어의 손을 만지며 말했다.

"아, 멋진 이들인데. 아, 멋진 사람입니다. 일대 일로 만나면, 나는 그렇게라도 해서 좋아하고 싶은데요. 그런 사람과도."

버지니어가 얼굴을 붉히며 그를 말렸다. 깁슨 씨는 기침을 했다.

"그러나 에설은 일 관계에 있어서는 굉장했습니다. 여러 가지 현실과 맞닥뜨려왔지요."

그의 혀는 매끄러웠다. 거의 이 파티를 즐기고 있는 느낌이었다.

"한편 나는 아주 한정된 생활을 보내왔습니다. 시라는 하찮은 상대, 가라앉은 듯한 학문의 세계, 전쟁 때조차도 나는······."
리가 분명히 말했다.
"시를 읽고도 이 세계를 모른다는 것은 무슨 일인지, 한정된 생활을 보내는 것은 과연 누구인지 아십니까. 읽을 것이라고는 신문뿐, 보는 것이라고는 밤에 보는 텔레비전뿐, 일이라고는 돈벌이뿐, 그 돈으로 사는 것이라고는 자동차 아니면 비프스테이크입니다. 그리고 하는 일이라고는 이웃끼리의 원숭이 흉내뿐이지요. 세계에서 일어나는 일 같은 건 알려고도 하지 않는 그런 사람입니다, 한정된 생활을 보내는 것은 정직히 말해서······."
그는 의자에 기대서 손가락을 글라스에 댔다.
"그런 사람을 본 일은 아직 없습니다만."
시어 머시가 말했다.
"신문을 읽으시오. 그런 사람은 얼마든지 있소."
버지니어가 물었다.
"어느 전쟁이에요, 깁슨 씨?"
"네······제1·2차 세계대전입니다. 한국전쟁 때는 이미 나이들어서······."
로즈메리가 귀여운 반어적인 말투로 이야기했다.
"그래요. 이분은 세상을 몰라요. 기껏해야 전쟁도 두 번밖에 없었는걸요. 그 뒤 불경기가 와서 이 사람은 몇 년 동안이나 어머니의 생계를 보살피고 또한 에설의 교육비를 대고 있었어요. 그것도 이분이 모자라기 때문인가요? 그 뒤 죽 선생을 계속하였고······뭐 이런 건 문제가 되지 않겠지요. 에설은 문제삼지 않아요. 왜 문제삼지 않는지 나는 모르겠지만······."
그녀는 목소리를 낮춰 덧붙였다.
"한 남자가 55년 동안이나 남에게 도움되는 일을 해 왔으며 친절하고 너그럽고 좋은 사람인데……어째서 에설은 생각하는 것일까요, 이분이 유치하다고, 이분이…….”
"순진해서?"
깁슨 씨는 눈꼬리에 주름을 잡으며 덧붙였다. 이것은 그에게는 '멋진' 한때였다.
시어 머시가 끼어들었다.
"아니면 운명? 그건 무슨 뜻이오. 대체 인생이란 무엇의 연속이라고 여기는 것일까. 뉴욕의 신문에 이름이 실리는 것일까? 커피 파티일까?"
깁슨 씨가 말했다.
"아니, 아닙니다. 사실이고, 교활함이며, 등에다 칼을 꽂는 사람들입니다. 이기주의자에 날강도지요…….”
화가가 큰소리로 가로막았다.
"그만두오. 왜 저주스럽고 불쾌한 일만이 사실이겠소. 사실이란 진리의 또 다른 이름으로 알고 있었소만. 악 또한 사실이지만……그러나 진리는 악과 같지 않소. 어쨌든 진리 없이는 한 장의 그림도 만족하게 그릴 수 없는 게 확실하오.”
버스 운전기사가 끼어들었다.
"만족한 시도 쓸 수 없습니다. 또는 만족한 수업도 할 수 없습니다. 아니면 만족한 일도 할 수 없습니다. 알겠습니까? 이분에게는 죄가 없다고 나는 생각합니다.”
그는 도전하듯 주위를 둘러보았다. 버지니어가 따뜻하게 말했다.
"좋은 분이라고 생각해요.”
보트라이트 부인은 분별있게 고개를 끄덕였다.
"시어, 지금 문제에 대해 화요 클럽에서 당신에게 강연을 부탁할지도 몰라요.”

시어가 말했다.
"150달러의 푼돈으로? 거지 같으니라고……인색해 빠진 녀석들!"

깁슨 씨는 그리 재미있는 얼굴을 하지 않으려고 굉장히 노력했다. 이렇게, 이 청결하고 쾌적하며 멋진 방에서 로즈메리 옆에 앉아 바퀴의자의 침착하고 품위있는 노부인에게 진심으로 환대받으며 주위에는 생기넘치는 사람들이 자기 생각대로 이야기하고 있다……. 아니, 아니, '잊어서는 안 된다', 그는 난처한 국면에 맞닥뜨려 있는 것이다.

그러나, 하고 그는 거역할 수 없는 마음의 고동을 느끼며 생각했다. '여기에야말로' 음악이 있다. 얼마나 기묘한 일인가! 이 클럽, 이 사람들, 그들이 깁슨 씨에게 이야기하는 어조, 그와 토론하는 말투, 그에게 반대하고 그에게 찬성하며 그를 좋아하게 되어 그의 처지를 걱정하며 그와 함께 운명과 싸우고 그에게 자기들의 신념을 나누어 주는……그 분위기는 깁슨 씨의 마음에 와닿고 마음속에서 음악을 들려주고 있는 것이었다. 이 자살의 하루처럼 멋진 경험은 아마 아무도 모르는 것이 아닐까, 하고 그는 생각했다.

하지만 그런 기쁨은 이를테면 훔친 물건에 지나지 않는다. 그는 가지 않으면 안 된다. 앞길에 무엇이 기다리고 있다 한들 그것이 난처한 국면이든 아니든간에 용감히 맞서나가지 않으면 안 된다.

내 사랑 로즈메리

그는 일어서려고 했다.
"잠깐 기다리십시오, 모두 들어주십시오……."
버스 운전기사가 말했다.
"뭐지요, 리?"
보트라이트 부인이 재빨리 물었다.
"우리는 여기에 주저앉은 상태입니다. 그렇지요? 하릴없이 시간을 보내는 건 그만둡시다. 가면 안 됩니다, 깁슨 씨. '나는' 아직 아까부터 마음에 걸리는 일이 있는데, 그 의문의 답을 알고 싶습니다. 로즈메리……."
"네."
깁슨 씨는 다시 자리에 앉았다. 그는 떨고 있었다. 에설이 한 말과는 다른 뜻으로, 이 버스 운전기사는 '확실히' 난폭한 사람이었다.
"그러니까 그 에설이라는 사람의 일인데, 그녀는 당신의 잠재의식이 깁슨 씨를 버리려 하고 있다고 생각하고 있습니다. 그렇지요? 그렇다면 어떤 이유로 에설은 그렇게 생각하고 있는 겁니까?"

로즈메리는 얼굴이 빨개졌다.
"에설은 이유를 '늘어놓았을' 텐데요."
"네, 물론 이유를 말했어요."
그녀의 손가락이 글라스를 만졌다. 로즈메리는 거의 꿈꾸듯 말했다.
"이런 결혼은 잘된 예가 없다는 거예요. 케니스는 23살이나 위예요. 나이 차이가 많이 나지요. 그래서 에설은 내 잠재의식이 반드시⋯⋯."
그녀는 조용하면서도 도전하는 듯한 힘이 담긴 목소리로 덧붙였다.
"더 젊은 배우자를 바라는 게 '틀림없다'고 생각하고 있어요."
"이를테면 누구를? 네?"
버스 운전기사가 눈을 빛내며 연한 갈색 속눈썹을 깜박였다. 화가는 몸을 내밀었다. 보트라이트 부인은 갑자기 아주 상냥하고 침착한 표정을 지었다.
"이를테면 폴을."
버스 운전기사는 만족스러운 듯이 말했다.
"이거 겨우 핵심에 가까워졌군."
화가가 웃었다.
"하하하!"
폴의 얼굴은 새빨개졌다.
"무슨 말을 하는 거요, 로지. 설마 그 사람이 그런 말을⋯⋯."
"'생각하고 있었어요'."
로즈메리가 그를 향해 빙긋 웃었다.
지니가 망설임없이 말했다.
"그런 말이 있었다면 좋아요. 나도 말하고 싶은 게 있어요. '아줌마는' 나이를 너무 먹었어요, 아빠에게는."

깁슨 씨는 놀라움의 파도가 몸속에서 물결치는 소리를 들었다. 로즈메리가! 나이를 너무 먹었다고!

지니는 사정없이 말했다.

"아빠가 좋아하는 사람은 나보다 5살쯤 위고 키는 나보다 5센티미터쯤 작으며 살찐 여자분이에요. 내가 경험을 바탕으로 추리한 범위에서는요."

폴이 어쩔 줄 몰라하며 말했다.

"그만해……좀 잠자코 있거라. 실례지만 로지, 당신은 결국 이 사람의 '아내'입니다. 나는 확실히……."

로즈메리는 조용히 말했다.

"실례라는 말은 하지 마세요."

그녀가 얼굴을 들었을 때 그 표정은 아주 밝았다.

"당신은 친절히 해 주셨어요. 나를 위로해 주려고 했어요, 폴. 걱정하지 말라고 몇 번이나 말했어요. 하지만 나는 당신에게는 할머니예요, 물론. 마치 당신이 좀 둔감하고 내 취미에 맞지 않는 것처럼. 용서하세요, 폴…… 왜냐하면 '나는' 좀더 취미가 담담한 사람이 좋은걸요."

시어 머시가 만족스러운 듯이 말했다.

"옳아, 당신은 지적인 사람이오."

로즈메리는 조용하고 슬픈 듯이 말했다.

"아주 단순한 것을 에설은 알 수가 없는 모양이에요. 나는, 내가 사랑하는 사람과 결혼했다는 사실을."

글라스에 눈길을 떨어뜨린 깁슨 씨에게 자기 글라스를 쥔 로즈메리의 가냘픈 손가락이 보였다.

제정신이 돌아온 깁슨 씨는 냉정하고 좀 심술궂게 말했다.

"그러나 에설이 말하듯 내가 로즈메리의 아버지 뻘이라는 것은 여전히 생각할 수 있는 일이지요."

로즈메리는 상냥한 놀라움의 표정으로 그를 지켜보았다. 그리고 조용히 말했다.

"'내' 경우는 달라요. '나의' 아버지는 내가 철든 뒤로 죽 언제나 천박하고, 설교를 좋아했으며, 미치광이 같았고, 마음이 좁았으며, 제멋대로여서 꼭 어린아이 같았어요. 부모 험담을 하는 것은 싫지만, 이것은 사실이에요. 케니스는 '나의' 아버지와는 조금도 같지 않아요."

그녀는 조리있게 모두들에게 설명했다.

깁슨 씨는 지껄이기 시작했다.

"그렇다고 해도 좀 우습지요."

기묘한 파티가 되고 말았다!

"나는 55살입니다. '이 나이가 되어' 처음으로 이렇게 반해버리고 말다니, 정말……희극입니다. 그렇게 생각지 않습니까? 누구나 히죽거립니다."

버지니어가 말했다.

"히죽거린다고요? 그것이 당연해요! 멋있는걸요! 보고 있으면 즐거워져요."

깁슨 씨는 마음속으로는 깜짝 놀라며 바로잡았다.

"아니, 히죽거린다기보다 소리내어 웃습니다."

버스 운전기사가 무서운 목소리로 말했다.

"어떤 녀석입니까, 소리내어 웃는 것은."

화가가 말했다.

"당치도 않은 말이오. '나도' 지난 겨울에 연애를 했소. 만일 누군가가 소리내어 웃었다면 그 녀석의 얼굴에 침을 뱉어주었을 거요."

이 사람이라면 아마 그랬을 것이다. 아무도 그것을 의심하지 않았다.

버스 운전기사가 물었다.

"당신들은 어째서 에설 같은 사람에게서 흰 깃털 화살을 맞았을까요? 어째서 에설 따위에게 공갈당했을까요? 당신들 두 사람이 서로 사랑한다는 것은 누가 보아도 틀림없는데요."

실로 상냥하고 난폭한 사나이였다.

로즈메리가 말했다.

"나는 겁쟁이였어요. 나는 에설의 얼굴에 침을 뱉어줘야 했던 거예요."

그녀는 아주 좋은 자세로 앉아 있었다.

"내가 잘못한 거예요."

깁슨 씨는 아주 지쳤지만 동시에 굉장히 편안함을 느꼈다.

"나도 마찬가지입니다. 하지만 나는 나이들고 절름발이인데다 불안하고……아주 어리석었습니다. 그래서 에설에게 정신을 뺏긴 겁니다. 내가 잘못한 겁니다. 내 죄입니다."

그는 우울해졌다. 그는 허기진 듯이 마셨다.

화가가 말했다.

"한편 우리의 폴은 주간잡지에 나오는 주인공처럼 핸섬하오. 핸섬할 뿐 아니라 선량하오. 아니, 실례. 악의가 있어서 한 말은 아니오. 그저 내 성별이 문제겠지. 죽음의 에설 식으로 말한다면?"

그는 노랑 양말을 포개며 시치미를 뚝 떼고 있었다.

버스 운전기사는 노기를 띠고 말했다.

"죽음의 에설, 그거 '좋습니다'. '알맞은' 말입니다."

버지니어가 입술을 깨물며 말했다.

"사랑을 하면 누구나 여러 가지를 '알게' 되니까 말이에요……."

로즈메리는 빙긋 상냥한 웃음을 띠며 의자등받이에 기댔다.

내 사랑 로즈메리

"여러분은 이런 걸 알고 계실까요. 세상 사람들이 대부분 잊고 있는 사실이 하나 있어요. 주간잡지 소설에도 영화에도 나오지 않는 ……적어도 내가 보는 한 나오지 않았어요. 어째서 사람은……누군가가 있는 곳으로 가고 싶어할까요. 어째서일까요?"
그녀는 버지니어의 얼굴을 보았다.
"그것은 그 누군가가 보기좋아서라는 이유만으로는 '설명할' 수 없어요. 케니스는 보기좋지만, 그 누군가가 젊다는 것만으로도 설명할 수 없어요. 내 생각은……."
로즈메리는 소파 옆 전기 스탠드를 보며 이야기를 계속했다.
"무엇보다도 중요한 것은 어느 만큼 즐거움을 함께 할 수 있느냐예요. 아니, 섹스가 아니에요. 난 다만……."
로즈메리는 치밀어오르는 것을 억누르는 듯했다.
"아시겠어요? 나는 다만……서로 함께 있는 것을 즐긴다는 그 말을 하고 싶은 거예요. 우리는 아주 즐거운 시간을 보냈어요……이처럼 즐거웠던 것은 처음이에요. 우리는 웃었어요."
로즈메리는 갑자기 몸을 내밀었다.
"왜 모두들 '이것'은 멋진 일이라고 하지 않을까요. 이것은 멋져요. 아주 멋져요. 온 세계에서 가장 멋진 일이에요."
파인 부인이 부드럽게 말했다.
"그리고 가장 오래 가는 것이고요."
보트라이트 부인이 말했다.
"정말이에요. 그렇지 않으면 인류는 존속하지 못해요. 이를테면 '모든' 사랑스러운 아내들이 사이즈 12는 아니니까요."
부인은 좀 분연하게 위대한 엉덩이를 흔들어보였다.
화가가 말했다.
"흠, 내 아내는 이번이 네 번째인데……그녀와는 날이면 날마다 하루 종일 함께 있어도 참으로 즐겁소. 그녀의 발목은 완벽하다고 말할 수 없지만, 그러나 나는 그녀와 죽을 때까지 지내게 될 거요……그것은 사실이오."

그 얼굴은 부드러운 놀라움을 뚜렷이 나타내 보이고 있었다.

버지니어가 속삭였다.

"그렇게 하시는 게……좋아요."

버스 운전기사는 눈을 깜박거렸다.

깁슨 씨는 기쁨이……그리고 치욕과 슬픔이 혈관을 뛰어다니는 것을 느끼며 굳게 결심했다. 이 사람들을 그가 아무리 사랑하고 있더라도——그렇다, 그는 사랑하고 있었다——이제부터의 일은 자기 혼자서 하지 않으면 안 된다…….

그는 로즈메리의 손을 잡고 일어났다. 단번에 마음 밑바닥까지 다다를 것 같은 단순한 목소리로 그는 말했다.

"고맙습니다. 여러분이 해 주신 모든 일에 감사드립니다. 그러나 우리는 가지 않으면 안 됩니다."

그리고 그는 파인 부인을 보았다.

"기도해 주시겠습니까? 독약을 찾을 수 있도록……."

노부인이 맹세했다.

"하고말고요."

폴이 쑥스러운 듯 신경질적으로 말했다.

"모든 일이 잘 수습되면 좋겠습니다."

지니가 말했다.

"그래요. 우리 모두 기도하고 있어요."

보트라이트 부인이 끼어들었다.

"경찰이 발견할지도 몰라요. 조직을 과소평가해서는 안 돼요."

화가가 말했다.

"쓰레기 하치장에 보내졌으면 '결코' 찾지 못하오. '결코' 알지 못하오. 그것도 각오해야지요."

간호원이 말했다.

"아, 부디……부디 행복하세요."

그 똑똑하고도 냉철한 몸 전체는 금방이라도 감상적인 눈물로 녹아 버릴 것 같았다.

버스 운전기사가 뜨겁게 말했다.

"감옥에서 쓰여진 좋은 책이 수두룩하니까요. 다시 말해서 '돌담이 나를 가로막을지라도……'입니다."

깁슨 씨는 애정을 담아 말했다.

"그것을 잊지 않겠소, 리."

왜냐하면 이 남자야말로 모두에게 모범을 보여준 인물이며 처음부터 캔디 약속은 잘못이라고 했으니까. 과연 지금도 달콤한 약속은 하지 않는다.

깁슨 씨는 한 팔을 로즈메리의 허리에 돌려 그녀를 이끌고 나갔다.

일곱 사람이 뒤에 남았다.

버지니어가 눈물을 흘렸다.

"저분은 좋은 사람이에요. 부인도 얌전한 사람이고……우리가 도와줄 수 없을까요? '생각해 봐요', 모두 함께!"

그리하여 일곱 사람은 그 방 안에서 침묵하며……조용하고 슬프게 싸움을 계속했다.

깁슨 씨와 로즈메리는 천천히 아무 말없이 테라스 밖까지 걸어 그곳 층계를 내려가 자동차길을 두 개 가로질렀다. 6시 15분 전이었다. 달콤한 저녁이 찾아오고 있었다. 두 사람은 번쩍거리는 쓰레기통 옆을 지났다. 부엌 층계 앞에 떨기나무 덤불이 있었다. 누구의 눈에도 뜨지 않는 이 친근해 보이는 푸르름의 덩어리 속으로 깁슨 씨는 아내를 부드럽게 끌어넣었다.

그가 껴안자 로즈메리는 안겨왔다. 그는 부드럽게 입맞춤하고 그리고 나서 다시 한 번 그리 부드럽지 않게 키스했다. 로즈메리는 그의 어깨에 기대왔다.

"그 레스토랑을 기억하고 있어요, 케니스?"

"기억하고 있소, 기억하고 있소."

"그때는 너무 웃었어요! 당신은 다친 뒤로 이제 기억하고 있지 않는 줄 알았어요. 이미 잊어버린 줄 알았어요."

그러나 옛날의 불행한 기억은 멀리 저쪽으로 사라져 있었다. 그녀는 다만 한숨을 쉬었다.

그는 중얼거렸다.

"그 안개를 기억하고 있소? 우리는 아름답다고 했지."

"그것은……그냥……안개만의 일이었나요?"

그는 다시 한 번 아주 부드럽게 키스했다.

"아니오, 낡아빠진 이야기였소, 생쥐 아씨. 그렇지 않소? 오해였소. 어쨌든 나는 구닥다리 인간이었소."

"나는 이토록 당신이 좋아요. 어떤 일이 있더라도 나를 버리지 마세요."

그는 약속했다.

"어떠한 일이 있더라도."

그는 범죄를 저질렀다. 마음에 없으면서도 그녀를 버리는 일이 있게 될지 모른다. 그의 마음은 씁쓰레했다.

몇 분 뒤, 그는 로즈메리를 상냥하게 재촉하여 두 사람은 부엌 앞 층계를 오르기 시작했다.

올리브 기름

에설 깁슨은 오후 4시 조금 지나서 별장으로 돌아왔다.

문이 열린 채 집 안에 아무도 없음을 알아차리자 그녀는 눈썹을 찌푸렸다. 오빠는 왜 이처럼 조심성이 없을까. 하지만 자동차길 바로 저쪽인 타운젠드 집에 가 있는지도 모른다. 그렇더라도 에설은 부르러 갈 마음이 전혀 없었다. 시간 할당은 그녀의 마음속에 다 짜여져 있으므로 쓸데없는 예정 밖의 수다 같은 것으로 계획을 깨뜨리고 싶지 않았던 것이다.

그녀는 여름 슈트 자켓을 벗고 곧 부엌으로 들어갔다. 아니, 이렇게 흩어져 있다니! 정말이지, 이렇게 작은 집에서는 정리정돈이 우선인데. 에설은 이 별장에서 사는 것이 그리 좋지 않았다. 아파트 쪽이 훨씬 손이 안 간다. 되도록 빨리 어딘가로 이사해야지.

그녀는 입술을 꾹 다물었다. 양상추가 흐트러진 채 조리대 위에 아무렇게나 놓여 있었다. 빵은 빵그릇 속에 난잡하게 쑤셔박혀 있다. 코코아와 홍차는 선반 위에 올려놓지 않으면 안 된다. 치즈는 냉장고 속에, 녹색 종이봉지, 이게 뭘까? 작은 올리브 기름병. 수입품, 이렇게 비싼 것을!

  그녀는 머리를 저으며 치우기 시작했다. 양상추는 깨끗이 씻어 냄비 속에 담고, 치즈는 냉장고에 넣고, 종이봉지를 쓰레기통에 처넣고, 깡통이며 병을 서랍 속에 나란히 넣어 두었다.

  그리고 나서 거실로 들어가 라디오 스위치를 넣었다. 음악은 그녀의 경우 일종의 습관이었다. 특별히 듣는 것은 아니지만 음악이 들리지 않으면 어쩐지 마음에 걸렸다.

  다음에 자기의——로즈메리와 함께 쓰는——침실로 가서 외출복을 벗어 옷걸이에 걸고 나서 무명 드레스를 입었다. 그런 다음 에설은 침대에 몸을 던져 기분좋게 손발을 뻗었다. 음악이 희미하게 들려왔다. 이윽고 그것이 사람 목소리로 바뀌었지만, 그녀는 내용을 들으려 하지도 않았다. 광고방송은 제대로 들은 적이 한 번도 없었다.

  에설의 마음은 출근 첫날의 이런저런 일을 떠올리고 있었다. 회사 일은 제법 재미있었다. 사장 성격도 어느 정도 파악했다고 생각했다. 이 조용한 도시에서 질서있고 용감하며 유익한 생활이 시작되리라는 것은 분명히 예견할 수 있는 일이었다. 건강을 위해서도 나무랄 데가 없었다. 그녀는 꾸벅꾸벅 졸다가 잠이 들었다.

  5시 15분쯤 전화 벨 소리에 눈을 떴다. 아직 아무도 돌아오지 않았다.

  여자 목소리가 말했다.

  "타운젠드 실험실에 있는 사람입니다만, 케니스 깁슨 씨 계신가요?"

  에설은 쾌활하게 말했다.

  "안 계신데요."

  "어디 계신지 아세요?"

  "아니, 모르는데요. 저녁식사 시간에는 오리라고 여깁니다만."

"그것은 몇 시쯤일까요?"
목소리는 힘없이 말 끝을 흐렸다.
"6시 15분 전이에요."
"그러세요. 저, 돌아오시는 대로 이 번호에 전화해 달라고 전해주시면 고맙겠어요."
에설은 번호를 적었다.
"중대한 용건이에요."
목소리는 이상하게 흥분한 느낌으로 또다시 말 끝을 흐렸다.
"알겠어요."
에설은 안심시키듯 말하고 전화기를 놓았다. 그녀는 좀 불쾌해졌다.
이 분별없음이란! 분별이란 이런 살림에서는 으뜸가는 철칙인데. 로즈메리는 더 빨리 돌아오지 않으면 안 된다. 이제 곧 돌아올 것이다. 켄은 대체 어디 있을까. 그녀로서는 상상도 가지 않았다. 아니, 대충 알겠다. 도서관에서 책에 빠져 정신없는 거야.

저녁식사는 6시 15분 전.

슬슬 준비를 시작해야지.

'그 두 사람'은 저녁식사 시간을 알고 있다.

라디오는 아직도 음악을 내보내고 있었다. 이 기묘한 고독 속에서 그녀는 좀 자학에 찬 기분으로 라디오를 껐다. 이것이 또 신경질의 원인이 되었다.

그녀는 부엌으로 가서 저녁식사 준비를 했다. 준비는 간단했다. 에설은 스파게티가 아주 좋았다. 값이 싸게 먹히고 영양가가 있으며 손이 많이 가지 않는다. 상자에 든 흔한 스파게티다.

그녀는 프라이팬에다 가게에서 파는 소스를 넣었다. 이 편이 손쉬웠다. 파는 소스라도 잘만 꾸미면 훌륭히 써먹을 수 있었다. 에설은 양파를 잘게 썰어 소스 속에 넣었다.
  그녀는 그리 신경쓰는 요리사가 아니다. 오랫동안 레스토랑의 식사를 계속해 왔으니까. 어차피 음식은 음식일 뿐이며 문제는 비싼가 싼가이다. 그렇기는 해도 양파는 볶는 게 좋다고 그녀는 생각했다. 올리브 기름으로 해볼까. 그런데 켄은 뭐하러 그런 것을 사왔을까. 그렇게 작은 병으로는 샐러드 드레싱도 할 수 없다.
  에설은 드레싱에 올리브 기름 쓰는 것을 좋아하지 않았다. 더 싼 야채기름으로 오랫동안 잘 써왔으니까. 과일에 칠 수도 없다! 그래, 오빠는 틀림없이 올리브 기름 향기가 나는 스파게티를 먹고 싶다는 사치스러운 생각을 한 거야. 어쩌면 로즈메리의 발상인지도 모른다.
  그녀는 얼굴을 찌푸렸지만 작은 병을 서랍에서 꺼내 마개를 땄다. 어머나, 좋은 기름이야……프라이팬에 따랐다. 지나치게 향기가 강하지 않으면 좋을 텐데, 하고 그녀는 생각했다. 그리고 나서 작은 병을 씻어 거꾸로 세워두었다. 레테르의 로베르트 왕은 거꾸로가 되었다. 에설은 큰 냄비 가득 스파게티 삶을 물을 넣었다.
  샐러드에 넣을 과일을 깎기 시작했다. 양상추만으로는 너무 간단하다고 여겼던 것이다. 5시 35분, '아직' 아무도 돌아오지 않는다!
  에설은 거실의 지정된 자리에 식탁을 꾸미기 시작했다. 여기에서는 두 개의 자동차길이 잘 보인다. 폴의 자동차가 돌아오는 소리가 들리고 이윽고 차가 나타나더니 많은 사람들이 바쁘게 내렸다. 에설은 눈을 돌려버렸다. 이웃을 엿보는 것 같은 예의없는 일은 할 수 없었다.
  파티군, 하고 에설은 생각했다. 그녀에게 있어 '파티'라는 말은 뭔가 쓸데없는 시간낭비 같은 아무 소용없는 수다를 뜻하고 있었다. 에설은 파티에 초대된 일이 한 번도 없었던 것이다.
  자, 식탁준비는 되었다. 물이 끓고 있었다. 소스는 벌써 다 됐다. 에설은 물을 얹은 불을 약하게 했다. 샐러드를 만들었다.

시계바늘이 6시 20분 전을 가리켰을 때 에설은 화가 치밀었다. 스파게티를 끓는 물속에 던져넣고 거실로 돌아와 난로를 등 뒤로 하고 앉아 정면 벽에 걸린 시계를 노려보았다.

9분 동안만 뜨개질을 하자.

이제 9분으로 저녁식사 준비는 끝난다. 그 두 사람은 시간을 잊지 않고 돌아올 것이다. 적어도 '로즈메리'는 언제나 시간을 지켰었다.

6시 11분 전, 에설은 곧 부엌으로 들어갔다.

두 사람의 발소리가 들려왔다.

에설이 상냥하게 말했다.

"대체 어디 갔었어요? 두 사람이 함께 있었군요……"

깁슨 씨가 대답했다.

"그래, 함께야."

에설이 언제나처럼 당당히 두 발을 힘있게 디디고 자신만만한 표정으로 서 있는 것을 보고 깁슨 씨는 조금 놀랐다.

"'마침' 저녁식사가 됐어요. 손을 씻고 와요. 로즈메리는 아무것도 안 해도 돼요. 내가 다 했으니까. 자, 이 스파게티를 건져 소스와 버무리는 동안 자리에 가 앉아요. 빨리, 빨리!"

마치 어린아이를 나무라는 듯한 말투였다.

두 사람은 재빨리 부엌을 지나갔다. 그러나 현관 쪽으로 와서 키스했다.

깁슨 씨가 이상한 듯이 말했다.

"모르는군……"

"그래요, 모르는 모양이에요. 라디오에서는 당신 이름을 말하지 않았으니까……"

"그럼, 말해야지."

"네……."

"말하기 거북하군."

"그렇군요."

그것은 묘하게 달콤한 대화였다.

에설이 소리쳤다.

"모두 준비됐어요!"

깁슨 씨는 로즈메리를 놓아주고 자기 방으로 들어갔다. 어제까지의 생활양식은 그에게 이미 먼 옛날 일처럼 여겨졌다. 어째서 이처럼 많은 책을 가지고 있는가, 하고 그는 생각했다. 슬프지 않은가. 책과 바꾸어 로즈메리를 내버려둔 것이나 다름없지 않은가. 현실을 직시하라. 저주해야 할 미치광이 사태를 직시하라. 사랑을 직시하라. 네가 사랑받고 있는 것을 직시하라.

에설의 말이 맞다고 생각하며 그는 손을 씻었다. 아니 에설의 말은 어딘가 들어맞는다. 그에게는 자신의 동기가 뚜렷이 '보이지 않았으나 그저 합리화 '해버렸다'. 제멋대로 말도 안 되는 철학을 끌어와서 마음의 상처를 뒤덮어 버렸던 것이다. 반드시 정곡을 찌른 것은 아니지만 어쨌든 그 비슷한 얘기다.

지금쯤은 구더기들에게 뜯기고 있었을지도 모른다. 그러나 지금의 그는 이미 영리해졌다. 자기가 너무도 암시에 걸리기 쉬웠던 것을, 너무도 단순하게 신념을 포기해 버렸던 것을 알고 있었다. 스스로를 더 신뢰하지 않으면 안 되었던 것이다.

에설은 우리 두 사람의 자신을 뺏었던 것이라고 그는 생각했다. 자신은 신뢰할 수 없다는 것, 신뢰하려고 애써도 소용없다는 무서운 감정을 강요했다. 이러한 의혹은 적당한 경우에 알맞은 양을 쓰면 강장제로서나 양약으로서 이익될지도 모른다. 그러나 아, 나쁜 시기에 함부로 알맞은 양 이상을 삼켰으므로 그는 밑바닥에서부터 뒤집혀버린 것이다.

그것 또한 일종의 독약이었던 것이다.

그는 현관계에서 로즈메리와 얼굴을 마주했다. 두 사람은 손을 마주잡았다. 그리하여 거실의 식탁으로 걸음을 옮겼다.

에셀은 무거운 선의와 인내를 보이며 말했다.

"자리에 앉으세요. 정말 어쩔 수 없는 아이들이군요."

그 눈은 영리하게 빈틈없이 빛나고 있었다. 두 사람이 지금까지 어디에 가 있었는지는 이제 곧 알 수 있는 것이다.

세 사람은 자리에 앉았다. 나무그릇에서 김이 피어오르는 스파게티를 에셀은 저마다의 접시에 나누었다.

"바른 대로 말해요. 당신들, 뭘 하고 있었지요?"

"좀 시끄러운 일이 있어서……."

깁슨 씨는 스파게티를 보았지만 전혀 식욕을 느끼지 못했다.

로즈메리는 갑갑한 듯이 포크를 잡았다.

"그 일을 되도록 이해해 주실 수 있게 이제부터 이야기하겠어요."

사랑스러운 로즈메리, 그가 말하기 쉽게 노력하는 용감한 로즈메리.

에셀은 언제나의 눈길을 했다.

"둘이서 뭔가 이야기했군요. 그렇다면 내가 관여할 바 아니니 무리하게 묻지 않겠어요. 당신들에게도 당신들만의 비밀을 가질 권리가 있으니까요."

로즈메리가 별안간 포크를 놓았다.

에셀이 친절한 목소리로 말했다.

"뭔가 나에게 관계있는 결정을 했다면 틀림없이 이야기해 주겠지요."

로즈메리가 분명히 말했다.

"네."

깁슨 씨는 에설의 눈 속에서 자신의 모습을 보았다. 약자, 겁쟁이, 세상을 모르는 독신자, 아내없이 헌신적인 올드미스 여동생과 함께 죽는 날까지 사는 남자, 그렇게 운명지워진 남자, 그것은 거짓말이다.

그는 조용히 분명하게 말했다.

"우리는 서로 아주 사랑하고 있어, 에설, 로즈메리와 나는."

에설의 눈알이 빙글 돌아 멍청한 표정을 떠올렸다. 그러나 그 입은 조그만 불신으로 일그러지고 덮개가 씌워진 눈은 어이없어하는 것처럼 보였다. 한마디도 말은 하지 않는다.

그러나 로즈메리가 입을 열었다.

"지금 말한 대로……."

"무엇을?"

"지금 말한 대로예요, 우리가 생각하고 있는 것을 '그대로' 말한 거예요, 에설."

에설은 일부러 놀란 듯이 말했다.

"그거 아주 좋은 일이로군요, 어쨌든 음식이 식기 전에……."

그녀는 진심으로 듣지 않는 것이다. 그 얼굴은 여전히 멍청한 표정을 떠올리고 있었지만 깁슨 씨에게는 에설의 본마음이 뚜렷이 보였다. 그 마음은 그의 말 뒤의 '참된' 뜻을 알아내기 위해 격렬히 요동치고 있는 것이다. 너무도 요동친 나머지 스파게티 그릇처럼 되어버린 마음. 그는 기분이 나빠졌다. 그러나 여기서 식사하지 않으면 에설을 화나게 만들 것이다. 그는 포크를 바로잡았다.

에설의 포크가 스파게티 속에 찔러넣어졌다.

별안간 많은 사람들이 아우성치는 소리가 들렸다. 깜짝 놀라 세 사람은 창문 밖을 보았다.
 여섯 사람이 폴네 집의 포치에서 뛰어내려 소리치면서 자동차길을 가로질러왔다.
 버스 운전기사가 소리쳤다.
 "깁슨 씨, 보십시오!"
 깁슨 씨는 다리를 절면서도 온 힘을 다해 현관으로 달려갔다. 그들을 만나는 것이 놀라울 만큼 기쁜 것이었다. 생명이 느닷없이 이 집으로 뛰어들어왔다. 버지니어의 손을 잡아끌며 리 코페이가 맨 먼저 돌진해 들어왔던 것이다. 이어서——쿵쾅거리며——주름투성이 얼굴을 빛내는 시어 머시, 그 커다란 손발 밑을 빠져나오는 듯하는 소녀 지니. 그리고 폴이 문을 잡고 있는 동안에 보트라이트 부인이 호화 여객선처럼 출현했다.
 그들은 입을 모아 소리쳤다.
 "'찾았습니다'!"
 한 장의 종이쪽지를 휘두르며 리가 고함쳤다.
 "관리는 아주 완벽합니다. 우리의 해병대, 적 앞으로 상륙에 성공! 마침내 해냈다!"
 그는 꽤 거칠게 깁슨 씨의 등을 두드렸다.
 "독은 '이제 없습니다'! 죽음이여, 어디에 너의……."
 로즈메리가 새된 목소리로 말했다.
 "'이야기해요'. 누군가 '한 사람'……."
 시어 머시가 고함쳤다.
 "이 지니 아가씨요, 이 지니의 영리함이란. '나'는 그 발밑에 무릎을 꿇고 싶소. 어리석었소. 나는 바보였소. 내 목숨을 주라! 내 역작을 보내라!"
 그는 버스 운전기사로부터 종이를 뺏었다.

"그것은……?"

간호원이 소리쳤다.

"빨리 '이야기해요'!……."

그리고 '자기가' 말했다.

"시어가 본 얼굴을 '그려보면' 어떨까, 하고 말한 것은 지니였어요."

지니가 흥분하여 소리쳤다.

"그 그림이 '너무 잘' 되어서 할머니가 곧 알아차리셨어요!"

종이조각이 깁슨 씨의 코앞에 내밀어졌다. 연필로 그린 선이 몇 개——얼굴이다. 아름다운 얼굴.

폴이 큰소리로 말했다.

"바이얼릿이라고 어머니가 말씀하셨습니다. 나는 처음에 다르다고 생각했지요. 그 사람이 이처럼 미인이라고는 '나는' 꿈에도 생각지 못했습니다"

화가가 중얼거렸다.

"눈이 있는데……보지 않기 때문이오."

화가의 머리칼은 곤추서 있었다. 그는 그림을 두 손으로 받쳐들고 조용히 왔다갔다하며 나직이 말했다.

"이 사람은 모델을 한 일이 있었을까. 이 미묘한 콧구멍……."

깁슨 씨는 헐떡였다.

"그러나 대체 '어찌된 겁니까'!"

리가 정신없이 설명했다.

"버지니어가 곧 전화를 걸었습니다. 그 바이얼릿인가 뭔가 하는 사람 집으로요. 그러자 그 사람은 틀림없이 바이얼릿이었습니다. 여동생인지 누구인지가 집에 있었는데 그 여동생이 말하기를 '네, 가져왔어요!'"

올리브 기름

"그 여동생이 가져왔다고요?"
폴이 큰소리로 말했다.
"바이얼릿이 '가져간 겁니다!' 그녀는 산으로 출발한 뒤였지요. 그 독약을 가진 채 말입니다! 하지만 보트라이트 부인이 경찰에 전화하여……."
리가 말했다.
"대단한 관록입니다, '이 부인'은. 이 부인이 '취해야 할 조치를 경찰에 명령'했으니까요."
그는 보트라이트 부인의 어깨를 철썩 때렸다.
"그렇지요, 메리 앤?"
보트라이트 부인이 조용히 말했다.
"경찰은 그 사람의 차를 세울 거예요. 또는 아마 트럭이라고 여겨집니다만. 우리는 그 차의 번호를 확인했어요. 공보(公報)로, 조직은 역시 신뢰할 수 있어요."
보트라이트 부인은 그 침착성에도, 산타클로스처럼 빛나고 있었다.
버지니어가 헐떡였다.
"그리하여 알았지요……그분은 도중에서 쓸 염려가 없어요. 쓸 리 없으니까요. 그럼, 당신은 구원받은 거예요!"
에셀은 아까부터 서 있었다.
보트라이트 부인은 마치 위원회나 무엇인 듯이 주위를 둘러보았다.
"그리고 또 지금까지 아무런 참사도 일어나지 않은 한 이 이상 어떠한 조치를 취해야 할 필요를 나는 인정치 않아요. 공표하는 일이나 처벌하는 일로선 정의는 행해지지 않을 거예요. 깁슨 씨는 자살하지 않아요. 앞으로도 그런 행위를 하는 일은 두 번 다시 없을 테지요. 나는 서장 밀러 씨를 충분히 납득시켰다고 여기지만……불충분하다면 다시 한 번 설득하겠어요."

리가 소리쳤다.

"아니, 그것으로 충분합니다. 그로써 저쪽은 충분히 알았을 겁니다, 메리 앤. 아니, 정말이지 기막힌 관록입니다! 이로써 끝이 좋으면 모두가 좋은 겁니다! 그렇잖습니까? 네?"

시어가 함께 되풀이 말했다.

"그렇잖습니까? 네?"

로즈메리는 조그만 개가 우는 듯한 안도의 목소리를 내며 휘청하는 가싶더니 그대로 의자에 쓰러졌다.

이 허탈상태를 직업적인 눈으로 관찰하며 염려스러운 듯 간호원이 물었다.

"브랜디 있어요?"

에설은 아까부터 같은 자세로 서 있었다. 이 소동이 무슨 일인지 그녀로서는 조금도 알 수가 없었다. 이해할 수 없는 것이다.

그녀는 기계적으로 말했다.

"브랜디는 부엌 왼쪽 선반에 있어요. 설겆이대 위······."

그 얼굴은 습관적인 억지웃음을 떠올리고 있었다. 모두에게 소개받을 생각인 듯했다.

하지만 간호원은 버스 운전기사의 손을 잡아끌고 부엌으로 달려갔다.

전화가 울리기 시작하고 보트라이트 부인이 재빠른 동작으로 수화기에 다가갔다.

시어 머시가 팔꿈치를 꺾고 턱을 내민 채 심술궂은 눈을 하고 큰 소리로 떠들기 시작했다.

"그럼, 이 사람이 에설이오? 죽음의 에설이오?"

에설은 얼굴빛이 달라졌다.

"정말이지 '대체' 누구지요, 이 사람들은!"

깁슨 씨는 손발을 떨어대며 털석 의자에 앉았다. 에설이 어리둥절해 있는 것은 그도 알고 있다. 에설은 다른 사람들과 같은 수준에 이르지 못하고 있는 것이다. 그러므로 모두들이 조급하게 주고받는 대화를 이해할 수 없었다. 더욱이 에설은 모욕당하고 있었다. ……그런데도 그는 입을 열 수가 없었다. 운명지워져 있던 그가 구원받은 것이었다. 귀가 윙윙거리고 혀가 굳어져버렸다.

로즈메리가 가냘픈 목소리로 말했다.

"지금 곧 알려드리겠어요……잠깐 기다……."

그녀는 헐떡이다가 말을 끊었다.

한순간의 침묵이 있었다. 모두 로즈메리의 말을 듣고 깜짝 놀란 것이다. 에설은 '아무것도 모르는 것인가'?

보트라이트 부인이 전화걸고 있었다.

"네, 여기 있어요. 하지만 그리 지장없다면 내가 전해서…… 실험실? 아, 알았어요. 하지만 그건 '찾았답니다'. 아무 피해도 없었어요…… 네, 그렇습니까…… 아니오. 그때 거기서 알 리가 없었으니까요……네……아니에요. 그것은 결코 내팽개쳐져 있었던 게 아니에요. 단순한 과오였으니까요……."

부인은 나직이 이야기하고 있었다.

부엌에서는 간호원이 곧 브랜디를 찾았지만, 그때 참을 수 없게 된 리가 그녀를 껴안았다. 두 사람은 서로 껴안고 있었다. 녹색 종이봉지는 부엌쓰레기 통 속에서 다른 쓰레기들 맨 위에 놓여 있었다. 로베르트 왕의 레테르가 붙은 병은 조리대 위에 거꾸로 서 있었다. 하지만 두 사람은 속삭이며 그 광경을 모르고 있었다.

거실에서는 시어가 에설을 향해 그 얼룩진 빛깔의 이를 드러내고 있었다. 보트라이트 부인은 전화에 바빠 그를 나무랄 수가 없었다.

지금 부인은 자동차를 이리로 보내도록 자기 집에 전화하고 있었다.
시어는 말했다.
"이 사람이 에설이오? 고집쟁이인? 운명론자인? 아마추어 심리학자인?"
에설은 금방이라도 목을 졸리는 듯한 얼굴이었다.
그녀는 노여움에 쉰 목소리로 말했다.
"나는 도무지 까닭을 모르겠군요. 처음 보는 기분나쁜 할아버지가 멋대로 남의 집에 들어와서 내 험담을 하다니! 아무도 까닭을 말해 주지 않는다면 나는 나대로 식사를 하겠어요."
그 목소리는 이미 비명에 가까왔다.
"'음식이 식어버리니까요.'!"
에설은 예정을 방해당하는 일이며 뜻밖의 돌발사건은 참을 수 없었다. 그녀는 식탁에 다가가 기세있게 앉아 두려워할 스파게티 산더미를 향해 다짜고짜 포크를 찔러넣었다. 시어 머시는 저도 모르게 그쪽으로 걸어갔다. 그리고 벽에 기대서서 에설의 모습을 지켜보았다. 아주 거만한 자세로.

이제 괜찮다

 그러나 거실 의자에 기댔던 깁슨 씨에게 의식이 돌아왔다.
 모든 것이 선명하게 보여왔다. 갑작스러운 기쁜 소식을 그는 명확히 이해했던 것이다. 그는 구원받았다. 그는 자유다. 그는 사랑하고 사랑받고 있다. 아무도 독약으로 죽지 않은 것이다. 인간의 절실한 바람에 응답하여 기도는 이루어졌다. 한숨돌린 깁슨 씨는 내 집——그리운 내 집——살아서 돌아온 내 집을 느껴보려고 사방을 둘러보았다.
 그런데 그의 숨이 멎었다.
 그는 소리쳤다.
 "로즈메리, '저건' 뭐지? 맨틀피스 위."
 "뭔데요?"
 이미 일어나 있던 로즈메리는 기뻐서 들뜬 마음으로 안도감에 취한 듯 걸어갔다.
 "이거요?"
 그녀는 겨자 빛 끈뭉치를 들어올렸다. 그리고 이상한 듯이 말했다.

"여기에 돈이 있어요. 전에 푸른색 꽃병이 놓였던 자리예요."

깁슨 씨의 추리력이 전에 없던 속력으로 움직이기 시작하더니 그 속력에 공포가 더해졌다. 그는 마치 쿼터백(미식축구에서, 공격하는 쪽의 센터 포워드와 하프백 사이에 있는 선수. 또는 그 포지션)처럼 폴과 지니 사이를 날아 시어 머시의 옆구리를 스쳐 여동생 에설의 손에서 스파게티를 감은 포크를 뺏었다.

그는 소리쳤다.

"바이얼릿이 여기에 왔었어!"

에설은 화가 머리 끝까지 치밀었다.

"정말이지 켄, 무슨 일이에요. 오빠는 문을 모조리 열어놓은 채 나갔어요. 도둑이 들어와도 하는 수 없잖아요……."

그녀는 노여움으로 새파랗게 질려 있었다.

"올리브 기름이다! 올리브 기름병! '어디 있지'?"

"소스에 넣었어요. 오빠는 소스에 넣으려고 샀지요?"

그 눈썹은 가장 높은 데까지 치켜올라갔다. 그녀는 차갑게 힐문했다.

"정신이 어떻게 된 거 아니에요?"

그 순간 버스 운전기사와 간호원이 발소리 높이며 서둘러 들어왔다.

"이것이 뭐지요!"

버지니어가 한 손에 브랜디 글라스를 들고, 다른 한 손에 속이 빈 작은 유리병을 들고 있었다. 그녀는 그 작은 병을 모두들에게 흔들어 보였다.

"이것입니다! 네!"

리 코페이가 숨차게 녹색 종이봉지를 내밀었다.

깁슨 씨가 말했다.

"그 속이야. 만지면 안 돼, 에셜! 무서운 독약이야!"
"독약?"
에셜은 뒷걸음질쳤다.
깁슨 씨는 세 접시의 스파게티를 그릇에 모아 굳건한 손짓으로 그릇을 들어올렸다.
그는 모두에게 설명했다.
"내 이름을 불렀던 것은 바이얼릿이었소. 그 사람은 은행에 갈 일이 있었지요. 그렇게 말했던 것을 지금 생각해 냈소. 그리고 돌아오는 길에 그 사람은 버스를 탔지요. 두 번째로 그 사람이 부른 것은 내가 자리에서 일어나는 것을 보았기 때문이오. '내가 물건을 잊은 것을 알았기 때문이오'. 그리하여 끈과 함께 갖다주었던 것이오!"
로즈메리가 두려운 듯이 말했다.
"너무 정직했어요……."
시어가 소리쳤다.
"정말이오, '여기에 독약이 들어 있소'?"
"여기입니다. 독약은 오후 내내 이 집 안에 있었던 겁니다."
깁슨 씨는 그릇을 안은 채 가만히 의자에 앉아 그것을 무릎 위에 놓은 다음 머리를 떨어뜨렸다.
보트라이트 부인이 사무적으로, 그러나 진심으로 기쁜 듯이 말했다.
"경찰에 연락해야겠어요."
버스 운전기사가 말했다.
"우리들 모두는 영웅입니다."
그러나 영웅적인 소녀 지니 타운젠드는 다른 영웅들과 마찬가지로 선 채 눈썹을 찌푸렸다.

"하지만 미스 깁슨은 왜 독약이 든 올리브 기름에 대해 '몰랐을까요'. 라디오에서 방송하고 있었는데요……'그' 라디오에서. 거기에 있는 '그' 라디오에서."

에설은 비틀거리며 일어섰다.

"나는……몰라……무슨 독약이지요? 나는 몰라요. 올리브 기름이라니요?"

폴이 이야기하기 시작했다.

"이 사람은 그것을 내 실험실에서 훔……."

보트라이트 부인이 날카롭게 말했다.

"아까의 전화는 실험실에서 온 것이었어요. 저쪽에서는 아무것도 몰라요. 약의 분실을 알아차렸을 뿐이지요. 경찰의 통지가 아직 가지 않은 것 같아요. 하지만 당신에게는 오빠의 일로 문의가 있었을 터인데요. 약을 가지고 나올 기회는 오빠'에게만'……."

에설이 뚜렷하지 않게 말했다.

"아까 전화가 왔어요. 아무도 말하지 않았어요……독약이라니요? 켄이 독약을 가지고 있었나요?"

그녀의 눈이 이리저리 움직였다.

버스 운전기사가 재미있다는 듯이 말했다.

"스스로 자신을 죽일 생각이었지요. 하지만 지금은 한결 부드러워졌습니다."

"죽일……'뭐라고요?' 나로서는 모르……."

로즈메리가 떨리는 목소리로 말했다.

"지금은 괜찮아요. 아, 여보, 정말로 찾았군요."

"이거요. 내가 '가지고 있소'."

깁슨 씨는 손가락에 힘을 주었다. 로즈메리는 갑자기 천사처럼 보였다. 금방이라도 커다란 흰 날개를 펼쳐 천장을 뚫고 날아갈 듯했다.

"자, 잠깐 기다리구려."

시어 머시는 리 코페이의 얼굴을 보았다. 그리고 따져 물었다.

"이게 대체 뭐요, 자업자득이 아니오?"

버스 운전기사가 쉰 목소리로 고함쳤다.

"자업자득! 자업자득! 알겠습니다, 당신의 말뜻을. 사람을 저주하면이란 말이지요?"

그는 한 손을 내밀었다.

"그렇소, '맞소'. 이것은 분석하는 게 좋을 거요. 그럼, 에설……"

그는 에설에게로 돌아섰다.

"우리가 모두 잠재의식의 힘에 의해 추진되어지고 있음은 물론 알겠지요, 그렇잖소?"

화가는 버스 운전기사의 '그렇잖습니까?'를 빌려쓰고 있었다.

에설은 넋나간 듯한 얼굴을 하고 있었다.

"당신은 라디오의 경고도 안 들었다고 했지요, 허허."

화가는 싫은 소리를 냈다.

"하지만 잠재의식에는 뭐든지 들리겠지요, 그건 물론 잘 알 거요, 실험실에서는 전화를 걸어왔소, 그랬는데 당신에게는 '아무' 말도 안했다지요? 당신은 묻지도 않았소?"

리가 쾌활하게 말했다.

"있음직한 일입니다. 그건 그것으로 좋습니다만, 그런데 당신의 잠재의식은 어디 있었습니까? 뭐라구요? 모름지기 신의 자손들의 잠재에는 날개가 달렸다(흑인 영가 '모름지기 신의 자손들에게는 날개가 있다'에서 따온 것임)구요?"

시어가 질세라 큰 목소리로 끼어들었다.

"이 사람의 잠재의식은 둘에다 둘을 더하고 있었던거요, 따라서

'분명하게'가 아니오, 에설? '당신은 오빠와 그의 아내를 죽이려고 생각했소. 틀림없소.'"

에설은 화가의 얼굴을 뚫어지게 보았다.

"왜냐하면 '정말로' 죽음 한걸음 앞까지 갔으니까요. 그 소스에는 무서운 독약이 '들어 있소'. '그럴 생각은 없었다'느니 하는 말은 통하지 않소."

그는 윗옷 소매에 엄지손가락을 끼웠다. 마치 서부극에 나오는 보안관 같았다.

에설이 쉰 목소리로 말했다.

"저는……라디오의 경고를 듣지 못했어요…… 저는 모르겠어요…… 까닭을 말해 주세요."

그녀의 추리력은 한 곳을 빙글빙글 돌고 있는 듯했다.

"우리가 병에 걸렸을지도 모르는 건가요?"

버스 운전기사가 말했다.

"당신들은 죽었을지도 모릅니다."

에설은 눈이 휘둥그레졌다.

시어가 말했다.

"그렇지 않다면 당신은 '분명 자살하려고 했었소'."

그는 버스 운전기사 쪽으로 돌아섰다.

"아니, 왜 이렇게 되어버린 거지?"

운전기사는 완전히 들떠버렸다.

"걱정 마십시오. 무슨 수가 있습니다. 이 사람의 동기가 무엇이었는지 '우리가' 가르쳐주는 게 어떨까요?"

"섹스요?"

시어는 얼굴을 빛냈다.

깁슨 씨는 아무 말하지 않았다.

로즈메리는 언짢은 얼굴로 말했다.
"'그런' 것은 말도 안 돼요. '그만두세요', 두 분 다."
심술궂은 눈을 희생자에게 번뜩이며 화가가 다시 지껄이기 시작했다.
"잠재의식으로……."
보트라이트 부인이 말했다.
"시어."
버지니어가 똑같은 어조로 말했다.
"리."
버스 운전기사는 어깨를 떨어뜨리고 두 손을 펼쳐 사죄의 모습을 해보였다. 하지만 얼굴은 여전히 싱글싱글 웃고 있었다.
깁슨 씨는 아내를 지켜보고 있었다. 도취되어서.
그는 생각했다. 이 얼마나 친절하고 인정 있는 마음의 소유자일까. 이것이 무지라면, 이 얼마나 상냥하고 사랑스러운 무지일까!
로즈메리는 에설의 옆에 서서 분연히 그녀를 변호하고 있었던 것이다.
그녀는 화가에게 도전하듯 말했다.
"에설은 음악을 들을 때 '말은 듣지 않아요'. 다만 그뿐인 일이에요. '듣지 않는 습관이지요'. 라디오의 경고가 정말로 들리지 않았던 게 '틀림없어요'. 누군가를 죽이려고 한 게 '아니에요'. 이 사람은 '그럴 마음이 아니었어요'. 그럴 '리 없어요'. 단순한 '사고'였던 거예요. '당신들도 알고 있잖아요'. 그러니 이제 그런 '비겁한 짓'은 하지 마세요."
에설은 그녀에게로 손을 내밀며 더듬거렸다.
"로즈메리, 나는 까닭을 모르겠어요……정말로, 나는 결코 해치고 싶은 생각은 없었어요. 당신들도……아무도……정말로……."

로즈메리는 겁먹은 아이를 달래듯 에설을 쓰다듬었다.

"물론 그래요, 저런 장난꾸러기들이 하는 말은 마음에 두지 않아도 돼요. 봐요. 나는 당신이 그럴 마음이 아니었다는 것을 믿고 있어요, 에설."

현기증을 느끼며 깁슨 씨는 생각했다. 로즈메리와 나는 가엾은 에설의 힘이 되어주지 않으면 안 된다……가엾고 용감하며 불행한 에설, 신념을 잃고 사랑을 배반당한 에설.

그는 잠시 정신이 가물가물해졌다. 모두 저마다 에설에게 모든 이야기를 들려주고 있었다. 그것을 참을 수 없었던 것이다. 그는 문득 정신을 차리고 아직 의자에 앉은 채 독약이 든 음식물 그릇을 두 손으로 꽉 잡고 있었다. 그는 주위를 둘러보았다.

이제 앉아 있는 것은 에설뿐이었다.

월터 보트라이트 부인은 전화를 걸어 앞으로 취해야 할 조치를 경찰에 명령하고 있었다. 경찰은 부인이 말하는 대로 움직이리라. 그는 그것을 믿었다.

조그만 간호원은 모두 잊어버린 브랜디를 가져와 에설 옆의 바닥에 앉아 깊은 생각에 잠겨 혼자 홀짝홀짝 마시고 있었다.

버스 운전기사와 화가는 힘찬 악수를 나누고 있었다. 화가는 지적인 기쁨에 글자 그대로 펄쩍펄쩍 뛰면서 여전히 중얼거리고 있었다.

"자업자득! 자업자득!"

버스 운전기사가 말했다.

"유쾌하지 않습니까! 안 그렇습니까. 벌도 쏘지 않았는데 울상이군요."

지니는 그 조금 전에――지금 그는 생각이 났다――할머니에게 알려드리겠다고 소리치며 문 밖으로 재빨리 뛰어나갔다. 그리고 폴은 아까까지 지니를 껴안고 있었는데, 지금은 너무도 기뻐서 로즈메리를 껴안고 있었다. 누구라도 좋은 것이다. 껴안을 수 있는 부드러운 몸이라면. 깁슨 씨는 잘 알고 있었다.

'깁슨 씨는' 그릇을 꼭 껴안고 생각했다. '대체 이런 광경을 누가 예상할 수 있었을까.' 그는 기쁨이 치솟아오름을 느꼈다.

그러나 그는 언제까지나 얌전히 그 기쁨을 보고 있지만은 않았다. 이 축제 속으로 그는 그릇을 껴안은 채 스스로 자진해서 들어갔던 것이다.

경찰차가 자동차길로 미끄러져 들어왔다. 한 경관이 자동차에서 내렸다.

아직 젊은 그 경관은 자기 일에 그리 자신이 없었다. 그는 별장 현관으로 다가갔다. 벨을 누르기도 전에 그 문은 맹렬한 환영의 기세로 확 열리며 키가 작고 탄력있는 몸집의 남자가 취한 듯한 눈으로 나타났다.

그 남자는 한 팔에 날씬하고 즐거운 듯한 눈을 한 검은 머리의 여자를 껴안고 있었다. 여자가 생글거리며 남자와 함께 스파게티가 가득 든 나무그릇을 받쳐들고 있었다. 두 남녀는 댄서같이 보조를 맞추어 뒷걸음질치며 경관을 안으로 맞아들였다.

조그만 대기실에서는 키 큰 미남자가 전화기에 대고 속삭이고 있었다.

"오케이입니다. 정말입니다. 모든 게 멋집니다. 나는 곧 가겠습니다."

전화 상대가 이 사나이의 장모라고는 경관으로서 알 턱이 없었다.

거실에서는 분홍빛 셔츠를 입은 골격이 두드러진 노신사가 엉터리 곡을 휘파람으로 불면서 그 가느다란 정강이에 한껏 위엄을 보이며 잿빛과 흰빛 옷을 입은 귀부인의 거대한 몸을 왈츠 템포로 이끌고 있었다. 귀부인의 스텝은 아주 가벼웠다.

가죽잠바를 입은 또 한 남자가 등을 움츠리고 허리를 꺾어 바닥에 앉은 북구풍의 조그만 금발 아가씨의 거부하지 않는 입술에 키스하고 있었다. 아가씨의 부드러운 손에 쥐어진 작은 글라스에서 무슨 액체가 쏟아져 사나이의 목덜미에 흐르고 있었다. 그러나 사나이는 알아차리지 못하고 있었다.

  경관의 눈은 이러한 모든 것을 보았다. 그는 본디 힐문하기 위해 이리로 온 것이다.

  이 떠들썩한 소동의 한가운데에서 마치 병자처럼 생기없이 바닥을 가만히 지켜보고 있는――분명 충격받은 것 같은 느낌이라고 그는 생각했다――평범한 얼굴의 중년여자에게 눈길을 보내며 경관은 정직하게 말했다.

  "실은 사정을 잘 모릅니다만, 이 사람입니까?"

  그는 안 됐다는 듯이 목소리를 낮춰 덧붙였다.

  "무슨 독약을 부주의로 취급했다는 사람은?"

  문 앞의 사나이가 조금 머뭇거렸다. 그리고 깁슨 씨는 진심으로 말했다.

  "아니, 그것은 저였습니다. 그러나 다행히도……우선 들어오십시오……. '이제 나는 괜찮습니다.'"

선의에 의한 서스펜스

《작은 독약병(A Dram of Poison)》은 샤럿 암스트롱(Charlotte Armstrong)의 1956년도 작품으로, 본디 제목은 《독약 1드램》이다.

드램이라는 단위는 야드, 파운드 법의 '온스'에서 파생된 계량단위로 대개 1드램은 16분의 1온스, 약 1.77그램이다. 약국계량으로는 8분의 1 약용(藥用) 온스가 되고 그 밖에도 다른 종류의 환산률이 또 있는 꽤 성가신 단위다. 그러나 아무튼 5그램도 채 못 되는 적은 분량으로서 주로 약품 및 위스키의 아주 미세한 양을 재는 단위로 영미에서 주로 쓰는 듯하다.

드램에는 일반적으로 '아주 조금'이라는 뜻도 있어서, 이를테면 dram drinker는 '술을 조금씩 마시는 사람'이다. 따라서 이 책의 제목은 '아주 적은 양의 독약'이라는 의미지만, 주인공이 값비싼 작은 올리브 기름병에 독약을 넣어가지고 다닌다는 데서 《작은 독약병》으로 했다.

이 소설의 주인공은 초로의 학교 교사다. 생활은 그리 풍족하지 못하지만 대체로 안정된 나날을 지내고 있으며, 파란만장하지는 않으나 힘겨웠던 지난날을 보냈었고, 예의바르고 점잖으며 알맞게 적극적이고 알맞게 소심하다. 요컨대 평범한 여느 사람인 이 주인공에게는 두 가지 약점이 있다.

하나는 학교에서 시를 가르치고 있다는 것——더욱이 자신이 열렬한 시 애호가다——또 하나는 55살에 이르기까지 여성을 알지 못한다는 사실이다.

이 가운데 어떤 점을 찌르더라도 곧 주인공의 청결하고 안정된 세계가 동요되기 시작하리라는 것은 쉽사리 알 수 있다. 그런데 우연한 사정으로 이 두 가지 약점이 거의 동시에 공격을 받아 시를 가르치는 점잖은 교사는 스스로 목숨을 끊든가 또는 다른 사람을 죽여야 할 입장에 놓여 주인공의 아름다운 착한 마음씨는 중대한 위기에 맞닥뜨린다.

소설의 앞부분에서는 외적인 사건이 그리 없고 주인공의 내면 묘사에 꽤 많은 페이지를 할당하고 있는데, 이것은 모두 뒷부분의 다이내믹한 전개를 위한 복선이다.

암스트롱의 작품은 대체로 이른바 '심리적인 탐정소설'이라고 할 수 있지만, 심리파 작가치고는 분위기에 너무 지나치게 비중을 두고 또 이상심리 묘사에 열중하는 점으로 보아——적어도 이 작품에서는——어디까지나 여느 일상적인 인간 심리의 움직임에 관심을 가지고 있는 듯이 여겨진다. 사실 이 소설의 사건은 이상하지만 등장인물은 모두 여느 사회인이며 아웃사이더라 여겨질 인물은 단 한 사람도 나오지 않는다.

대개의 서스펜스 소설이 늘 어떤 악의를 바탕으로 이루어져 있다고 한다면, 이것은 참으로 드물게도 '선의에 의한 서스펜스' 소설이다. 악의에 종류가 있다면 선의에도 저마다 다른 빛깔이 있는 것은 당연하며, 이 작품은 그런 선의의 내부 갈등을 바탕으로 악인의 활약에

길든 독자들의 눈에 좀 지루한 소설로 비칠지도 모르지만 그 나름의 일상적인 설득력과 박력을 갖추고 있는 것 또한 분명하다.

암스트롱의 문체는 이 소설 무대인 캘리포니아의 조그만 도시처럼 밝고 합리적이어서 이른바 '외광적(外光的)'인 성격을 지니고 있다. 때로 좀 장황하게 늘어놓는 문투며 회고 취미적인 말이 나오는 것은 소설내용에 부합시키기 위한 작가의 미묘한 배려인 것이다.

독약도 적절한 기회에 쓰면 인간을 위하는 양약으로 바뀐다는 견해가 처음 무렵에 나오는데, 이것이 이 소설의 근본 관념이라고 할 수 있으리라. 바꾸어 말하면, 어떤 선의일지라도 경우에 따라서는 인간의 마음에 치명상을 입히는 독약이 된다고 할 수 있다. 선의와 선의 사이에 갈등이 일어 '선의에 의한 서스펜스'와 '선의에 의한 스릴'이 생겨나는 것이다.

또한 원자폭탄 문제 등도 살짝 얼굴을 내미는데, 작가는 다름아닌 인간의 입장에서 시니시즘(cynicism 냉소주의)으로 모습을 바꾼 사람들의 선의를 완곡하게 비판하고 있다. 비판이라고는 해도 암스트롱의 문장에는 무리한 강요나 고답적인 면은 조금도 없다. 오히려 아주 대중적인 등장인물들을 활약시키면서 그 한 사람 한 사람이 뛰어나게 묘사되어 있고 미국적인 유머도 담뿍 어려 있다. 이 소설의 매력은 실로 여기에 있다고 할 수 있으리라.

샤럿 암스트롱은 시인, 극작가, 단편 소설가, 미스터리 작가로 알려져 있다. 37살부터 미스터리 소설을 쓰기 시작한 그녀는 1930년대 끝무렵부터 이른바 미스터리 황금시대 '중간시기'에 활약한 여류 작가다. 그녀의 특징은 첫째로 플롯이 단순하나 극작가였던 까닭으로 드라마틱한 효과를 연출해 내는 데 능란하며, 둘째로 가정 안의 상황을 또렷하게 묘사하여 여성 독자를 대상으로 하는 특색이 있고, 셋째로 박해받는 공포 심리에 초점을 두어 거기서 서스펜스가 우러나오도록 시도하는 점을 들 수 있다.

그녀는 1905년 미국 미시건 주의 밸컨이라는 철광 도시에서 태어나 그곳에서 자라 위스콘신 대학에 두 해 다닌 다음, 뉴욕으로 옮겨가 1925년에 버너드 대학에서 문학사 학위를 받았다.

그리고 1928년에 결혼하여 세 자녀를 키우는 한편 〈뉴요커〉에 몇 편의 시를 발표했다. 또한 연극에도 정열을 기울여 지방 고교생들과 더불어 활동을 계속해 나갔다. 그녀가 쓴 두 편의 희곡이 브로드웨이에서 상연되었으나 모두 성공하지는 못했다.

이 일이 직접적인 원인이 되었는지도 모르지만, 그 뒤 그녀는 미스터리 작가로 전향해 작품을 발표하여 네 번째 서스펜스 소설 《The Unsuspected》로 명성을 얻었다. 이 작품은 헤이클래프트를 비롯한 많은 비평가들로부터 그 필력은 칭찬받았으나, 소설의 첫머리에서 살인광의 정체를 폭로해 버렸다는 점으로 비난을 받았다.

그녀는 많은 단편과 중편을 쓰는 한편 텔레비전 각본도 써나갔다. 그 가운데 몇 편은 히치콕에 의해 연출되었다.

젊은이에게도 늙은이에게도 덮치는 서스펜스와 위험이 그녀가 쓰는 미스터리의 특징이 되고 있다. 《Mischief》에서는 정신착란의 베이비 시터가 등장한다. EQMM 제6회 콘테스트에서 제1위를 차지한 《적(敵)》에서는 심령적이며 또한 육체적인 재난이 기르던 개와 독살된 소년을 위협한다. 그리고 MWA상 후보에 올랐던 단편 《알리바이 찾기(1965)》와 《월요일 갑자기(1966)》에서는 남 캘리포니아의 부인들이 빠져든 위험이 교묘하게 묘사되어 있다.

MWA상 최우수장편상을 받은 이 《작은 독약병》은 분류하기가 좀 어려운데, 독약을 둘러싼 일련의 사건이 그려져 있다.